燃烧的仙鹤

端木赐 著

Burning Crane

图书在版编目（CIP）数据

燃烧的仙鹤／端木赐著．—南京：江苏凤凰文艺出版社，2020.5（2024.4重印）
ISBN 978-7-5594-4678-7

Ⅰ.①燃… Ⅱ.①端… Ⅲ.①散文集-中国-当代 Ⅳ.①I267

中国版本图书馆 CIP 数据核字（2020）第 044469 号

燃烧的仙鹤

端木赐 著

出 版 人	张在健
责任编辑	李 黎　李珊珊
责任印制	刘 巍
出版发行	江苏凤凰文艺出版社
	南京市中央路165号，邮编：210009
网　　址	http://www.jswenyi.com
印　　刷	江苏凤凰通达印刷有限公司
开　　本	880毫米×1230毫米　1/32
印　　张	8
字　　数	178千字
版　　次	2020年5月第1版　2024年4月第3次印刷
书　　号	ISBN 978-7-5594-4678-7
定　　价	42.00元

江苏凤凰文艺版图书凡印刷、装订错误可随时向承印厂调换

目　录

001　进京

010　虫日

017　秘境

022　隐迹

026　谜

033　石龙小镇

043　南村微末

060　斌叔、厨子和我

067　狗命

075　院子 院子

087　桃之夭夭

096　夏长

107　秋生

- 113 这只是一个冬天
- 120 泥与水
- 128 似是而非
- 137 午夜慢行
- 144 从淮海中路到武康路
- 150 愤怒者
- 156 追赶游戏
- 163 慈悲
- 171 燃烧的仙鹤
- 177 遇见嘎松杰
- 186 假想敌
- 192 滑板少年
- 196 海上笙歌
- 209 海角无声
- 223 第二日
- 233 江湖儿女
- 237 纸夜
- 241 水母罐

进 京

1

出了通县，就是朝阳，再过去点，就是东城。我的同事多是老北京，喜欢把通州区叫做通县，如他们所说，过了朝阳，到了东城，就是进城了。有同事说过，她上一次去看天安门城楼，还是因为女儿刚刚学过相关的课文。对于她而言，天安门的样子，就是新闻里面的样子。故宫的样子，就是古装剧里面的样子。皇宫大院的，纸醉金迷的，政治中心的，终归离我们都很遥远。我是眼瞅着一墙之外的玉米地里，翻土，播种，结果，收割，到了晚秋，然后彻底荒芜。没错，我在北京郊区混日子，再说得具体点，就是混在公路旁的村子一角，周围就是臭水沟和小树林。说起这个混，无非就是混口饭吃，也是明明白白的混混沌沌，抬头就能穿过镜子看到老掉的自己。和大多数身在北京的年轻人不同，我想要进趟城，跋山涉水的，并不容易。

L来单位以后和我说，她成天在哭，哭什么不知道，就是觉得受了委屈。我想，无非是因为新宿舍没有淋浴，没有网络，感到在这里工作没有前途。其中，没有前途最是可怕。我说，你不是还有男朋友，所谓的 IT 男，也是高薪族群，最重要的是，你解决了户口，而他没有。我说这句话的时候，她说他们快要分手了。我说没事，我来的时候，院子门口连马路都没有，但以后什么都会有的。的的确确，青灰色的水泥埋葬了万丈墟土，门前的路是才竣工的，还是发烫的，延伸到远方的。很多东西，都是从无到有的，还有些东西，是从有到无的。说起淋浴，院长说原本也是有的，可谓设施齐全，以人为本。只可惜菜汤饭渣、垃圾杂物，以及女人的头发，从来没人拾掇。自私之下的堵而不通，结果就是个残废，交通如此，身体如此，生活也是如此。院子里建了新宿舍楼，这回一个热水器也没安装。

没过几天，当我再问起 L 的境况，她说她已经分手了。她说分手的时候，分明在笑，阳光灿烂地笑，若无其事地笑，她在笑的过程中，头颅轻轻碰到了我的肩膀。尽管只是很短暂的触碰，在地铁的座椅上，我还是感受到了某种悲伤。

W 和 L 是一批来的，都是我经手办理的入职，同样的研究生，单身独生女，来的时候行李堆起来像小山一样。我最讨厌类似的行李，我以为那是累赘，会让人没有了说走就走的决心。可我又何曾能够割舍掉这样的生活——我走不了，被困在这里了。经我问起，L 和我说，W 来了也在宿舍里偷偷哭。听到这里，我竟然笑了，原来大家都有一样的悲愁。大概哭着哭着，就会习惯了。

我第一次见到 L 哭，是在出门办事的公车上。L 晕车，就和曾经的我一样。交感神经兴奋，神经功能紊乱。她脸色惨白，反酸嗳气,喉管中反复着吞咽的动作。为了以防万一,我偷偷在手里攥住一张手纸,并且不让她见到。她用手指狠狠掐着虎口处的某个穴位,指甲险些嵌入肉里。我问她管用吗,学中医的她说好多了。她与我说话的时候,似乎真的好多了。她还教我怎么寻找穴位,她掐我的手掌,果真有些疼。我转头看到了她的睫毛下面,被眼泪晕染下来的眼线,青灰色的,像一缕青烟,像一个幽魂。或许只有晕车的人才会相互怜惜,我承认我有些心疼她。郊区生活让我变得不那么注重仪表,出门示人,能够衣装整齐,不至于看起来邋遢落魄就罢了。男用香水、润肤露、润唇膏,这些都算了。一张脸皮、一块香皂就足够。很难想象,她还愿意在上班的日子里勾画眼线,或许她是单位里唯一还爱美的姑娘。

2

搬新楼的那天,其实应该放点鞭炮的,炸炸院子里的阴沉污秽之气。可院子里的男人都在做苦力,哪有闲情逸致。给女人们搬衣柜的时候,我见到建英还在收拾家当。建英是六七年前院长亲自招聘进京的,算下来,年纪也三十有余了。那些年单位福利还好,围绕着厨房器具,比如电饭锅、电饼铛和高压锅,琳琅满目的小型家用电器都发过。对于以宿舍为家的人,这些物件无疑就成了死物,不断囤积着,甚至渐渐有了些见不得人的讽刺意味。如今破旧的柜门一经打开,物品就乒乒乓乓弹出来,无法被还原。建英蹲上地上折衣服的姿态,竟然散发出淡淡的苦涩滋味。这些年他吃在单位,住在单位,不仅养了膘发了福,还养肥了一窝一窝的老鼠。他的柜子里，常常有老鼠栖息。

其实我并不熟悉建英，他本人时常沉默得像个闷葫芦，但他的形象是在传言中变得丰满的。我知道没有人愿意和建英同屋，分宿舍的时候，建英的存在像是定时炸弹一样令人恐慌。他的恶习在恶意的传言里，像传染病一样四散。没有人爱他，连他自己都不爱。从来没人见过建英洗澡，他的衣服吸收了汗液，湿了又干，干了又湿，一些变得像防弹衣一样坚韧，一些变得像绢丝一样轻柔。他们都说他有气味，秋风十里，都杀不死。我见到建英抱着行李独自走过秋天的柿子树，他无言沉默，步履沉重。树顶的柿子坠落在地，他和这一地碎烂的果实竟然散发出同样的气息，颓废，糜烂，又无辜。

夜里，建英有时候彻夜不归，守着办公室的电脑游戏。据说建英曾有过女人，一个可以改变他命运的女人，一个可以让这些厨房电器运转起来的女人，一个可以为他洗衣煮饭生子的女人。但是建英从不约会，这个女人后来被电脑游戏杀死了，就像他杀死一只虚拟树妖那样简单粗暴。所以建英的生命里没有荷尔蒙，没有性欲，没有渴望，也没有爱情。他就像一个孤独的财主，从不与人分享自己的生命。没有人敢介绍女孩子给他，甚至渐渐地，已经没有人愿意接近他。有人说，看一个人的心性，首先要观察他的眼睛。我常常透过他厚厚的镜片，却看不清楚他浑浊的目光，与此同时，他也总是在躲闪，在回避。我又见到他转身离开，可是他又能逃到哪里去？

院子的一部分，是孤独与狰狞的，它如同荆棘般刺破了他的血肉，然后血液凝固，伤口结痂，就这样让他的生命与院子相连，从此休戚与共。他的北京，就是这座院子，他躲在哪里，都可以被找到。但是没有人关心院子的死活，正如同没有人关心他一样。

3

在这半年时间里，我经历了四次报名，三次笔试，两次面试。每次请假半天，都要用周六日上班来弥补。每一次出征，我都会精心整理仪容，沐浴剃须，涂抹大宝 SOD 蜜。面试时候的衬衫和西服，都提前拿去干洗店熨烫。在北京，事业单位公开招聘的前提就是要有北京户口，甚至是城区户口。记得其中一次报名失败，是因为户口必须要用原件，复印件不可。可是获取原件，要经过上级单位，我不肯。管人事的女人认死理，我赌气说老子不考了。

事后，我有些泄气，颓废地坐在东城区的一条巷弄里，盯着一户人家养在窗外的花草放空。秋风卷起槐树上的枯叶，一点点堆在墙角。一阵风不小心把树叶吹散了，又一阵风重新来过。匆匆地，太阳要落山了，我缓缓在胸膛凝住一口气，才站起身来离开，乘车再次回到院子来。这些都是我不可告人的秘密，我背负着这些秘密行走在院子里，有时候不愿与人亲近，我常常看着院子里一张张脸孔，觉得无法安置自己的身体和情感。

其实院子里的年轻人很多，因为交通不便，留宿的同事也不占少数。傍晚等班车离开院子，我喜欢呼朋唤友，把留宿的年轻人凑作一团。都是街边的小店，陈旧偏僻，羊蝎子火锅或者香河肉饼，同样地点了小菜，切了猪耳朵，我们有时小酌，有时吹牛调侃。和院长吃饭喝的是大酒，和朋友吃饭饮的是小酒。小酌最容易让人心生幸福感，酒足饭饱后也是心满意足鼎盛时，沿路推推搡搡的，再回到院子里。回到院子，就不再说话了。从幽静中来，又回到幽静中去，每个人都有归处。嬉笑声收敛了，医院里弥散着无处不在的严谨和疼痛，一点点侵袭、麻痹着神经。回到宿舍，大多都是一个人。而 L 和 W 恰好分在同一间宿舍，大家闺秀的，太阳下山以后从不出门。我总觉得屋子里面藏着窃窃私语，不可告人。夜里，她们的门窗紧闭，从窗帘的缝隙透露出里面的光亮，仓皇而通明，我不知道她们还有没有在哭。我有时候会带了橘子回来，敲了门送给她们一些，就像做了贼一样。这个季节的橘子，橘皮不再泛青，却总是阴晴不定，很难从外表判断出本质来，有时候酸，有时候甜。

院子里，其实连本科生都不多，何况是研究生。这一类人就像是珍稀动物一样，早晚是要灭绝的。可既然来了，就是要签合同的。一叠纸摆在那里有什么可怕的？可映入眼帘却是张牙舞爪的。每个人都要签八年，曾经的我也是如此，既要卖身，又要卖艺。我见到 L 拿着合同，身体微微在颤抖。她说就这样卖了自己，很不甘心。她突然抬头问我，现在反悔还来不来得及？我问她，你到底想要什么？

说话的时候，W 已经从容淡定地签好了协议。她指着条款对我说，如上面所说，如果这些情况出现，我就可以离职吧？我点头，看见她很满足，然后 W 就轻飘飘地离开了办公室。

那天，L 想了许久对我说，我到底还是个女人。

4

辉从加拿大到北京，落了飞机后第一个来寻我。原本他打算在北京实习，然后伺机留在国内发展，和他心爱的姑娘一起。可从走入地铁的一瞬间，他就改变了主意。于是，这次北京之行突然就变得无足轻重了。他带了免税店的白葡萄酒、枫叶糖浆和花旗参作为礼物，打算送给我，和他原本臆想中的新上司。我想请他吃北京烤鸭，被他拒绝了。他去超市买啤酒，要进口白啤，可我却喝不出什么差别。我说燕京啤酒也不错，他笑我简直没有了生活追求。我说北京就是我未来的追求，能把工作换到城区，我就心满意足了。辉对我说，你也出国吧，我们在多伦多开一家类似于 7－Eleven 的便利店也好。我说，等我赚够往返的机票钱，我就去。其实这话说出口，还不就和"有空来我家坐坐"的寒暄是一个道理。我又怎么离得开北京呢？

辉离开北京的时候告诉我，他在多伦多买了房，空房间有很多，还有院子和花草，随时欢迎我。后来，他回到多伦多电话同我讲，他刚刚买了割草机，院子里的草快要及腰了，晚上常常有野兔子钻到院子里偷吃蒲公英的花朵。月光下的野兔子快要成灾了，我说那些都是诱人可口的肉食材料。他却说，兔子是野生动物，不能捕杀的，在那边犯法。在我眼里，院子和木工活，男人和割草机，都是完满生活的体现。辉还是离别了北京，他是被北京的人山人海吓跑的。他说过，他在北京的地铁里，见识到了过去一年都见不完的人。与他不同，我愿意与人打交道，关于形形色色的人，我始终以为自己是充满好奇的。可是后来我才懂得,当稠密的人群涌过来时,无论你是谁,内心有多么强大,都会被排斥在人群之外。

10月28日,星期二,雾霾。清晨八点半,我奉命进城开会,地址是西城区的某个商务会馆。月季厅,一个优雅非凡的名字。我提前用纸条抄写了行车路线,塞在裤兜里,记在脑子里。我决定把这一次经历作为日后上班情景的一次模拟演练。这是我第一次在上班时间搭地铁进城,这次旅程给我了震撼的体验。当地铁进站,缓缓停下来,我看见在车厢门打开之前,有人趴在门窗上敲打玻璃。而这作为某种警示,我有些不明所以。车门打开,车厢里已然是满满的、奇形怪状的人。我知道车门的一次开阖,最多能够推上去三个人,这样的推搡,是温暖的,是能够给予前者勇气的,既要粗鲁,也要心细。后来者还要记得帮助前者,把头发或者挎包塞进车厢。当我踮脚站在车厢里,因为天气变冷而添的衣裳反而成了累赘。汗液从我的后背和脖颈,密密地渗透出来,像针一样扎扎的。有女人把胸部贴在我身上,旖旎中,我不能动,也动不了。这一刻,我突然想到"人渣"这个词,想到香肠,想到肉酱。

APEC峰会期间,北京市机关、事业单位和社会团体调休放假,这对于我而言,是奢侈的奖赏。然后与此同时,北京市汽车单双号限行,并谣传环保局同时介入,闯限行罚款3000元。11月6日,我得知一个悲剧,在北京地铁五号线惠新西街南口站,一名女性被夹在了屏蔽门与地铁门中间,车开走了导致该女当场死亡。人民日报官方微博消息称,受伤女子被送往中日友好医院急诊室抢救。听闻这则消息,透过想象力,我突然对地铁产生了新的恐惧。

11月7日,我原本决定去爬香山,收集一些枫叶做书签,同行的还有前来北京探亲的母亲和姥姥，可思量再三，我还是决定取消行程。一是因为人多，且姥姥腿脚不便；二是听说香山的红叶，已经被游人摘光。西山上人满为患，北京的地表和地底，又何尝不是如此。据说，北京的地表交通还远未饱和，所以地铁即将涨价，以缓解地下交通的压力，对于很多人来说，上班的交通成本即将加倍。有人说，12月28日对于北京地铁来说是个吉祥的日子，历史上从未出现过任何事故，适合进行调价。

11月8日晚，我从南锣鼓巷回来，吃了香蕉酥和南宇奶酪。走出地铁站，我给辉发了信息，2015年的夏天，我想去多伦多做客。

虫　日

广州郊区，我过着寄生虫一样的生活。南国已入夏末，草木依旧繁盛而雨水充沛，晨光耀眼而万物生辉，这样的晨曦再平常不过。我以穿越的方式，回忆整个套房里窗和门。它们诚然敞开着，既是入口也是出口，而我却迷失其中。我静静躺在木板床上，仿佛压直了脊柱的几个生理弯曲，松散得像一条毛虫。我想我的灵魂此时是圆柱形的，正在分泌一些黏性物质。我好像患了一种和"懒惰"有关的疾病。

我突然想找个借口不去工作，诸如生了重病。但感冒这样的理由，在这样的季节里还是有些反常。我脑海里有诸多病理名词，可偏偏要像标签一样把它们贴在自己身上，多少有些讽刺。而且我不大确定在与上级通话的过程中，能否始终保持笃定，并成功伪装出生病时的气若游丝。科长皮肤白皙，看起来就像一个清癯的书生。我知道他昨晚，又约了几个女实习生去唱歌喝酒。他就像藏在尖细钉螺里的血吸虫，以为我什么都不知道。

随着窗外一声巨响，我还是决定逃离出门。出租屋的不远处，拆了梁，倒了墙。我们似乎总想要在有限的土地上，尽量去扩展生存空间，一层又一层。太阳如火时，一群男人正打着赤膊，沾了满身泥浆和白色粉尘，散发出雄性气味。他们好似蛾类，肌肤上生长着灰白色的花纹，如鳞如羽，他们是趋光的谦卑者，闪现在最明亮的阳光里。太阳有些刺眼，苍白的画面里，有人站在高处冲我吼叫，我听不大清楚，估计是要我离得远些。那些飘浮在空中的粉尘，似乎随着呼吸进入到我的肺叶里，渐渐积累成了一个坟墓。我不自觉想要捂住口鼻。

我不知为什么，突然想到某处"防治白蚁"的广告。那是同样的某日清晨里，赫然出现在某栋楼房上的红色油漆大字，鲜红如血。这样的符号，时常会以神迹般的形式降临在小镇某处，然后渐渐以稳固的姿态出现在我们的视野。我想，或许那旧宅是遭了白蚁的害，被虫挖空了房梁和柱子，才需要拆了重建。想到细微处，是无数只白蚁整日整夜里，无法控制食欲在饱餐。白蚁把牙齿磨得更锋利了，可以消化木头。木屑就这样变成了组成柔软身体的一部分。而与此相对的房梁下，活动着老人、夫妇和孩子。或许除却婚娶和丧葬习俗，这里已经失去了旧时印记。这样的房子终归会有一天，以各种借口被推倒。一座房子就像一本书。我还记得偶然在门梁上看到的字——"民国十三年"。村里的房子挨得很近，就像无数只巨大的集装箱，不知道哪一天会流落何处，以及生活在这里的人。

时间有些紧，我加快了脚步，这也让街边的气味变得紧密起来。垃圾收集处堆着大大小小花花绿绿的塑料袋，一股酸腐的气味无风扩散。蝇虫飞舞间，是几个分拣垃圾的女人。她们如蛹般封闭自己，口罩、袖套、手套、黑色长筒雨靴。拐角处正开了几片极香的玉兰，在空气中混合出诡异的尖锐。途中有一家私人工厂，蓝色围板旁，一只狗非正常死亡了，背景是一条淌着黑水的河。那具尸体在各种昆虫的包围啃食下，散发出一股恶臭。今天，它终于从褐色的毛发中，露出了白色头骨。我总是忍不住要瞅一眼，一天两次。不远处客家猪肚鸡餐厅开张，门前鞭炮欢喜地爆开，留下了满地破碎的红纸屑，空气中还弥散着二氧化硫的味道。洒水车从马路一边缓缓开过，终于压住了空气中的躁动和不安。运货的汽车开得飞快，闯了红灯。一辆摩托车突然停在身边，男人笑着问我，要苹果手机吗？

　　终于到单位。上午的工作要出车，到某家医院做流行病的个案调查。医院里一家四口，确诊为登革热。最近，我对花斑蚊子有些过于敏感，因为我可不想无缘无故发烧。医院的走廊上黏着一层湿润的水汽，沾了很多细碎的脏的泥。消毒水的味道刺激着鼻腔黏膜，让人想打喷嚏。我站在这里显然有些思绪游离。我一寸一寸打量空气，寻找着那些隐匿的飞虫。

　　只是简单的问答和记录，带教老师显得有些忙乱。我对这个男人并不熟悉，可我知道科室里的其他人常常在背后嘲笑他，他们笑的时候捂着口鼻。那时我也笑，附和地笑。但是，总有人比我更加谄媚，看向我的时候眉眼间充满得意。

　　我对面坐着的男人，抱着四五岁的女儿。女孩穿着一双红皮鞋。男人有些委顿地倚靠在塑料椅上，嘴唇发青，有些恍惚并喃喃自语。

　　"我们这病是怎么得的？"男人有些费解。生病当然也需要正当理由。

"哦，登革热是一种由病毒引起的急性传染病，主要由那种花斑蚊子传播。"我说道。

"我就知道，我和小区物业说了多少次，要杀光那些可恶的蚊子。"

"注意家里不要养水生植物，蚊子会在有水的地方产卵。"我心想，真是可笑，蚊子怎么可能被杀光。一颗虫卵足以演化出千军万马，藏在你喜爱的水仙花下，在你呼出的暖气中，在万籁俱寂中，繁衍生息。脑海中，我看到一只花斑蚊子静悄悄醒来，白色的条纹缠在每一条深黑而修长的腿上。它沾过那水，嗅着淡淡花香，抬头感受屋子里的人气，并开始酝酿毒素。它偷偷笑了，有些痒痒的，如同隐匿在人类内心的想法，不被察觉。

一旁的病房里，躺着还在发热的老人，我透过蚊帐看到他脸色发白，我知道他的血液里，含有可以致病的活物。这些细小的东西，难以被察觉，却总是丧心病狂地想要侵占我们的躯体。我们的身体里烧起大火，要烧死异类，也灼痛我们自己。我有些迫不及待要离开这里，医院里总是弥散着一股晦暗的气氛。那些医生仿若圣人般存在，病人则如同受到了污秽的诅咒，而化验的机器就像裁决的利器。

下午，我躲在单位花园的长椅上打发时间，我相信没有人在意我消失。我看完日报的每一个版面。报纸常常避重就轻，着实有些无趣。我似乎天生对蚊虫有种特别的吸引力。我顺手捏死腿上一只正在吸血的花斑蚊子，一滴血就这样晕染在指尖，然后慢慢干涸。没有切肤之痛，麻木的人们可以放过苍蝇，可对于这吸血的蚊虫呢？

　　有人在微博上发照片，广州的街道上正塞着游行示威的人群，随处写着"捍卫国土"的字样。可我知道这样的活动，很快就会偃旗息鼓，就像一堆虚弱的肥皂泡。手机响了，学校发来短消息，禁止学生参加任何集会活动。这样的消息屡见不鲜，说是要保护我们。听说《纪念刘和珍君》已经从中学课本中删掉。如今，愤青已经不多见了，而保留血性的大多是土匪，是喜欢动刀子的。果不其然，他们又开始打砸抢劫了，几辆车，几家店，但终归是无关痛痒的。真正的切肤之痛是什么？现在，爱国不是出于自然流露，而需要被理性对待。

　　傍晚的地下铁拥挤如潮，一如平常。洗衣店、面包店还有报刊铺，同样开在了地底深处。人类的脚步蔓延到越来越深处，土地会不会轰塌？有人撞到我，留下一个背影。上车时有人戳我的腰，并没有抱歉的言语。在车上，我们又像情人一样相拥，调情般呼吸相触。门开时，我觉得自己就像一颗炮弹被弹出，要去炸开一个缺口。眼前一位母亲正推着一辆婴儿车奔跑，像一只器宇轩昂的甲壳虫。画面中，我们像虫子般张狂四散。推搡这个动作，变成了一种快意的释放。我不认识眼前的他们，他们到底急着去到哪里？列车一辆一辆，在地底徘徊交错。大地中涌动着风。我加快了脚步，嘴上想说出些咒骂，心里却想着，等等我，等等我。

　　回到出租屋，我感到一股深深的疲倦。在相对漫长的黑夜里，我选择关去所有的灯。我喝了一整瓶矿泉水，吸了一支卷烟，洗过一个冷水澡，始终未踏出房门半步。出租屋完美展现了一个未婚男人的形象，家具简洁而物品凌乱。我赤裸地躺在床上，拿出听诊器，听了心音，第一心音低而长，第二心音高而短。我还活着，并且健康。卧室处于整栋房子的角落，我却可以从窗口感知到邻居的活动。

楼下有两只脚板噼啪拍着地板，一只乒乓球弹着滚向远处。一定又是那个散养的男孩，光着屁股跑动。隔壁的男人和女人洗过澡，短暂的三五分钟里，他们低吟喘息，一旁还睡着小女孩。随着一阵颤抖，男人的声音戛然而止，仿佛被抽干了所有生气。他说，这次一定要生个男孩。对门有个年轻曼妙的女子，总是后半夜两三点才回家，她的鞋跟细而长，踩在乌黑的走廊里，优雅又令人着迷。铲子与锅壁触碰，饭菜香就不断逸散出来，飘到我的屋子里。她似乎把桌子摆满了，就像盛大的婚宴一般。

我决定把灯打开，看看时间，照照镜子。我怀疑哪里出了错，或许是我生了病。白炽灯照在房间里，有雨飘进屋打湿了白墙。随着脚步，我的头皮一阵发麻，浑身汗毛直立。眼前是无数只蟑螂张皇而逃，它们速度极快，遽然消失了大多，剩下几只无处遁形的，闪着棕色的油光。面包屑散落着，桃子少了半颗，白日里毫无痕迹的书桌，竟然在夜晚成了虫的天堂。我踩碎了它的身体，我听到了酥脆的响声。对于这些丑陋的生物，我生出了巨大的恐惧。原来我一直不是一个人生活，在这房间里，一直藏着无数只眼睛，每天看着我吃喝和行走，并等待暗夜到来，成为主人，模仿我的生活。它们悄然潜伏着，暗藏杀机，就像病毒。

我开始挪动每一个盒子，每一本书。我试图拍打每一处，甚至用声音去恐吓。我请求它们不要再出现。而那只分明被踩扁的虫，竟然复苏站了起来，它的触须摆动着，似乎在挑衅我的尊严。我变得小心翼翼，甚至有些神经过敏，我睁大了眼睛看着每一处，精神有些崩溃。我不敢想象，我还要如此度过无数个日夜。最终，我还是放弃了，选择把所有的灯关掉，回归黑暗。我躺在木板床上，夜色如棉被般覆盖我的躯体，我的额头渐渐渗出汗珠。我等待更细微的声音出现，我听到虫子在地板上走动起来，它们仿佛在舞蹈，用牙齿啃噬我的余生。我有些痛恨失眠，可太阳就要降临。但我又害怕天亮，因为我又将开始，重复这相同的一日。我的生活，似乎成了一个无法停下来的循环。那些白天出现过的静物，开始不断出现在我眼前，蝗虫过境般咬着心。我又何尝不是一个无知的存在，总是披着虚伪的壳。

我决定白天就去买虫药，这场战争才刚刚开始。我要杀尽它们，得到解脱。

这一天我请了假没有去上班，因为我果真得了重感冒需要休息。

秘　境

我站在两百人面前充当教学模型，用肢体模仿子宫的形态。多么温柔的场景，一束阳光正好穿过湖岸的柳树，投射在我的侧脸，千万条光影拂动起来，卷起风情万种的波浪。解剖学教授指着我说，子宫就像天使，长着一对纯洁的翅膀。我以"人体器官"的姿态，散发出饱满而诱人的光泽。明晃晃的日头里，我看见他们笑得前仰后合，空气里飘荡着栀子花的香味。我仿佛被一阵猛火炙烤，周身所有的毛孔都张开了。

学校没有围墙，解剖楼位于最荒疏的角落。越靠近解剖楼，我越能感受到土地的野蛮。红色的土壤里抽出驳杂的野草，密密匝匝，剑拔弩张。绿光在山丘上跳跃，搏斗与厮杀。雨季总是相当漫长，一场大雨覆盖着另一场大雨，所有的事物都被反复盘查，又显得愈发可疑。暴雨来临的时候，野草锁不住泥土，就躬身伏向大地，呜噜呜噜咳嗽起来。血色的泥浆顺着山坡流淌，顷刻间染红湖水。湖水就这样憋着气一路猛涨，鲤鱼喘不过气来了，就在岸边翻起白肚皮。多少隐秘的事物都藏不住了。

为了试探死亡的气息，我独自走进幽暗的房间。塑料布是灰蓝的、网格的、薄质的，它包裹隆起着，一个人的形状。在寂静的空间里，我禁不住剧烈颤抖，连脊背都僵直了。我的左手像捻起一片花瓣，慢慢掀开了那一层隔膜。于是我看到了一具干瘪的尸体，赤裸裸的，毫无遮掩的。没有任何美感——为了医学教学，他被剥去了大部分的皮肤。我无法描摹他的容颜，却能一眼看穿他的衰老。我有些恍恍惚惚的，关于这些藏污纳垢的躯壳，以及冥冥中注视着的瞳孔。但我并没有疯狂，只想用"完美"来形容这些标本。金属架上密封的，从左到右排列着的，是一个个幼小的躯壳。他们未能降生于世，却并不是冰冷的存在。他们太过宏大，悬浮以及凝固的，不仅仅是一种姿态，也是人类演变的历程。

　　课堂的气氛依旧沉闷。大地上倏地腾起一片耀眼的白光，这不是寻常的雨，怕是台风来了。玻璃猛然发出震颤，窗外一棵笔直的树被吹成了降落伞。空气中翻涌着的，除却毁灭的冲动，更洋溢着新生的气味。我对照解剖图谱，假装心无旁骛地在研究。我一眼就能分辨得出来，两根粗壮的股骨属于不同的人。他们生前毫不相干，死后被混淆成一堆，从此不分彼此。在这间教室里，少说也有二三十根相似的股骨。我猜想，骨头之间也会谈恋爱，会在无人的时候私语或唱歌。这将是多么有趣的景象。

　　骨头上用字母和数字编着号，我看不懂其中的逻辑。这更像是某种警示——已经记录在册的，就不容许遗失。我竟然动了邪念，试图偷走其中一片占为己有。它是人类的第一颈椎（寰椎），取自泰坦巨神阿特拉斯。我爱极了它的模样，它宛如一轮满月，每一个弧度，每一个孔洞，都令人痴迷。我不得不承认，骨头是实用主义者，也是完美主义者。没有无用的凸凹，没有无用的曲线，即便是剥离了血肉，也指向隐秘的国度。

  我的身体是诚实的，不敢为非作歹。直到我发现，一片从头骨上脱落的颞骨残片，上面没有任何标记，甚至还留有骨片相互咬合的锯齿，看似微不足道，却像匕首般足以伤人。我鼓足所有的勇气，战战兢兢地将它塞进衬衣口袋。一瞬间，口袋化作了藏尸的深井。骨片只有拇指大小，直到我感到不安而遗弃它，都无人知晓它的存在。因为它，我开始恐惧黑夜的来临，就像一块森然的幕布，遮盖住了面孔，每一次呼吸都变得极为艰难。我看见了那些埋伏的病灶，有些像稻米，有些像瓜果，在黑暗处无声无息，吸收我的气血一点点生长。

  夏天的生长是蛮横的，风吹不动的时候，蜜糖的香气就在嗡嗡声中不断膨胀。遒劲的野草及腰高了，里面就滋生出有毒的蚂蚁。校园里一些边边角角的工程，很多年没有完成。解剖楼附近，简易的窝棚形成了群落，精瘦的男人们热衷于裸露。南国的太阳把他们烤得像虾子，躯干微微佝偻，胸口泛起一片赤红。他们的手里时常紧握着某种钝器，这加深了我对暴力的遐想。窝棚里跳出野孩子，折断了树枝，用丝线和弯钩就能捕获鱼虾。年幼的时候，父亲曾传授我垂钓的本领：判断目标群体的特性，选择不同的鱼竿、鱼漂、鱼钩和鱼饵。父亲的学问是优雅的，讲究科学的引诱，所有的步骤都如仪式般不可冒犯。然而，野孩子是天生的捕食者，他们拥有不同凡响的秘技，自由地奔跑在山坡上，发出金属般的嘲笑。

  我习惯了在动物实验过后，承担处死的工作。有些人虚伪地拒绝，可我却从不推脱。颈椎脱臼法杀死一只小白鼠，要掌握好寸劲，才能够干净利落。在兔子和狗的静脉中不断注入空气，等待其最后一次蹬腿。瞳孔涣散的瞬间，我知道它们终于迎来了永恒的解脱。余温犹在的尸体被丢弃在黑色的垃圾袋中，运送到隐匿的地方，比如人声鼎沸的小餐馆，或者浓烟滚滚的焚尸场。我暗自松了一口气。很显然，我就是一个彻头彻尾的屠夫，也在享受屠夫的乐趣。面对无法逃避的死亡，就以高尚的名义告诉它们，这世间存在诸多厄运。

每当夜晚降临，我就背着这些亡魂行走。蚊帐四四方方的，把暗夜收拢封闭。听觉开始变得异常敏锐，油脂光泽的蟑螂扑翅飞翔，在黑魆魆的缝隙里觅食，诞下绵延的子嗣。室友养了一只身姿轻盈的白猫，夜晚时常会攀爬上我的铁床，肆无忌惮地在我的身体上来回踱步。它的足轻轻塌陷在我的肉体上，而我却没有足够的力气，把它狠狠地剥落。或许它也不曾以为，我还存活着的。在它的眼里，只不过是一个人的形状罢了。

有一次我猛然惊醒，仿佛置身在厚重的棺木里。湿嗒嗒的空气中，青苔吸食养分，一层一层蔓延覆盖。身体僵硬如铁，只有眼珠可以旋转，喉咙里发出铁锈般的呜咽声。死亡终于在我的现世撕开裂痕，倏地我就泪流满面。枕边的杂物罐里藏着的那片洁白的人骨碎片，正散发出清凉的茉莉香气。因为偷了一片人骨，我被噩梦反复纠缠。亡魂在大地上飘飘荡荡，我只好等待太阳从大地深处迸发。天光大作的时候，所有的蝉共同发出愤世嫉俗的怒吼。

从那以后，解剖课上的我游手好闲，喜欢偷偷在楼里面游荡。我不能消失太久，但是可以完成一次探索或者短暂的出走。我只是不愿像观众似的，团团围着人体标本，假模假样戴上橡胶手套，捧着彩印的解剖图谱，指认某个结构。困惑之光在每个人的脸上流转，这场景既严肃又可笑，那些对身体的探索，进而迸发出一种荒诞的狂热。

比如，必须把一堆肠子掏出来，又要按照正确的顺序塞回去。很多个人凑在一块，就会变得愚笨不堪。我们还能在肉体上标注什么？认知的过程极其缓慢，却有太多种死亡的形态，钻入到了我生命的土壤里，演变成庞大的根系。我不知道它们会开出什么样的花朵。

解剖楼顶层的露台是闲适的，可以眺望风景。其实只要没有人，不用忍受福尔马林的味道，都是极好的。天气炎热的时候，身体也跟着虚脱起来，像被抽离了魂魄似的。有时下过雨，我就蹦蹦跳跳地，寻找可以落脚的地方。还有些时候，天空正斜斜飘着细雨，远方的低洼处变作泥潭，榕树变作森林，湖水变作洪水。没有什么是一成不变的。我发觉，愈是拒绝灵魂的在场，愈是会在空间中勾勒出另一个世界的轮廓。

雨水中的世界更加鲜亮细密，一种原始的蓬勃感与死气形成鲜明的对比。它们如此宏大伟岸，而我正站在万千骸骨之上，在万千炽烈的拷问中，感受着空气中的清冽。自由，我脑海里怎么会浮现出这样的陈词滥调。或许是解剖楼给了我太多没有意义的遐想。我在想，当我们领略过死亡的风景，它本身会不会变得稀松平常。

隐 迹

除了《人体解剖学图谱》，我的枕边还有一本怪兽图谱。里面记载着一种栖息在中国南方的物种，叫作"贯胸人"。在《山海经·海外南经》中有记载："贯胸国在其东，其为人匈有窍。"他们存活着，却可以没有心脏。因为没有心脏，所以无所畏惧。

医院生活并不完全是枯燥的，偶尔也会透露出匪夷所思。我仍然记得那个女人，她站在医务室的镜子前，缓缓解开一排纽扣，露出了丰腴的身姿。她像一只蜂后般优雅，皮肤异常白皙，手指上却涂抹着黑色的指甲油。她指着胸脯说："我的胸前有个贯穿的洞，但是我不敢告诉别人。我把衣服穿得严严的，不敢去公共澡堂，也不会在公开场合裸露身体。"

医生说："或许我可以给你开一些药片，这会让你好受一些。"

"不管用的，药片会从洞口滑落出去。我能听到哧溜一声，药片就滚落到很远。可最难的还是喝水，你知道吗，我的胸口就像喷泉一样。"

"是在这里吗？或许我可以帮你把洞口填上。"

"是的,他们指责我撒谎的时候,就用力戳我这里,真的很痛。"

医生把纱布覆盖在她的胸口,小心地粘贴好,并嘱咐她不要轻易揭开。我们或许想不通,一个人的胸口怎么会凭空多出一个荒谬的洞。她却镇定自若地说:"我只是在陈述一个事实而已。"她说这句话的时候,我似乎看到一个鼓风机,在她胸口的洞穴里,真的有冷飕飕的风在穿梭。我曾幻想在她的胸口,插一束野菊花作为装饰。可如果生命完整了,我们又如何得到宣泄。她一直在寻觅一个知音,或者一个和她一样残缺的物种。不可言说的秘密,却成了被指责的谎言,不知道是谁人看不穿。

如果真的有灵魂存在,那么身体一定是束缚的囚笼,甚至可以被定位和追踪。午后的她,四平八稳地坐在板凳上,胸膛却像海浪一样起伏,有些慌乱和不安。她坚信身体里有一些隐疾,比如有个男人在她的子宫里安装了追踪器。无论跑到何方,她都无法摆脱这个男人。一定是男人在捣鬼,在她的身体里作祟。而子宫是她最隐秘的器官。

"我们确信你的子宫里没有追踪器,因为机器不会说谎。"

"不,你们都是骗子。"

"那个追踪你的男人是谁?"

"他是我的丈夫。"

"他千方百计要找到你,是因为担心你。"

"不,他爱的只是我的躯壳。"

她的每一句话都说得宛如定理,如同大彻大悟的爱与恨。一个细胞,不断进行着吞噬和消解。而一个人,就是一大团的细胞。她却终不能像诞下一个孩子那样，排出这个挥之不去的异物，摆脱这个男人的魔掌。

我抬起头，忽然发现门外站着一个不起眼的男人，偷偷地向门内窥视。他隐藏在阴影中，穿着洗旧的工作服，简朴得像一块用旧的白毛巾。我不知道怎么会用毛巾去形容一个人。但他的确是如此，柔软、平和又疲惫。他冲我微微点头，目光中充满了歉意。

她顺着我的目光，再次见到了男人，身体像弓弦绷紧。仿佛宿命的轮回，他们中的一个扮演着逃生者，另一个扮演追捕者，谁也不能倦怠，只好不断地奔跑。我却愿意相信，他是在意她的，目光中流露出的关切不会作假。正如人类热爱太阳，是因为它离我们那般遥远，我们可以借由它的力量，耕种、收获、繁衍生息。或许他，正是她生命中的另一个太阳，她害怕靠得太近而被灼烧。医生还是应了男人的请求，把她子宫中的节育环取了出来，作为一个象征，从此宣告她恢复自由的身体。

这一天，另一个子宫中藏着节育环的女人来到医院，提出想要修复处女膜。我立刻戴上有色眼镜审判了她，一个图谋不轨的女人。正如朋友决定出售老房子时，重新粉刷了墙壁，他们的企图可以归为一类，为了巨大的增值，理应做一些小小的投资。我从不认为这一点点改变足以遮掩过往，比如房子确实经历过时间的摧残，比如女人一定要在床上佯装疼痛才能获取信任。在医院里，我们总是很容易就能获悉那些极其隐秘的真相。

她自始至终都没呆若木鸡。她躺在那里，可能是天气太冷的缘故，偶尔会轻微地颤动身体。她选择躲避我的注视，而劳作的医生似乎更像帮凶。身体里埋藏着巨大的阴谋，但不曾被质问，就只有缄默。或许,她很快就会回到幽闭的小旅馆里,和另外一具肉体纠缠下去,又或许收获一段真实的爱情也未可知。我相信,所有的小旅馆都有相似的格局,却一样令人感到陌生和恐惧。窗帘上附着的密密麻麻的污迹,就像是不断繁衍的微生物,肆虐着,吞噬着,布满了欲望的气息。

灵魂借用身体去爱,我也曾无法控制自己颤抖的身体,去接纳和触碰另一具肉体。我相信成长的过程是极为缓慢的,但爱总和欲望纠缠不清。我们忍不住把身体交由对方的刹那,就彼此交换了生命的一部分。我依稀又回到了很多年前那些个零下几十度的寒冬里。树叶已经全部凋零,鸟兽也隐匿难寻,在我回家必经的巷弄深处,穿着校服的他们总是忘情地彼此相拥亲吻,试图把手伸进彼此的毛衣,侵略对方的身体。我不知道还有多少双和我一样在暗暗偷窥的眼睛,也许在街的对岸,也许在窗帘的背后。

而我知道,这一切的一切都会归于平静。生命有时候不是被等来的,而是被制造的。我们的肉体其实并没有什么鲜明的记号,只有一张张相似的面孔,让我们利用它去生存。我们拥有了身体,却并不能极尽了解它深处的秘密。几年前,当我独自走进解剖楼的时候,我以为这一切都是那么惊心动魄。难以预料的几年后,我却对生命表现得愈发淡然。

解剖自己远比解剖他人更难,独处和思考才是随波逐流的逆光。我们想要分门别类的,却经常似是而非。身体中充满了各种各样的隐迹,要我们用一生去探索,我们却也只能知晓其中很小的一部分,而剩下的一部分,或许要归于灵魂,它们是如此的繁杂而不可企及。

谜

我的带教老师生病了，无暇顾及我。连日来，他像蒸熟的螃蟹一样，色泽红润，热气腾腾，还要坚持给一走廊的病人开药。我飘在急诊科，像个游手好闲之徒，心不在焉地想要把自己当作一株植物，摆放在精美的花瓶里。走廊里，每个人的心底都有一垛柴火在烧，眼睛里就升起烈烈浓烟。有男人被机器切了手指，藕断丝连的，我顺着血腥的气味跑去看一眼。有女人喝了农药自杀，准备进行洗胃抢救，我跟着抢救床跑去看一眼。而在这之前，我刚刚用轮椅推着一位血压飙升到200以上的老人去办理住院。这些事情都让我坚定地相信，这个世界充满了意外和无常，厄运随时有可能降临在我们身上。于是，我开始暗自揣摩各种类型的痛苦，当作一种练习。我变得有些疑神疑鬼——牙龈出血的时候我怀疑自己的牙齿正在松动，于是我跑去诊所洗牙。我还抽血做化验，化验单上显示转氨酶有一点高的时候，我又开始担心自己的肝脏出了问题。和我有些相似，L医生怀疑自己有糖尿病，每天饭后都坚持扎破手指测血糖，还吃一种叫作二甲双胍的药片。室友曾有心脏早搏的问题，他常常怀疑自己有心脏病，在24小时动态心电检查无果后，他开始吃一种养心的中药颗粒。或许我们都过于殚精竭虑，偏要把这些未知的疼痛和疾病培植在自己身上。命运与身体相连，对于我们始终是个谜题。

我第一次遇见M老师，是在呼吸科的专家门诊。我知道我的到访有些冒昧，但我还是不自觉被她和病人的对话所吸引。她讲普通话，同时夹杂着蹩脚的白话，这说明她同我一样是稀少的外来者。她对妇人说："结核杆菌就弥散在空中，和无数的人擦肩而过，可为什么就偏偏选中了你。"除了诊断性的结论，M老师还和她讲述营养学，甚至有关对身体的态度，以及关于生命中的信仰。她简直不像是医生，更像是生命学家。我看到M老师对妇人的无知表现出急切，甚至是少许的愤怒。老妇人的屁股被牢牢黏在了板凳上，她弯曲的双腿似乎隐隐在发力和对抗。从那天开始，我开始暗中观察M老师，我感到她身上有很特别的力量，令她像雨后春笋般蓬勃向上。

M老师很忙，她的行为都是牢牢捆绑在表针上的。上午九点，她看了一眼手表，连忙放下手里的钢笔，匆匆打开手提包，取出一只绿色的塑料盒子。揭开盖子，可以见到很多分隔，里面塞满了圆嘟嘟的药片，五颜六色的。她开始熟练地挑拣起来，每一种吃几颗，都熟稔于心。她随身还携带一只很大的水壶，里面装了大量的清水。我见到她只喝一口水，就能毫不费力地吞下一大把药片。她的喉管简直像口深井一样，那些药片穿过黑暗会抵达不可知之地，那里似乎有月光和星辉闪烁，正在与身体发生神奇的化学反应。她抬起头看到我，点头对我微笑着，她的眼睛亮得像是刚刚擦过。那一瞬间，我觉得她一定有什么变得不同了。她到底吃了什么？那只盒子似乎有着神奇的约束力，也有着致命的吸引力。

当然，M老师异常和蔼，她并不介意我时常冒昧到访。所谓清规戒律，如佛慈悲。在M老师面前，我能感受到她无限的能量和庄严。我有时候会搬了板凳坐在她身旁，替她拿空白的化验单，听她和病人漫长的对话。我变得很规矩，甚至有些顺从和乖巧。每天，她还是像强迫症一样在固定的时辰打开盒子，这些药片令她神采奕奕，甚至长生不老。在漫长的时间里，我试图解开她的谜题。墙壁上挂着钟表，时间在盒子里流转，每一个数字都像小船一样在海上漂泊。我们或许不相信神灵的存在，但是我们一定会遵循时间的法则衰老。如是我们的体内也有一些不容侵犯的铁律，一旦打破就有了疾病的恶魔。

M老师痴迷于营养学，她问我借营养学的书籍，似乎作为回馈，她也主动借给我一些资料，大多是书籍或者光盘。曾经在我熟悉的街市里，地摊兜售的情色光盘大抵就是这个样子，电脑刻录的，看起来有些粗糙，不知道里面到底隐藏着多少内容。当然，它们常常披着迷幻的外衣，以另一种赤裸的样子出现在光天化日之下。我总是对这样的事物另眼相看，又隐隐有些触动。M老师给我的光盘就夹在一本成功学的书里，作者大多是我不认识的外国人。我发觉原始的性冲动和成功学摆在那里，同样充满诱惑力，又令我发觉到自己的浅薄。

为了不辜负"成功"两个字，那些令人奋发向上的书籍和光盘被我摆在床头最醒目的地方，并无意被长期冷落着。我过着二十来岁单身汉的日子，简单以及重复，颓废以及迷惘。五十来岁的M

老师似乎也过着独居的日子，我能从她的只言片语里发现她丈夫和孩子的踪迹，但这些更像是拼图一样混乱不堪，所有的信息都令我毫无头绪。我无法理解，一个独身南下的女人，是以怎样的精神力量战胜了孤独和思念，又默默发展着自己的事业。记得 M 老师曾忧心忡忡地对我说，她远在家乡的儿子正在慢慢和她疏远。我和她儿子恰好同龄，且同样有些沉默寡言。我想要安慰她，并试图去理解她的感受。我相信她看我时眼睛里那些善意和温存都是真实的。我们同样远在他乡，或许能够依偎取暖。

后来，我开始受邀参加 M 老师的聚会，并频繁出现在她的家中。她对餐馆里的食物往往敬而远之，莫名的食材和调料都值得去怀疑。当然她也不会亲自下厨，所有的食物都由保洁阿姨准备。所谓最高级的烹饪方式，据她说必须要用一整套某品牌的厨具，整个过程中几乎没有食用油的出现。蒸玉米、蒸排骨、蒸米饭，外加蔬菜汤，低脂低盐，高膳食纤维，符合人体膳食需求。她的食谱和她的人一样，充满了节制和力量。M 老师和一般的医生不同，她热衷于各种交际，出现在她聚会中的朋友年龄迥异，有镇里的商人、机关的职员、退休的学者，甚至教会的神父，或许唯一共通之处就是他们都曾是她的病人。M 老师有一架黑钢琴，周末的时候会请来音乐老师，她会和教会的朋友一起唱圣歌。而我显然没有被完全驯服，我在聚会中常常扮演着沉默者和观察者的角色，刻意保持着某种冷静。

我发觉 M 老师异常珍惜身体，并始终保持着严格的节制。她悲悯而乐于助人，像永动机一样不会疲倦。我知道她平日里吃的不是治病的良药，而是种类繁多的维生素片。在家里的时候，她偶尔也会给我冲一些蛋白粉，我以为这个过程弥足珍贵，就像是她把自己的生命力与我共享。在她面前，我无疑是异常虚弱的存在，面对诸多诱惑往往缺乏自控力。M老师家中有一个金属箱子，里面装着一套精密的仪器，据说连接身体，接通电源，就可以知道身体中所有的营养素含量。我觉得这很疯狂，她简直是要解构自己的身体，把肉体都还原成数据和能量。如果我们都是容器，那么内容物就是有配方和比例的。以此作为科学依据，她更换和添置了家中几乎所有的日用品，固定品牌的炊具、洁具、化妆品甚至空气净化器，并坚信这些商品是人类的福音，帮助我们延年益寿，甚至获得无法想象的财富。她让我懂得，现实世界中的造物者，一定也会是成功的商人。生命的壮大始终伴随着诸多渴望。

痴迷和疯狂，都是异常坚固而执着的情感。我和M老师结识于春天，分别于同年的夏天。那个夏天让我看到了很多比日光更加炙热的事物，对于她或许是义无反顾的燃烧，对于我却是一种缓慢的煎熬。M老师驱车带我去参加讲座，仅此一次，却令我印象深刻。会场在一所豪华的宾馆里，主讲者曾是心内科的主任。这是一个弃医从商的女人，她告诉我们她放弃了医学事业是多么明智的选择，而这些维生素药片改变了她的命运，甚至为她积累了不可想象的财富。她说自己是受益者，她推销这些产品，也是为了造福于人类。或许这场优秀的演讲不算什么，而真正令我动容的是场下的观众，喝彩声不断响起，这样的气氛和场景令我感到压抑和恐惧。在剧院里，在教室里，在升国旗的时候，在同样黑压压的人群里，我从未见过如此统一而坚定不渝的目光。我却像是一块保持怀疑的腐肉，毫无生气地躺在那里，正在等待被瓜分和同化，成为他们的一分子。我想到一种印象中会结群出现的邪恶生物,叫作乌鸦。与他们的情感相隔,我甚至感受到了某种置之死地而后生的快感。

M老师与主讲者显然是旧识,并对她充满了敬仰。"这是多么难得的机会。"M老师反复强调着。关于这些营销者,他们的身份是以宝石命名的,钻石或者翡翠,都是地壳中藏有的最原始的宝藏,其实我们崇敬的往往是财富。在主讲者下榻的房间里,与M老师相识的朋友得以近距离接触到她,这对于所有人来说都是荣耀。她剪短发,妆容素净,看不出脸上有岁月蹉跎的痕迹。我必须要承认,她身上充满了智慧和优雅。我躲在角落里,吃水果,用鞋子摩擦地板,有些百无聊赖。到时间了,我看到他们相继都拿出一个小盒子。该吃药片了,可是我什么都没有。我没有药片,没有工作,没有信仰,我像是一个离群索居的异类,贫穷又无力。这个世界里充满了悱恻无常,似乎除了这些营养品,再没有什么是值得信赖的。我们在宾馆里聚餐,M老师的神父朋友带领大家祈祷。M老师示意我闭上双眼,所谓入乡随俗。我有些木讷地十指相扣,重复着赞美之辞,感谢大自然和食物,感谢主的恩赐。记得M老师曾对我说过,你不要轻易信佛,你会变得无欲无求。可那些欲望被包裹上了爱的糖衣,我依旧无法接受,更无法消遣,这些美好的善意。医生,信徒,维生素片。三位一体,似乎有些生命已经趋于完美。

我想我和他们不是一伙的,我注定要和他们不告而别。我们最后的对话发生在M老师的阳台上,风拂过整个夏天,拂过半片江山。从M老师的阳台就可以俯瞰到宽广的河流,河流深处藏着谜一样缱绻的未来。M老师对我说:"我不会被一直捆缚在这里,我相信不久的将来，我会离开小镇，我相信有更宏伟的画面在我的眼前，比如皇城北京。"离开小镇的时候，我还是对 M 老师充满感激。我把营养学的书留给了 M 老师，她给我的成功学的书籍，我也一并还给了她。起初我还接到 M 老师的电话，她关心我毕业后的就业情况，关心我的身体健康，可是后来就再也没有了她的消息。

生命就像谜一样，我们有很多无可奈何又无法预判的选择，一年后，我竟然来到了北京工作，换了新的手机和电话号码。我来往于茫茫人海之间，地铁上到处都是陌生又困惑的面孔。我依旧木讷，少言寡语。我相信我和 M 老师之间再也没有了牵连，如同断开了丝线，如果是风筝，就会越飞越远。莫名其妙地，我也开始吃一些复合维生素片，只是偶尔的一颗，似乎对于身体来说只是肤浅的慰藉。可是我还是时常会回想起 M 老师，幻想着或许有一天我们会在这个城市里相遇。她一定还是充满活力，能够散发出刺眼的光芒。

我想我一切都好，我会问她过得怎么样。

石龙小镇

1

医院坐落于西湖工业区，院子里的建筑群是低沉的灰白色。院子里定时撒了玉米粒，灰鸽子成群起落，它们最喜欢在灰色的南丁格尔石像上歇脚和排泄，粪便一点点干涸，竟然就化成了石像的一部分。医院附近多是加工厂、物流公司和五金商铺，看起来灰蒙蒙的，其间倒是有间酒吧，是少有的娱乐场所，白日里永远都是大门紧锁，一幅亏损倒闭的模样。夜晚降临的时候，我想象到不远处的小角落，霓虹中有了声浪、热舞和酒精。拥挤中耳鬓厮磨的喘息，一杯色彩魔幻的鸡尾酒，以及偶尔可为的放纵都是令人期待的。

这座古老的小镇当然有颓靡的色彩。然而总有一些与浮华相反抗的事物，是命中注定的存在。比如风月无边，南支流和北干流在小镇中央交汇。东江就这样从小镇中间穿过，理直气壮地把土地分割。因为东江的滋养，小镇有了灵魂。有时候，我想和小镇说说话。

清晨微光流淌,我常常要乘坐班车过桥跨江,去往旧院的某个病区。于是,我无数次与一条江擦肩而过,多少次迷雾笼罩,天光破碎,我都努力睁开双眼。江水浑浊,滔滔不绝,总有一条船在视野里徐徐驶来,那是一条生了锈的老货船,载满了石龙镇水运的沧桑。我无数次窥视东江,以不同的角度和时间试探,妄图看到河流深处的秘密。与河流隔空相望,似乎很近又很遥远。在江河面前,周围的一切仿佛都成了附属品,对岸的老城,江堤的树木,以及重复出现的我,都如此浅薄无力。江面宽广,所以这里的时间都变得异常缓慢,缓慢到江边所有的事物都深陷在时光里,弯曲了,消隐了,沉默了。

横过东江就是石龙老城区,驱车直下,旧院在不远处。旧院门前车水马龙,金属牌子上写着"太平街",街上多是灰白色的民国建筑,两三层楼。沿街的店铺索性就以"太平"命名,鞋店或者杂货铺。都说太平街老了,两旁的建筑都要拆。可谁敢轻易打破陈规,这些老屋里似乎藏着民国时代的旧人,依旧沿袭着古老的营生,正和小镇一起缓慢地衰老。

小镇的四月飘来很多场云雨,也飘来很多破碎的灵魂和心绪。行人变得慌张焦虑,匆匆的轨迹中满是闪躲的意味。我独坐在石板凳上看着太平街,细雨霏霏,楼宇、植物和店铺都湿透了。湿透的还有不远处的木质小推车,堆得像小山一样的橙子正折射出诱人的光芒。

顺着草木的气息张望——中山公园毗邻医院,里面古木参天。树下打牌的老人和围观者不见了,公园在淅淅沥沥的雨水中开始复活。空无一人的时候,我愿意去园子里走走。我步履极慢,难道是怕弄湿了鞋子？可鞋袜已经湿了，我还是走得很轻，我怕自己的莽撞打扰了栖息者的灵魂。温热与寒凉交织，沁入肺腑。公园太小，装不下那么多凡尘的喧嚣。此时此刻，园子正因为遗忘而独自唏嘘。我想做一个倾听者，可是我不属于这里，我只是一个无名的闯入者。春夏交替，满园的树叶飘零，散落在水潭、杂草、黄泥和石板间，繁杂而纤细，铺就了一片斑斓的光阴。一阵风轻轻拂过，四周开始沙沙作响，恍惚有栖息的灵魂和我擦肩而过。那些故事和故事里的人，还有谁记得？但至少还留有一些旧印迹，在时光的磨盘里偶然指向某个方位。重新修葺的演讲台上，站着东征时身着戎装的周恩来；废墟瓦砾中的人群惶恐，一腔热血的莫公璧校长倒下了；一年年黄花开透，花丛中葬着英勇就义的李文甫……我知道园子里几乎浓缩了整个小镇的近现代史。

中山公园破败了，小镇就一定不复往昔的显赫。

只有浩瀚的东江守在小镇心里，日夜奔腾。

2

宿舍只够放下两架上下铺的铁床。窗子狭隘，上面挂着洗旧的内裤。三月的小镇是用水洗过的，衣物挂再久也不肯干，屋子里的水泥地面像是和稀泥。床尾的风扇呼呼作响，费力地推开湿嗒嗒的空气。气流不断撞击在脸上，终于有了些牵强的凉意。暮色四合，我才渐渐苏醒。火车从不远处的墙外鸣笛而过，窗外湖里的白鹅开始争先鸣叫，这样的声音始终在日夜反复。屋子里没有开灯，疲倦的午睡过后又是天黑。夕阳里起伏的声嚣，如远方平卧起伏的山恋。广添去隔壁镇的茶山医院访友，步青估计在和法医系的男生打桌球，屋子里只剩下我。乐乐从女生宿舍赶来，敲门找我去金沙湾超市。步行去超市已经成了我们业余生活中重要的组成部分。我们或许什么也不买，只是说说话而已。还有些时候我们习惯彼此沉默，只是单纯去往目的地，再原路返回。

金沙湾超市装修并不繁华，只是很大，不仅仅是面积大，还大到货架高处的商品垫脚也够不到。所有的物品都堆积得像小山一样，充满了最原始的物欲。我喜欢看那些整齐排列的酱菜缸。有时候我甚至会掀开盖子，仔细嗅一嗅，如果记住了这些复杂的味道，就仿佛收纳了所有人的家乡。我们都是有些怀旧的生物。记得广添说过，罐子中的一些酱菜和他家乡梅州的一模一样。所以每次看到这些酱菜，他都会停下来，我透过他的双眼，仿佛能够看到他的过往。我会买一整箱的牛奶，蒙牛或者伊利。超市混淆了地域特征，很容易就能把每个人的家乡都搬一部分进来，令人睹物相思。这里，对每一个人来说都是公平的。

金沙湾门前的空地算是一个小型的公交车枢纽站，有巴士开往石龙火车站或者临近的小镇。越是在人多的地方，我越是保持沉默。这些年南来北往，让我习惯了以提防的姿态生存。从一种方言到另一种方言的转换，让我开始了长久的失语。我混在人群里涌动的时候，像每一个打工者一样，散发出浓重的体味。只要我不讲话，就没有人知道我来自哪里。我暗想过，如果我是工厂里生产的收音机该有多好，这样不管走到哪里，都能够以特有的调频融入本土的语言和文化。东莞是世界工厂，这里一定有全中国最大的收音机加工厂。

夜幕深沉，我才回到宿舍。有时我会打开收音机入睡，想学一点点粗浅的广州话。耳机的通道是私密的。深夜的粤语电台，多是广告和谈话，关于两性，关于治病。耳畔混乱的声音渐渐斑驳，越飘越远，声音的背后是小镇的缩影。光线穿梭如流，人来人往，稠密如蚁。

3

那天在医院门口，我看到一位母亲指挥小儿子去捕捉一只觅食的灰鸽作为晚餐，即便那只是一个玩笑。医院里有动物园，巨大的笼子里分散饲养着孔雀、猴子、山羊、鸵鸟等动物，用来抚慰病患的心灵。可在广东人眼里，它们或许都是可观赏的肉食，令人垂涎欲滴。树上的木棉花沉甸甸的，鲜亮可人，落地的时候发出闷闷的声响。我喜欢拾掇了木棉花喂猴子。除此以外，大多时间我都和一些禽类相依为伴。

一边是铁丝网里的山坡和湖水，一边是我居住的宿舍楼，院子里的鸡鸭鹅是放在一起圈养的，肥美可人。我喜欢看它们与世无争的样子。铁丝网附近长了很多竹子，竹子一蓬蓬地从铁丝网的窟窿往外钻。午后的闲暇时光很短，我会折了高处的竹枝喂鹅。白鹅成群地从远处走来，笨拙地摇晃着身体，争先用喙拽下竹叶。白鹅伸长脖子，用很大力气去吞咽。竹叶很硬，这样吞下去难道不会痛吗？这不禁让我想到涮火锅时鹅肠的爽脆。

鸡有时候会在白鹅后面凑热闹，偶尔有散落的竹叶坠地，它们都会兴奋地凑近瞧瞧，然后被白鹅推开。鸡窝里飞出金凤凰，可这些鸡并不会飞,只是喜爱登高远眺罢了。跳上树的鸡居高而傲慢,有时候会突然看破了红尘,会孑然一身地往铁丝网外面跳。

外面的世界很精彩。一只鸡逃出樊笼来,给了我们可乘之机。

广添出门的时候像个武士,但是这个武士不带刀,他带的是一根晾衣竿,挥舞得密不透风。我和广添把鸡赶到无人的角落,采取分头围堵,缩小包围圈的战术。老母鸡脚力非凡,速度快,且灵活,胆子却小,在无处可逃的时候它就直直地往墙上撞,最终被我一把擒拿。母鸡在我手中顿时像中了定身术,不敢挣扎,也不说话,眼睛死死盯着一个方向不敢动。真是温顺又善良的动物。

广添突然颤抖地和我说,我偷鸡了,这是人生第一次。

我说我也是第一次,还不撒丫子赶紧跑。

在逃跑的途中,我反复琢磨"偷"这个字眼。我说不对,不能因为这只鸡就给我的人生抹了黑,这只鸡分明是自投罗网,怪不得旁人。

回到宿舍,我和广添把鸡藏在纸箱里,用厚厚的内科书压在顶端。

步青回屋以后,我拿出盒子神秘地对他说,你猜我们捉到了什么?

步青看了一眼纸盒,小眼睛放出光来。他兴奋地跳起身来,两只手直扑腾。

他说,鸡!我们该怎么办?

我比画着说,杀!当断不断反受其乱。

我们抱着装鸡的纸盒迅速从后门离开医院。农贸市场里有温暖的羽毛零落,就有血液和燃烧的味道。那天在市场里,我给了杀鸡人三块钱。杀鸡人一边剖开鸡的肚子一边用粤语说,你们的鸡是食谷的。我相信,吃谷子长大的鸡一定是鸡中的贵族,今天我们要拿它开刀。

我给了大排档老板娘十五块钱加工费,加上葱姜等辅料,这只鸡成就了一锅好汤。为了喝这一锅汤,我们点了一桌好菜,并以酒庆祝。宴席开始,首先分赃——喝汤,食肉。鸡肉因为生长缓慢,所以筋肉异常结实。我说,再难啃的肉我们也要吃下去。因为医院一直按照级别给职工配餐,而实习生的是最低档次。我笃定这是食堂给专家门诊的医生养的鸡,这次我们也享受到了专家的待遇。

4

在医院体检中心实习的时候,我常常要堂而皇之地给一群女人分发验尿杯。杯子是透明的,很轻薄,用马克笔编上号。她们接到杯子后就会轻飘飘地离开,就像一朵朵云彩。她们大多是妙龄少女,但面容和发育似乎都要超过真实年龄。走廊的尽头就是女厕,有些阴暗闭塞,她们总是可以说笑着走进去。有些姑娘要排队等待,我暗想隔间里面的画面一定很狼狈。在我眼里,这些年轻的姑娘是怀孕的高危人群,而怀孕的后果就是失去工作的资格。工厂里不需要怀孕的女工,而我们正和工厂的老板同仇敌忾。杯子被摆成一排,里面的液体有多有少。其实有一点点就足够,淡淡的尿液味道从一排排杯子中升起来,并没有什么可羞耻的。我撕开包装纸,把纯洁的验孕棒一根根丢下去,等待她们的私生活浸润出赤裸裸的真相。

有女人的地方就一定有男人。女实习生都不喜欢给工厂里的男人做体格检查，其实只是简单的听诊和触诊而已，无法避免要有少量肌肤相触。检查的时候，男人脱鞋的动作大多会有些迟钝，恰好与穿鞋时候的迅捷相对。他们露出来的袜子多是尼龙袜，几块钱一打，蓝黑灰并不明晰，滑溜溜的不吸汗，甚至有些已经破损露出脚趾。男人蜷曲膝盖平躺在检查床上，那些随意搭配的廉价衣衫被撩开，密密的汗液和体味混合，发酵出底层的味道。几个呼吸之间，开始心跳加速，腹肌收紧，被检查者总是比想象中还要紧张。吁——我也想让他们早点离开，或许工厂比这里更让他们感到自在。

体检中心常常要自己招揽生意，甚至要派医生上门做检查。我们有一辆超酷的白色小巴，有时候要出车去往工厂或者学校，司机就是科室里的医生，自给自足，技术一流。医院附近就是各种工厂，有时候汽车驶出大门还没过瘾，拐几个弯就抵达了。把食堂里的餐桌拼凑起来，铺上单子就是检查床。空旷而昏暗的厂房里，我们依旧是那道筛检的关卡，无情地拒绝所有的非健康者。有一天，朋友呼喊我过去。她激动地说，你快来听，是吹风样杂音！我把听诊器压在她的胸口上，里面果然传来呼呼的声音，多么与众不同。她的心脏仿佛不是在跳动，而是在旋转。头顶上的吊扇也在旋转，我在旋转的明暗里看到年轻女人眼睛里噙满泪水，我相信她的泪水后面满是辛酸的故事，可我怕她死在冰冷的流水线上。我不知道她失去工作以后会去往哪里。

有一次，我们要去镇上一所体校给学生体检。我想到中山公园的一角，那里有一座举重者的雕塑，粗犷的石头被雕刻打磨成人，看起来肌肉虬结，充满力量，基座上写有"举重之乡"四个字。我以为我将见到的将是一座座像山一样的肉体，没想到遇见的却是一群还没发育的孩子。他们中有男有女，高矮不齐。因为我们的到来，他们得以暂时放下课本，相互推搡着走出课室。体校是寄宿制，管理异常严格。离开偏僻的乡村和田野，他们从小就要学会独立，不断和自己的身体较量，蜕变重生。他们就是一个个小怪物，像太阳一样明亮耀眼，像麦子一样蓬勃生长。我不知道应该以怎样的方式，让一个乐天知命的孩子去理解，他的血压有些高。或许这根本就不重要。

5

广添执意要再去一次永成凉茶店。铺子就在火车站附近，陈设看起来旧旧的，一切色彩都在磨损中趋于永恒的和谐。屋里桌椅摆得很满，相互之间不成套，食客们坐下来免不了要背贴背。我们为了一碗牛腩面和一杯西米露，满头大汗，不亦乐乎。铺子极端隐蔽，所以租金低廉，却恰恰印证了大道至简。与不断扩张店面，再开分店的经营模式不同，这些老字号的铺子宁愿偏安一隅，唯我独尊。或许当我老了，铺子理所当然还在那里。"生意兴隆"的牌子还挂在原位，世代相传。

从凉茶铺出来，不远处就是沙头角。在石龙，谁都逛过沙头角。沙头角多是相连的小铺子，售卖衣服、鞋子或者小饰品，山寨货居多，可以议价。比起虎门论斤批发衣服和广州白马服装城的服装打货，这里明显底蕴不足。在深圳，同名的沙头角与香港接壤，是一座方圆不足二里的边陲贸易小镇。石龙的沙头角明显是移植而来的，是并不完美的复制品。

白日里，街市上总有看似无所事事的年轻人在店铺之间穿行，不知去向。一些男青年热衷于留长发染颜色，或是索性剃成青皮。手臂或者胸口有文身，一些无关信仰的图腾，龙或者蝎子，呈现出并不均匀精细的蓝。衣衫一定要大剌剌敞开，或者索性赤膊，把肌肤晒成均匀的古铜色。没有女孩子不喜欢。或者说，十六七岁出来打工的女孩子，总是被这些莫名的痞子气息吸引，然后和这些男人完成一些少女到女人的蜕变，如果不小心怀孕了，生下来又是男孩子，那就结婚吧。兜里的钱用来过完今天就好，只要身体强壮，就有倒闭不完的工厂，小镇里到处都可以谋生。

谋生的人四处都有，漂泊只是一段往事。如果要离开，火车是不错的选择。石龙火车站虽然不起眼，却有动车和高铁停靠，每隔半小时就有一班，通往广州或者深圳。因为自动售票机，乘客很少需要排队。或许对于很多人来说，石龙只是一站停靠地。我想到个体的命运，与小镇之间到底会有怎么样的牵连？安逸的小镇中，有一些人留下了，有一些人离开了，还有一些要延续的，将在我们的生命中泛开涟漪。

医院的妇产科，除了大腹便便待产的妇女，还有两类人住院，一类是拼命保胎的女人，一类是等待打胎的少女。离开石龙前的最后一晚，我带了刚刚出炉的绿豆饼去医院探班。走廊漆黑如墨，我换了白大褂，就像平时一样，坐在灯火通明的办公室里，偶尔听到窗外婴儿的啼哭声。妇产科的徐老师叫了外卖红糖姜水，和我同饮分享。糖水甜而微辣，我有些喝不习惯，却不愿说出口。于是我只好小口吞咽，一边小心地剔除掉那些很细的姜丝。

老师说，以后有了女朋友，你要懂得对她好一点。

南村微末

1

每一次搬家都是一场淘汰，在自我的情感以及器物之间，完成着保留与割舍的拉锯战。从一个城镇到另外一个城镇的迁徙，其实也是如此，仿若一个颠沛流离的梦境。面包车一到站就甩下我们，一溜烟消失在烟尘中，只剩下大大小小的褐色纸箱，封印着故我的气息。

我选择了南村作为最后的栖息之所，我相信，同样地，也是南村选择了我，这是命运使然的某种遇见。走在南村的街角巷尾，眼前的一切都是如此陌生。狭小的巷道，仿佛血管一样联结着无数活着的器官，这些脏器有大有小，却新旧不等。可以说，这样的村落是不会死亡的，它只会不断地更替细胞和血肉，然后继续残存。这里的新居往往筑有五六层楼，却大多是用来出租的。偶尔能够看到墙面上贴了出租的信息，内容简单至极，只有房型以及电话号码。这些房子，以恒定固有的姿态，等待并容纳着无数的疲倦的旅人，不管他们是穷途末路，还是天南海北。我还记得正午的阳光下，房东懒洋洋的，他的话很少，似乎见惯了这些风尘仆仆的人，急需一个安身之所。从选择房间到签订合同，一蹴而就。

我选择的那一间套房，坐落于五楼尽头处，是崭新的一房一厅，还有独立的卫生间。每个月三百六十元整，不算水电。起初，房间里面只有一张大木床，散发着一股驱散不尽的松香味道，而周围只有牙白的墙和米白的地。这只木床就仿佛是冬天里的一棵树，站在万籁俱静的雪中央，桀骜孤寂。拆开胶纸，我开始重新整理每一件物品，给它们应占的空间。它们终于又活了过来，有序而自然。从东莞到广州，我承认我有些喜新厌旧了。我在摆不满的屋子里踟蹰着，因为比起曾经丢弃的物品来看，此时的我却想要添置更多。而我要在夜幕来临之前，暂时打理好这一切。

2

在南村，我是个典型的异类，从口音到身形都是北方的蛮族。或许源于此，我才会迷失其中。楼门的高处贴了符咒，墨笔的弧线中夹杂着我不认识的小字，高深莫测。我打开金属门，有风涌动其间，红色符纸的边缘处开始微微浮动。我想我要从这一刻开始，兀自在身体中印刻起这些微小的事物，化作内心的符号，在我每一次经过时，燃烧而生出指引的神力。

我住的这条巷道叫作"三姓六巷"，它的名字原始又直白。走在巷子里，我发觉似乎南村的每一户房前，都贴有这样一小片古朴的蓝色门牌，闪耀着些许金属的质感，月白色的字迹，是巷名和门牌号，古朴的楷体，一笔一画都纤细可人如若花蕊。

房东的母亲在巷子里乘凉，一如初见时银色的短发过耳后，被梳得一丝不苟。一手执蒲扇，缓缓生出风来。

"要去到外面吗？"阿婆知道我是北方人，极力想要表达清晰，却是普通话和广州话错乱地夹杂在了一起。

"是啊，有好多东西要买。"我摊开手掌，在空中画了一个体积巨大的圆圈。

"你从那边走吧，从那边右转，再左转……"她的手像扭曲的绳子般无限地延伸着，拐了无数个弯道，迂迂回回，曲曲折折。我想我的脸正写满了困惑，眉眼口鼻都迷了路。

"我和你走一次吧。"阿婆走在前面，从容而轻快，就像一张被风卷走的纸片。

逼仄的天空下，大步流星走着房屋。我在弯折的路上，如同一个虔诚的信徒，拓碑般掠过。我看到很多屋门旁墙壁上，都会悬挂有一只金属的小铁盒，里面插着点燃的檀香，一缕一缕，从未停息。檀香的味道似乎能够沟通阴阳、与神亲近，我对这种味道渐渐有些沉溺。沿路的房屋，大多都有一条浅水渠相通，用水泥抹过，上面附着了绿色的藻类，流淌着有些浑浊的水，散发出一些浑浊的味道来。我努力记忆着，那里种了棵柠檬树，这边摆放着三五根烧饭的圆木，再远点的房子上贴着五颜六色的马赛克……

"从这里，就出去了。"阿婆终于停下了脚步，我看到巷子外的马路上正席卷着滚滚的灰尘。这是个无比滚烫的出口，不断有摩托车和三轮车互相追赶着飞驰而过。

从此，我便开始了这样往复的穿梭，怀抱着各种各样的物品经过。巷子里的植物，茂盛而无序地生长着，我好像也成了一颗行走的草木。这恍如迷宫的巷子，对于初来乍到的我来说，依旧会有些陌生。我还是会在七转八拐中，蓦然发现眼前耸立着一堵高高的墙壁，砖块一层一层，一寸一寸，隔绝了去路。这突然横生在眼前的墙壁，吸食了南方温润的水，正慢慢变得乌黑，仿若写满了各种自私的感情，邪仄逼人。我又不得不转圜，原来有时候并不是方向对了，世界就能相通。巷子就像人的心肠，曲曲折折，消化着无比静默的时光。

　　我就如此反反复复地练习着，在偏离中不断纠正，然后慢慢把复杂的事情简化成习惯。夕阳正浓时，我背着旅行包穿过巷子，有炊烟正徐徐升起，我碰到放学的小孩子，正背着书包笔直地奔跑回家。笨拙如我，时常记不清人的面孔，却时常能够记得一些沉默中的变化和别离、悲伤和欢喜。我总是分不清方向，常常在迷途中自我束缚。南方城镇里的问路，对白中似乎从来没有南北，只有左右。但它依旧被叫作南村，像一块山石沉寂于日月清光中，坐落于某物以南，恒定而稳固。

3

　　我知道母亲要从远方来探望我，我必须要在前一晚打理好自己的一切。

　　卫生间灯泡的光，是黄色的，现在坏掉了，可外观上还保持着完整如新。没有了灯光，我就要赶在暮色消失之前，用电热棒煮好热水。可光总比想象中消散得更快，我站立于泡沫粘连中，触摸到自己的身体,就如同沐浴在一条黑暗的河流中,惶恐不安。

我决定去买一只灯泡。现在的我,即便是在黑夜里,也可以一边思绪游离,一边自由地穿梭于黢黑的巷子了。路边杂货铺就像百宝盆,就像赶集网的广告词,啥都有。屋子不管是什么物件损伤了,似乎都可以在这里找到替换。正值夏天,远远就看到杂货铺的门口摆了一排电风扇,门童一样站立着,贴着标签。

我说我想要灯泡,一只,只要具有发光的能力就好,不用很亮。男人坐在货柜后面,赤裸着上半身,闪着咖啡豆一样的光泽,有些流氓气概。他递给我一只节能灯泡,装在一只满是灰尘的盒子里。它细而长,有足足十瓦,节省至极。

替换灯泡,旋左,旋右,全靠直觉和灵感,因为我完全看不到那孔穴。整个过程,我要踩在椅子上,跳芭蕾一样踮着脚才能完成。拨动开关,灯光微弱并且呈现出一片惨白,有些不济。有了光,我也安心了。我决定重新洗澡,我希望母亲看到整洁的我。

正如母亲总是担心我在南村的生活,现在我却开始担心她来时的旅途。或许,我们本都是盆栽,却互为生的泥土。一个少年的生命,是从十八岁以后想要独立起来,就开始生长了锐利的刺,试图戒除依赖。在广州的地铁里,这样的见面寻常而简单。我接过她手中的拖箱,告诉她只要跟着我走就好。我犹记得那天广州的太阳很热,热得发慌。如果这太阳是某种磨难,我仍然不想让她看到我额头上的汗珠,我就是这么拧巴的人。

我们穿过小镇的街,穿过这巷子。她的到来,充盈了我的房屋。电磁炉、电水壶、酱油、香油、火锅料,渐次出现,突兀又真实,仿佛它们本该在那里,填补空白,散发出烟火的气息。白日我不在，她就拿了我的钥匙，默默来往于市场和这间屋，煮好饭菜等我回来。她说南国的鱼和虾，真的很便宜。我不想总是被照顾着，于是我吃不多，她却也吃不下了。

　　天气热，风扇呼呼转着，这间出租屋也显得愈发空虚了，就更加成了我孱弱的证明。我们开始对视着不语，是否意味着我们都要开始习惯如此，戒除彼此去生活，南北分离。离开家的日子里，我学习了喝酒，甚至抽烟，是为了变坏，可变坏都是为了成长。但我无法证明，如此的成长可以让我活得精彩。有那么一刻，我会盼着她快点离开广州。

　　我们常以为情感是万能的，母亲给了我她仅有的两片面包。我却用其中一片，换了一朵水仙花。可水仙花，终会在不久的某个清晨，彻底枯萎。我看着她离开南村，又有些心疼。我开始习惯一个人的生活，独处的时候，每一刻都是对自己的解析和贪恋，正如卫生间的灯，孤独地亮着。

4

　　有一刻，我觉得我像是一条狗，被南村收留。而我想，如果没有它，我甚至难以生存。农贸市场就在地铁站旁边，阡陌杂乱，距离南村十分钟脚程。我们每一个人，都不得不经常来往于南村和农贸市场之间。农贸市场稳稳成了小镇的中心，它恒久地接纳万千，以一种霓虹破碎的姿态。

　　我很少生火煮饭，却流连人世间。朋友每日都要炒菜，我有时候会陪他买菜。他的手艺很差，再美好的食材，清新脱俗，或魅惑人间,入他魔手却都是枉然。在农贸市场里,买土豆可以给你削了皮,买猪肉可以为你切成块,买鲤鱼可以替你刮了鳞。而这些体贴,在北方是难得的。我在菜市场能生出这样的感慨:南国的姑娘,简直温暖极了。

我常常要买些水果,农贸市场是光怪陆离的,经由它我见识到,植物的想象力有时候浮夸得惊人。南国的水果档,是怪力乱神的。火龙果的肉可以是紫红色的,染得舌头明艳如妖;释迦是佛陀的头颅,被垒成了金字的模样;百香果如麝鹿的香囊,在弥留时被轻轻咬破;蛇皮果长了一身褐色的鳞,浮雕般冷峻危险。但我就是如此,深深爱着它们的离奇。

农贸市场,也绝对是小镇的风月之地。奶茶店的姑娘,十七八岁,凹凸有致。齐刘海、桃花眼,正是读情诗的年纪。当然,很多好看的姑娘,似乎并不那么爱读书,她倒是喜欢狗。后来我把我养的那条狗送给了她,我还没起名字。确切地说,那条公狗不管你叫它什么,它都会有反应。如果男人能够如狗,却是最讨姑娘欢心的了。后来有一天,那姑娘就人间蒸发了,我也不再喝"大口九"的奶茶了。我以为她是带着我的狗潜逃了,我曾经管那条狗叫过"人民币"。

煎豆腐的女人,站在小推车后面。当然,似乎每一个和豆腐相关的女子,都有化身绝色、远近闻名的资质。她白而丰腴,裹在一条粉色的花布围裙里,绳子紧紧勒着腰身。她鸭蛋脸,因为热束起了一头长发。大平锅散发着热气,她就从鼻尖开始,渗透出细密的汗汁。豆腐在煎锅上的切割翻转,极富挑战,因为豆腐和她一样,吹弹可破。各种各样的罐子里,装着神秘的香料,被有序地混合在豆腐上，可今天咸了，或是明天淡了，又全凭心情。她日伏夜出，貌美如花，且有着奇绝的手艺。她在我眼里，是个奇女子。

就这样，奶茶和煎豆腐，成了这个盛夏里，我必不可少的食物。它们隐藏在巨大的洪流里，都是如此低调而真实，柔软而值得珍惜。与此同时，农贸市场的东西，不仅便宜，还是能砍价的，我以为砍价的精髓就在这个"砍"上，异常血腥，不忍侧目。这个过程，就是杨过被砍断了手臂，方能独步天下。

如此想来，似乎农贸市场还真是有些江湖匪气的，在这里24小时开业演绎。而武林高手，大抵都隐藏在市井间。我们彼此默默对视、对峙，关联并存活着。"买手机，送平板电脑，送自行车，送三样大家电……"这样的广告语不断循环播放着，着实有趣。我知道大都市里，也有它的小市民，时刻精于算计，在诸多诱惑中，见招拆招。而我似乎正乐在其中。

5

南村的边缘处，到处都是大排档，在夜幕中顺着街边次第开放。宵夜对于我们来说，就是穿着大裤衩，脚上夹着人字拖，然后有三件人生大事要完成。填饱肚子，谈论姑娘，以及吹牛。此时此刻，月黑风高，绝对是现实与理想的完美结合。

肉食，往往需要被证明，原本是活生生、赤裸裸的。于是，鱼原本在水里，这会昏厥了，被现场刮掉了鳞片。它试图卷曲身体，可鳞片在飞，闪着银光，好痛快。铁笼子里站着鸡鸭鹅兔，不同的物种挤在一起，脖子长的看得高，颇有些宁死不屈的架势。这让我想起以前的数学题,关于几只脚、几只动物的问题。小学生的数学题,也可以源于如此的残酷。当然,更加现实的是,在广州,不管你有几条腿,先吃到肚子里再说。

时常和我宵夜的朋友是梅州人,他的味蕾有些诡异,咸淡不分,甚至错乱不堪。他行事,就像他的味觉一般,颠倒迥异。他苦思冥想的问题,大多是我完全不会思考的。同时,对于我也许是无足轻重的,对于他或许就是性命攸关。

他活得,就像个大爷,这个"爷"字的声调,是二声,也是轻声。月光被路灯的黄遮掩了,午夜时分,正是人生鼎盛之时。赤裸的男人摇晃着手腕,骰子像发直的眼珠,在虚空中不断碰撞。有人渐渐看不清了南村的树,我们有一刻都以为自己是神灵。这样的夜里,谁还记得那些对话,无须看穿或被看穿,大了舌头句句直白。

我说,明天大学城的招聘会要去吗?

他漫不经心,说算了,天气这么热,千里迢迢的,不去也罢。

我说,你们科室那姑娘,玲珑剔透的。走路的时候,总像踮着脚,随风飘一样,跑得快了或许能飞起来。再不下手,就真的没有了。

他却说,这样不好吧,爱情,顺其自然就是。

你丫怎么不去死。我有些愤慨。

"光头佬"的招牌像块旧红绸,这也是我们时常光顾的小铺子。铺子只卖粥、肠粉以及蒸饺,寥寥几样足以。店家在门前露天摆了两三只桌子,简单至极。忙里忙外的小哥,系着围裙,裸露着肩膀和手臂,就像古铜色的作品,在夜里闪闪发亮。

柴鱼粥、皮蛋瘦肉粥、咸骨花生粥、菜干粥、猪肚粥,无论如何，似乎每天只能煮一样。我习惯走到他身边，问他，今天是什么粥？如果合了心意便坐下来享用，一碗粥只要五六块钱，烫得舌头生疼，我便连同舌头囫囵吞枣般咽下了肚子。肚子里就成了温暖的池塘，有鱼在翱翔。我想，我还是吃饱了，赶紧回去睡觉，就让今天这么荒废吧。

朋友的习惯，是在回去的路上，买一瓶菠萝啤，一边走一边喝，然后他的肚子就愈发浑圆了。我们都有矛盾的味蕾，能够在苦涩中体会到微甜的滋味。再后来，这样的夜晚，这样的瓶装的菠萝啤，我们便再也没有遇到过。或许它们只属于南村。而对于我们，它们只属于过去。

6

他像个古人，喜欢吾兄吾弟这样的称谓。同乡的内蒙大哥约我去吃饭，说好了在南村附近相见。我以为在偌大的广州城里，这是一个匪夷所思的设计，因为南村在我眼里太过微小和隐匿。直到这一天，我才知道风尘仆仆的小镇中，还住着同样来自内蒙古的血脉，我们或许曾经擦肩而过，却全然未知，这让我错愕又欣喜。

南村以东，小区的电梯楼里，住着这样的一家四口。一进门，我就嗅到从厨房里传来的阵阵熟悉的味道，是阿婆在煮饭。然后我就看到了大叔，以络腮胡子的惊艳形象登场，如此雄性气息张扬的毛发，使我僵硬地想起，我们或许曾经相遇过。就在卫生系统庆"七一"的文艺汇演彩排中，他负责朗诵诗歌。记忆里，浓密的胡子比铿锵有力的句子，更扎人肺腑。他厚朴，瓷实，相比于他，我更像只兔子。婆婆在做焖面,姑娘暂时躲在房间里,大叔倒了酒,大哥嫌热裸了上身,阿姨从冰箱里拿了绿豆汤。我已经有些迫不及待了。

晚餐是如此丰盛。我惊诧餐桌上的炖鱼、腌黄瓜和豆角焖面,都和母亲的手艺如出一辙。这是老地方传统而沿袭长久的味道,经久不衰。这也是对我味觉上某种巨大的恩赐。他们终于成功地把内蒙古的餐桌,原封不动地迁徙到了广州,朴实而不动声色。坐在这样的餐桌前,我还有什么可抱怨的。

大哥说,或许是因为广州的水不同于北方,所以在这里吃不到美味的莜面。我也是这些年才听说到,原来河里的水,也有寒凉燥热的分别。大叔却说,莜面粉要跨越千山万水从家乡带来,和面时要用滚烫的开水,那时候两只手揉得通红,美味的莜面也就近在咫尺了。

这些事情,我都是第一次听说,原来为了某种味道,我们有时候是需要忍受某种痛感的,可即便如此也心甘情愿。正如丢失了家乡,本身也是疼的。有时候,我们可以站在西北的冰天雪地里,踩着干枯的松枝,冻僵了一切感知,心却是暖洋洋的。

白的,红的,黄的。我并不想拒绝,就像日光下,它们开成了花,簇拥着身体。

我沾了这酒精,窝在沙发里看电视。我清醒又无知,只是随着夜晚,越陷越深。

大叔说,想吃什么了就提前告诉他,就当自己家一样。我们在楼下互留了电话,但我想,我很有可能一辈子都不会拨打。但南村的故事,因此变得温暖许多。我承认,我有些微醺了,在回去的路上，街景变得模糊又破碎。那晚的月光像一封旧情书，读起来满是浓情和忧伤。而我要回到南村去，它那么近，又那么远。马路上，流淌着黄色的光，我要去到河的对岸，谁来渡我？巷子依旧，在静静等我，檀香正烧到丝缕尽头处，未抵千里外，梦里好风光。

7

猫歪着脑袋在看他，它总是坐在巷子里，不知由来，无论归属。那天我出门时，看到了它和他。竹篾三五条在脚边，老人手里正在编织一只竹簸箕。在这一动一静间，他成了澄明的光线，它在他身旁，做了靛青的影子。我不自觉放轻了脚步，看着那双深褐色的手，粗砺而朴素。他的指尖上，有鸟在飞。或许，他学会编织第一只竹簸箕的时候，还只是个孩子，由另外一双苍老的手教会他。竹簸箕在慢慢成形，竹篾的颜色还很浅薄，青绿而黄，散发着草木香。一只竹簸箕，可以盛放茶叶或者龙眼，在岁月这场静默的戏剧里，更迭变迁。

来来去去，相互交错，竹篾终于慢慢干涸凝结。我忘记了从哪里来，却走到了现在的画面里。而又有什么，比坐在这里，凝望着他编织一只竹簸箕更悠长。我仿佛看到了岁月，它从未老去，却分身万千，成了微小的器物，陪伴世人轮回。我知道南村自有它厚重的戏剧，似乎每个星期都有这样的老人远去。唢呐声里，纸钱被风散落在空荡荡的巷子里，宣告着别离。而我只是个过客罢了。

南村，还有这样一个男子，似乎性格有些自闭，终日与木头上演着对手戏。这日复一日的场景里，弥散出痴迷，但这绝不是一场哑剧。在一间木屑飞扬的厂房里，大敞着门庭，他用砂轮锯断木头，切割成一段段复杂的情感，等待被拼接完全。潮湿温润的空气里，总要有些炽热干燥的坚持，相互对峙着。鼻腔里会充斥了木头的香气，猛烈又窒息。傍晚时，他又细细打磨木头，木头已变成了方的盒子，里面正关着天涯歌女，传出老旧的声音。而这些音箱，终归有一天会开始它的流浪，并日渐沧桑。男子只是低着头，我从未看清过他的脸，我只能记住一段木香。在倚靠天光作业的房子里，仿佛有很多生命在交融。这里正是南村的歌剧院，每日孤独上演。

此处，还有我见过的最简陋的花房。种花，其实也是一门手艺。草木正从店铺里溢出来，花盆从大到小，蔓延在门前。从巨大的树叶到幼小的盆栽，从满身带刺的肉团到明丽大方的花朵，应有尽有。我第一次见到，有人用巨大的花盆种了荷花，淤泥里荷叶硕大，有粉色的花托等待盛开。人时已尽，人世很长，它却在叶上休息，就这样，枝蔓不语，枝蔓在长。

花店的主人，时常隐没在草木的影子里，我常常看到的只是手，在施肥或者剪枝。风雨来时，他才会突然出现，带着最娇弱的花逃离。我问我的朋友，是否愿意帮我搬一盆荷花回住处，却遭到了果断的拒绝。我看得到自己的荒唐处，却时常纵容又任性。南村没有荷塘，我却期待荷花的盛开，人生如戏，有时我却俨然忘了自己。

我喜欢打量这一双双劳作的手，在阳光下，有青色的筋脉微微突起，这确实美极了。我想以一双手，推断出他或她的来历。我相信长久触摸过，就会渐染彼此的气息。手掌上自有纹络，是河流、山川和森林。我看着自己伸出了手掌,白皙到血管清艳。我隐隐有些期待着,未来的十年抑或几十年,能给我这双手,留下怎样的茧?

8

无论任何季节,雨都是寒凉的,这或许能够说明,天空原本就是冷的。南村的雨,沙沙有声。有时候安静到可以听到心跳,我就能清晰地分辨冷暖是非了。我愿意把自己想象成一棵树,于是裸露的每一寸肌肤都学会了呼吸,浑然天成。我喜欢站在出租屋的窗子边,观雨。雨水无形,我看到的,大抵是因为雨水,改变了物质的状态。

仿佛全世界都在水里游,无常又明亮。我能看到低矮的屋子上,晏然的瓦片沾了水,鲦黄变作了杏黄,瓦上凝结的硕大水珠,鱼贯而砸在草木上,叶子变得有些气馁,成了卑躬屈膝的姿态。对面有一幢小楼,顶层养着一条狗。它高瞻远瞩,视野涵盖着整个南村。至少在我眼里,它是个国王。曾经,我见过自杀的狗,为了一摊青草,从高楼坠落后,粉身碎骨。它却不同,习惯了卧在云端,俯瞰苍生。

于是南村里,常有犬吠声在头顶盘旋叫嚣,有时短促,有时婉转。它守着全世界最空旷的阁楼,面前是淡青色的水泥地,以及一只微小的盆栽,仅此而已。它与植物,孤直双生着。此刻下着雨,它正盯着这株永不干枯的绿色植物思考着,它们之间有些不同。这让我突然想起《泰坦尼克号》中的经典台词:You jump, I jump

（你跳我就跳）。

我会幻想有一天，它像做了错事的孩子般，用一只爪子，把植物推下悬崖，有意无意都无妨。然后它就坚定地跳了下去。雨水以画一条直线的时间，看到了世间冷和暖，它或许也将明白这一切。花盆破碎的一刻，它将看到，植物是有根系的，如此特别。而有时候，我们过得或许还不如一只犬类。

冷暖无常，在南村我还看到过这样的情景。那是一小幢低矮破旧的砖房，像一尊双面佛，背靠背隔着一堵墙。它的一半，是暖的，在微笑，有人在生火煮饭，散发出米的糯香。而另外一半，是冷的，在啜泣，那屋顶破了大部分，雨水贯穿了整个格局，像一根根细小的钉。昏暗中，我看到墙角是一叠破纸板，用绳子捆绑着。一旁竖着半打啤酒瓶，此刻盛装了浑浊的雨水，不知谁是谁的收藏品。一个浑身赤裸的老人正躺在屋门口的青石板上，淋着大雨。他似乎已然神志不清，嘴里念叨着混沌的音节。他挣扎地要从屋外爬到屋里去，我想他是土做的，正越来越像一摊污泥。

我以为是我看错这世界。既然苍老，就让他继续苍老。既然破碎，就让他变成尘灰。就是生来死去，飘来飘去。我撑着伞，不愿意走近，又不愿意离开。黑色的伞，写着沉静的悲哀。我只是不知道，我能做些什么。屋里在漏雨，又和屋外有甚分别。

我回到自己的出租屋，暖暖睡去。我和这个世界，恍惚隔着一扇透明的玻璃窗。是玻璃上沾了雨，你站在窗外面看到我，却以为我在默默流眼泪。那条狗还没跳下去，老人或许还躺在那里，我如一棵树，站立在风雨中。大雨浸润处，仿佛有雷电劈在树心里，树从中间撕裂。

9

猫眼里透出光，证明里面有人存活。这是我半年时光里，唯一一次敲响邻居的门，有些紧张和唐突。起初她有些防备，在屋子里问我是谁。长久以来以声音判断，我知道屋子里从未有过男人，我只能尴尬地告诉她，我的名字是"邻居"。我在她门前堆了小山一样的物品，有折叠椅、卷好的竹席、四层的金属置物架、袋装的洗衣液和衣架。

她从傍晚的门缝中，先是打量了我，我不知道门缝中的自己是否完整，我也是第一次看到她的模样，比想象中朴实许多。她用警惕、森冷的语气问我作甚。我尽可能地笑了笑，说即将要离开南村，这些带不走的物品，想留给她。她终于敞开了门。

然后我把走廊中的物品，一件一件地递给她。她变得有些羞赧，甚至措手不及。要不然，我给你钱吧。这样的话语她重复了好多次，我反而有些惊讶了，这是我从未想到过的台词。

第二天清晨，房东站在屋子里，看我把所有的物品清空，督促我擦干净了地板。似乎眼前的一切，都和来时一样，干净而空虚。没有物品的房间里，走路都带有巨大的回音，不断翻卷着心绪。是那白的雪，再次湮没了我的眼，我是终于要回家了，如此温暖。

我在楼下又见到了阿婆，她问我要怎样离开。我指了指天空，我想我再也不会忘记出村的路了，还有她引路时候的背影。我执着地要穿过那交错的巷子，拖箱的轱辘，咔嗒咔嗒。没有人问我是谁，要到哪里去，就这样，我似乎可以看到南村的过去和未来。冷暖交织又更替着,南村就像是城市中的一片巨大的森林,它没落又繁华,我就是那山中砍柴人,曾经守候了最宁谧的日月,如此心安。

在这街角再砍一段甘蔗吧,就像砍下一段宿命,甘蔗是甜的,需要耐心咀嚼,南村的时光也是如此。那一刻,我似乎还未离开,就开始怀念了。有时候怀旧,并不是那段时光完美,而是因为那个时候,我们如此年轻。世间万物,轻取轻放,无须偿还。这一切的一切,终归只剩下一句:你好,再见。

斌叔、厨子和我

太阳西沉时，整个器械区只有寥寥几人，都是男人，且是熟悉的面孔。整个小镇里，似乎只有这些人爱惜身体。训练结束后，斌叔没有和往常一样陪我打会儿桌球，他脱下写有"教练"二字的黑马甲，光了膀子卧推杠铃。他脱下衣裳的时候，就恢复了自由之身。斌叔一百三十来斤的体重，杠铃足有二百五十斤。屋子里的灯突然亮了，所有人的目光，都聚拢在他的身体。灯光投射在他黝黑的皮肤上，汗水涓涓，亮晶晶的。

是他让我相信，肉体潜藏着的每一块肌肉都是真实的、凸起的、凶猛的。我暗想着，如果极致的肉体可以成为信仰，或许我也可以变成他的样子。和我的斯文不同，斌叔每一次发力都会伴随粗鲁的呼气声，屋子里都是他潮起潮落般的喘息。斌叔像只野兽，身体里埋藏着冒烟的火山。他的脸色渐渐绛红，有那么一刻，我仿佛真的从他的鼻孔里看到了白色的烟。疼痛是身体不断蜕变的表达。我看得出来，他需要宣泄坏的情绪。

斌叔是健身教练。这行当，既要比身材也要看相貌。好在斌叔身经百战，经验丰富。与斌叔年纪相仿的健身教练，大部分都回了家乡另起炉灶，有能力的或经营了自己的健身房。但是斌叔没有，我笃信他积攒下了巨额存款。我以为，他一定是沉迷于身体才如此坚持。今天，我也锻炼胸部，这让我多少有些自卑。斌叔的胸部隆起来像两座山丘，女人都会为之羡慕。斌叔间歇休息的时候，看到我坐在一旁晾汗，突然对我说，你过来感受一下我胸部发力的感觉。他常常对我说，锻炼肌肉的时候，要用意念控制肌肉，感受其中的变化，这次我得以用意念感受他的。感受的方式有很多种，比如用眼睛看，比如用耳朵听，但是眼睛看到的，耳朵听到的，都不一定是真实的。这些都不够直观，手掌能够触摸到的或许才是真相。他拉起我的手，让我摸他的胸，他的胸正在充血发胀，甚至有些烫手，我有些慌张。这是我第一次触摸某个人的胸部——发力时，它坚硬得，像一块石头；松弛时，它柔软得，像一块海绵。

我就这样摸了他的胸。据说最好的肌肉，不过如此。当然，隆起和膨胀的外观并不是全部，胸部还要有完美的轮廓。宽握杠铃，练习外侧胸廓；飞鸟夹胸，加强内侧胸缝；平躺卧推，杠铃的落点对准乳头处，练习胸中部；上斜卧推，杠铃的落点对准锁骨，练习胸上部。这年头，男人也想要壮硕的胸部。而斌叔从没放弃任何一次机会展示他傲人的胸部——他穿紧身弹力背心，有袖的、无袖的，挖背的，黑的，蓝的，灰的，两粒乳头总是昂然挺立。斌叔不止让我一个人摸过他的胸，他们都喜欢轻轻摸一下，再肆意捏一把。斌叔这才笑着躲开。

对于斌叔的身材，大多数人都表示惊叹，当然也有人表示不屑，比如健身房的林教练。每次他经过斌叔的时候，都喜欢把不屑挂在嘴角和眉眼之间。似乎因为斌叔，林教练对我也充满敌意。当然，林教练对我的敌意通常不在表情，而是藏在戏谑的言语中。他喜欢见缝插针式地出现在我身边，贬低我的身体，比如行走的姿态，比如肌肉生长的缓慢进展，比如某个动作不到位，所有的嘲讽都归结于斌叔指导得不够好。他的话让我低落，似乎更加让我卑微到了尘埃里。本能驱使，要让我和林教练保持距离，于是我总是绕着他行走。

洗完澡以后，我又见到斌叔，忍不住问他是怎么回事，闷闷不乐的样子。斌叔有些犹豫，过了好久才对我说，他赌博输掉很多钱。我说他因小失大，他却说，等你发达了，要记得我。斌叔还说，他想考驾照，以后可以去当司机。斌叔似乎心里也明白，壮硕的身体不能支撑他走完后半生，要保持这样的身材，他比谁都要艰辛。何况，健身房的生意越来越差，只是老板曾是斌叔同行，始终对他不薄，斌叔也不离不弃。健身房老板如今不再穿运动服了，改穿西服和衬衫，宽阔的肩背让衣服紧绷，只是肚子微微隆起着。

晚上九点，健身房老板手里提着车钥匙先行离开，离开时嘱咐斌叔，收拾完器械再回宿舍休息。斌叔应了一声，开始独自拾掇散落的哑铃和杠铃片。他壮硕的身体注定总是要和沉重的物体打交道。我知道，他到现在还没有吃晚饭。这时候，林教练已经不见影踪，我看见他离开时身旁有一个摇曳生姿的女人。如果没有看错的话，这个女人也是健身房的会员，据说是小镇里某个工厂的女老板。多金，漂亮，慷慨。在我看来，林教练就是个品行不端者，总是图谋不轨。而健身房里的故事，似乎总要和肉欲关联。相较而言，我更乐意接触厨子。

这天我迟迟未归，也是归结于厨子一直拉着我侃侃而谈。其实说起色欲，就必须要提起厨子。厨子比我年纪要小，但是浑身都散发着江湖味。厨子油滑又老道，比如哪里的站街女丰满漂亮，得了性病该去医院打什么针，他都了然于胸。他吸引我去聆听，是因为我一辈子都不可能成为他那样豪迈的人。厨子一直都是厨子，一开始在小饭馆里切墩配菜，后来在工厂食堂里做了掌勺。厨子说，他这辈子横死也是活该，因为糟蹋了太多姑娘，且都是处女。他用了"糟蹋"这个词，我有些意外。在广州，工厂流水线上的姑娘很多是少小离家，甚至还未成年。不谙世事的姑娘，有时候为了多吃几块排骨，三言两语就被厨子哄上了床。当然厨子从来没正眼瞧过这些姑娘，厨子是有远大理想的，而且他从不遮掩，是他为我诠释了一个道理，心灵和肉体并无尊卑，也无罪恶。厨子说，他的理想就是做男公关，然后被某个还略有姿色的富婆包养，所以他需要一副好皮囊，首要任务就是抹平小肚子，最好还能练出六块腹肌。

厨子是广西人，颧骨高，眼窝深，多体毛。关于体毛，这是厨子自己掀开衣服给我们看的，阴毛到胸毛连成一片，这也是他引以为豪的。或许，毛发真的和性欲有关，而厨子从来不以欲望为耻。厨子说过，他的乡邻里，很多男人来深圳打工，以卖身为生。陪酒，嬉戏，上床。满足女人的欲望。女人可以卖，男人为什么不可以？大抵就是练就了花言巧语，舍得糟蹋身体，忍上三五年，就是立地成佛。说这话的时候，厨子神采奕奕。厨子竭尽所能地去描绘那些男人，如何一夜暴富，过年时的名牌西服，名贵跑车，进口手表，身上是成捆成捆的现金，以及乡人们无限生发的羡慕之情。厨子还对斌叔说，我要是有你的相貌和身材，我就出去做。斌叔不说话，只是抿嘴笑。

那天，斌叔独自收拾完器械，我试图说服他去大排档。这个夜晚似乎有些不寻常，但又披着迷惑的外衣。月亮悬挂在头顶，正是喧嚷热闹的时候。我听说，隔壁店的田螺和炒粉很有名气。我已经很久没有坐到塑料椅子上，惬意地喝杯啤酒，来十个肉串，捻几粒花生米来吃。斌叔一直推托，并告诉我对食物要保持节制。我见到他转身离开，消失在小镇的夜幕里。或许他还有更重要的事情去做。

我知道，斌叔害怕强壮的肌肉消失，不断拒绝着食物的诱惑。对于他而言，最简单的食物就是最好的——馒头和面条提供碳水化合物；水煮鸡胸脯提供优质蛋白质；水煮花椰菜提供纤维素。减少盐和油的摄入，会让腹肌的轮廓更加清晰。他需要廉价又充足的能量，这样的食谱往往是单调重复的。关于健身和饮食，林教练曾向我推销乳清蛋白粉，据说比市场价要低廉一些，可是我不敢吃。他说你这么年轻，根本不用担心肾脏的问题。但是我并不信任他。市面上有众多健身补剂——增肌粉、氮泵、肌酸，据说肌纤维撕裂后，它们可以修补肌肉，使其迅速生长增粗，增加人体的力量，我们也由此变得更加强壮。但斌叔说过，通过自然食物补充而来的肌肉，过程虽然缓慢，但消失得也缓慢。这倒是印证了厨子的一句话，如果钱来得快，那么去得也快。他们竟然有着同样的人生哲学。

和斌叔分开那晚，回宿舍路上，始料不及地落下一场雨。雨水慢慢淋湿我的头发，发丝黏在一起，混作一团。我掀起衣角擦头发，衣服是湿的，头发也是湿的。它们在同流合污。我决定加快脚步,跑步前行。突然间,似乎是低血糖发作,眼前街景旋转,然后一片漆黑。我只好瘫坐在路边,想找一根救命稻草。街灯下,细雨连成直线,贯穿了漫漫长夜,行人一个一个,绕着我走开。多么沉默寂寥的雨夜,似乎让我清醒了一些。在病入膏肓之前,我一定要醒过来。

猛然回想,或许是极端的行为必然会引来另一种极端的反馈。比如锻炼肱二头肌,导致我一个星期无法伸直手臂;比如节食,导致身体畏寒和容易感冒;比如深蹲,导致我左膝肿痛。万事万物此消彼长,生命在迂迂回回找寻着平衡,我们总是如此愚笨地,用简单的加减法维系生命,不知道是对还是错。但是,错了就是错了。

这些原本自然而然的事情,为什么突然变得有些复杂。我想到斌叔的苦楚。雨夜寒凉,斌叔的夜晚是怎样度过的?如此充盈的身体,如何节制到彻底。或许他又跑去打牌,一定有什么事物也是可以让他沉沦的,不断消耗他的生命。眼睛、耳朵、胃,都有使用寿命,为了保护它们,我们或许可以不看电视,不听音乐,不吃垃圾食品,通过减少使用,延缓生命。我们甚至可以通过训练让它们变得强壮。但是所有极致的行为,都是某种伤害。身体有时候就像是一块橡皮,无论如何都要磨损,磨损自身的同时,也伴随他者的消亡,比如时间、情感、认知,抑或是其他无形却客观存在的事物。我开始学会妥协。

思前想后,我决定休息一段时间,回归常人的生活,重新认识食物和自己的身体。可没有想到的是,那天夜里,斌叔突然发短信告诉我,他要离开小镇了。这注定是一个不平凡的夜晚。我有些震惊,我知道斌叔赌博的事情,但是我没有想到他输了所有积蓄,甚至欠下巨额赌债。他再也不能回家乡开士多店了。斌叔毅然开始了逃亡,离开的时候,他有没有挺起胸膛?从此以后,又一个人从我的生活中彻底消亡。

狗　命

1

狗房里都是来历不明的试验品，它们没有身份，没有血统，也没有未来。破门而入的斑驳光影里，灰尘悬浮在空中飞舞。骚动，不安。牢笼子里补丁一样的花色身影，比肩站立着，显得有些拥挤。骚臭味滚滚袭来，我遇到了比落魄更加触目惊心的场景。每一点外界传来的窸窣声响，都扯动着它们敏感的神经，喉头接连发出警告的震颤。在颠沛流离的日子里，似乎连它们的生命也开始倾斜，这些犬类变得比人类更加多疑，无论是温顺如舌的轻舔，或是冰冷如牙的撕裂，不管是隐藏在黑暗角落里的，那些奴性的，还是狼性的，都成了无济于事的特性。别无他法，我必须选择和其中一条狗对峙。我想就是它了，被命运选中的那一个，短毛枯黄，看似如枯草一样易燃。我们四目相对。它的肚子里仿佛有一垛柴火在呼吸，我从声声犬吠中窥到了熊熊焰火，烧灼了空气。烟尘在头顶旋转，久久不愿散去。

用一只长铁钳扼住它的咽喉，稳稳将它制伏在地，再用尼龙绳紧紧缠绕和捆绑死结。狗嘴，前腿，后腿。它剧烈地喘息，回头打量了自己的肚皮，圆圆的眼睛温润如水。我们是穿白衣的杀手，试图给它一场没有尽头的安眠。可离奇的是，这条狗的肚皮竟然容纳了双倍的麻醉剂，才开始变得昏昏欲睡。待它呼吸变得平稳而有节律，我和同伴用钢管架起这条狗，穿过闹市一样的人群。从狗房到实验中心的旅途中，恐惧在弥散，这条狗竟然不知羞耻地小便失禁。深黄色的液体沿着走廊不断淋漓，沾湿了我的裤脚和鞋袜。我惹了一身无可奈何的骚臭味儿，就像被留下了某种气味的记号。我有些懊恼，可我耻于因为一条狗而愤怒。

我们让它以毫无防备的，如同野兽示好般的姿态，充分暴露柔软的肚皮，剃毛，用冷水冲洗。明明是最锋利的刀片，不知不觉间就变得迟钝，可心急时又无意在皮肤上划出了微小的伤口，从细细的红线里，缓慢地渗出来某种麻木的情感。那不是鲜血——因为那里面没有迟疑也没有疼痛，仅此而已。准备工作结束，狗在磐石一样的手术台上被固定，即将用作外科实验。这场景让我想到盗取火种的普罗米修斯，英雄即将遭受轮回般的苦难。这是一场伟大而光荣的牺牲。当然，这只是我一厢情愿的说辞罢了。我们身着墨绿森林的手术衣，戴上帽子和口罩。用刷子洗手，用酒精浸泡双臂。涂抹滑石粉，戴橡胶手套。我们要保证无菌操作，每一个步骤，都仪式般一丝不苟。我似乎看到了自己一只手的善，一只手的恶，在互搏纠缠。

主刀、第一助手、第二助手、器械护士、巡回护士，角色分配完毕，我们蓄势待发。所谓实践出真知，这是我们四个时辰之内要完成的手术：股静脉切开置管、破腹探查、阑尾切除、胃造瘘、胃穿孔单纯缝合、小肠切除及断端吻合。我不知道这样一条狗是怎样被饲养或捕获的，它来自村庄，来自偷盗，或者来自专门饲养，这些都未可知，但内脏结构与人类的雷同，让狗成为最理想的实验材料。而人类的介入是如此唐突，我们从来不会征求一条狗的意见。

这是一条健壮的母狗，可是我们在它的腹腔中虚设了无数个假想敌。刀锋凛冽而细腻，尖锐处如针般刺入。我们要给它的身体打开一个小小的通道，皮肉就像是柔软的衣服般，被一层一层剥离。暖的气息从腹腔涌出，一如春花绽放，瞬间露出来的花蕊，在风中摇曳生姿，细密的汁液凝集渗透。主刀者专注的神情，一如花蜜般的香甜。我们正抵达了生命最深处的律动。探寻，解析，割离，缝合。而这条狗的奇怪之处也开始逐渐显露。它的内脏似乎与其他犬类不同，所处方位总是略有偏差，这令我们走了不少弯路。

实验课临近尾声，才有人指着一颗"果实"惊讶地问道："这是狗的膀胱吗？"它看起来似乎有些过于肿胀。一时间想到病变、增生或者肿瘤，如是的恶果闪耀在自己的刀尖下，我的心中突然生出一些亢奋。带教老师同样疑惑，他开始仔细分辨，神情却愈发凝重，之后他无奈又笃定地回答："它怀孕了。"空气里似有水银弥散，令人感到窒息。原来它是一位正在怀胎的母亲，这一切似乎都能够解释清楚了。是子宫吸收了部分麻醉剂，也挤压了其他内脏器官发生偏移。子宫里竟然藏着几只已然成形的小家伙！有人提议，把小狗剖出来，兴许还能存活下来。老师断然拒绝，说不可能活下来的。他申述自己不是一名产科医生，所以只能简单粗暴地剖开子宫，如果只是为了展示几条幼小的尸体，那是没有任何意义的。

那天是我为这位母亲做了最后的缝合和处死。我要为它关上一扇小门，同时打开另外一扇大门。或许对于经验主义者而言，这是没有多大意义的工作。但对于我而言，这是我所能给它的最后的尊重和告别。我就这样掌握了生杀大权，其实处死动物更加折磨我的内心。空气被慢慢推入静脉，那些平常的气体蓦然在血液里沸腾爆炸，引起栓塞，我看到了生命在颤抖和抽搐。于是我只能安慰自己，死亡对于它而言是某种意义上的痊愈。我求你了，请快一点，再快一点。

关灯，散场，瞬间的门庭冷落。门口的垃圾桶撑开一只巨大的黑色胶袋，用来收集动物尸体。这些狗终于进入了永恒的睡眠。透过柔软的毛发，温度像是一条河流，正在缓缓诠释着一场生和死的交融。当然，在自然界里，死亡有时候也意味着新鲜的肉食。对于绝大多数人而言，拒绝血肉是艰难的。有人提议，让我偷出去一条狗烹食，神不知鬼不觉，可以温补身体。可一想到我身上还残留着狗的尿液，想到它也许会有一天寻着气味找到我，我就有些寝食难安。我拒绝了他，我迫不及待要和这团血肉脱离联系。

我们都是屠夫。屠夫总是对刀下的牲口说，下辈子，我们换个身份，换个位置，我做你，你来杀我。我们甚至还要把肉食加工成模糊的性状，肉卷、香肠或是肉酱，看起来是那么美味诱人。这或许就是人类的优雅和虚伪。夜幕里，我看到了鬼鬼祟祟的影子，他是孤独的夜游者。他正小心地捆绑了胶袋，拖拽离开。他在走廊里的脚步声很沉很重，他的咳嗽声就像瘟疫蔓延，催促着亡魂赶紧回家。一只小货车把狗肉运送到了小餐馆的后门。厨房里，屠夫顺着声器望去，灯光焯烁间，隐隐约约有衬衫、工服、校服和赤膊。那里觥筹交错，夜夜笙歌。

2

　　她家门前有狗，拉帮结伙的，见到生人就一起吼。母亲本能地在狗吠声中退了两步。
　　这本来应该是楼房一层住户的后院，通常人家用来栽种花草或堆放杂物，如今却被改装成了低矮简易的小屋，有门有窗，五脏俱全。暑气逐渐消散的暮色里，我透过敞开的木门看见了各式老家具，它们险些要把房间的肚皮胀破。不同深浅的赭石色，散发出古旧的气息，所有的摆件都仿佛随时会因为细小的震动散架破碎。屋子的房顶是用石棉瓦搭的，浅蓝色，波浪形。我对石棉瓦是有些恐惧的，那里面藏有碎而尖锐的玻璃丝，亮晶晶的却像刺猬，触摸后手掌又扎又痒，只是这种瓦片似乎已经很少使用。此时的屋顶上还卧着几只慵懒的花猫，彰显出高高在上的优雅。它们大大小小的都是同样的花色，我想应该源自同一个家族。
　　女人众星捧月一样，在几条狗的簇拥中走出门。她弯腰的姿态瞬间让屋子又矮了一截。"你还记得我吗？原来我们住同一个街坊。你小时候很厉害，还打过我。"这是温婉的母亲一次别开生面的问候。女人明显有些迟疑，只是听了母亲的名字后有才恍然点点头，有了一些灵光乍现的点滴印象。"我那时候是有些厉害，可现在唬不了人的。"女人这般说道，又有些难为情地笑了一下。我这才仔细打量了这个从黑暗中走出的女人，她身材高挑，黑且瘦，瓜子脸，高颧骨，淡眉毛，衣着随意而宽松，虽与母亲同龄却看似年长许多。

几条狗放下警惕，开始在屋外打闹撒欢，时而围着女人的脚踝打转，然后被女人一脚踢开。母亲怕狗，像站在一个无形的圈里不敢随意走动。屋里还留有一条大白狗，正从床底探出身子来，眼巴巴向外望。门外有匆匆的行人、葳蕤的植物和活泼的空气，不断撩拨着它的心弦。起初它还有些犹豫不决，迈开几步作为试探。它见女人并未斥责阻拦，才又小心翼翼地跨出门槛。女人发觉时只是回瞪了它一眼，目光像棍子一样戳下来，它就连忙退却两步。女人松了一口气，说道："出来吧。"它才不再小心谨慎，脱缰的野马一样往外跑。

"它前天咬死一只猫崽儿，被我狠狠揍了一顿，这几天都窝在床底不敢出门。"女人和母亲如是埋怨道。其实女人不是目击者，当时的情景是她根据多方证人推测出来的：一只猫崽儿不小心从屋顶滑落，却攀不回屋顶。大白狗见到了有些焦急，就用嘴衔住。它趴在墙上，想把猫崽送回屋顶，可是它的个子不够高，一时情急咬伤了它。鲜血顺着牙缝流入喉头，眼瞅着猫崽的气息越来越弱，不久就一命呜呼。"不知深浅的东西"，这是女人对大白狗的控告。我却以为，是女人太过苛责，简直要把狗养成了精怪。

而这里的狗大多是残缺的存在，是在人类为杀而杀的快感中，挣扎而活下来的。它们残缺的部分成为一些人的快感，有可能是一只眼睛、一条后腿，或者是一条尾巴。这样的狗，挂着短命的标签，疑心重，胆子小，害怕与人接触，又依靠少数人的怜悯苟延残喘。曾经在街上，我见到成群的流浪狗，其中有些聪明者还学会了推举首领，像人一样沿街乞讨。一条狗走进店铺，其他狗在门口蹲坐等待。而肢体残缺的狗，它们的名字还是狗。可是我发觉，有时候人类真的不如狗。

　　起初，女人并没有打算把家当作流浪狗收容所。可这些狗来了以后就再没有离开。一只两只不打紧，剩饭剩菜就可以满足需求。同情心泛滥的时候，她也不断奉劝过自己，可捡回来的狗还是越来越多。这样的话，屋子里会毛发凌乱、气味发臭。或许夏天的时候还能圈养在院子里，可眼瞅着树叶黄了，秋风起了，她只能赶在下雪前把院子改造成了狗窝。然后不久，她竟然也搬进了狗窝，同这群动物杂居在一起。她说自家男人从没埋怨过这些食客，虽未爱过，却也从未嫌弃。他陪她啃馒头，吃咸菜，捡市场收摊时最便宜的蔬菜，却从未辜负了这些狗。说话时，我见到男人的身影正在厨房里忙碌。一只锅里煮着的食物，是狗的，也有人的。女人指着一条懒洋洋盘在身边的黄狗说："它做母亲了，平日里还要加餐。等再过些日子生产了，还要吃鸡蛋喝红糖水的。狗也要坐月子，不然没有奶。这次再生下来的崽子，养不起了，还是要送人的。"她有些愤懑，一方面要额外增加支出，另一方面还说它不知羞耻，弄不清怀了谁家的野种。"可谁又没做过母亲。"女人又说道。

　　不知不觉，这些狗就成了女人的命。她的儿子留在大城市里生活和漂泊，逢年过节却有些不愿回乡。儿子不喜欢这些侵占了他家领地的狗，它们甚至还侵占了她母亲的生命。女人庆幸说还好，邻居们都是善的人，猫叫狗吠的也并不多言语。如若花猫掉落在隔壁的院子里，邻居还会帮忙拾掇回来。孩子们放学了，也喜欢偶尔逗弄一下小狗。稔熟了的，这些狗也不会伤人。我发觉，女人的思维变得很简单，却也很有效。她就这样开始以周遭之人对动物的态度，直接给他们贴上了善与恶的标签。

听女人讲述，她的母亲因病瘫痪，大多数时光都是在床和轮椅间度过的。老人怨恨床和轮椅，怨恨自己的腿。女人每天都要去给孤寡的母亲送饭。可老人总是以为活着时，残疾截断了她的自由，她是在用余生所有的时间期待死亡的降临。直到有一天，甚至连女人都想不明白，她的母亲是以怎样的方法，诱骗了一条流浪狗爬上三楼。老人给狗以食物，甚至为它清洗身体。老人突然间活了过来。从此一条狗开始死心塌地在她膝下陪伴。但她的邻居恨死了这条狗，狗吠声是邻居挥之不去的梦魇。邻居会砸着老人的门大声地诅咒："你和狗怎么不去死！"

女人和母亲的谈话说到这里，饭菜也已经出锅。我看见了男人穿着棉白背心，弯着腰走出房间。他看见我们的时候点头笑了笑，擦着额头的汗不说话，有些腼腆和木讷。女人准备去喂狗了。她还要收拾食盒去探望她的母亲。她的心已经飞走，我们也该离开了。我听到她说的最后一句话是："人怎么可以容不下一条狗，今天我要和他们拼命去。"

院子　院子

　　清晨的一抹寒凉浸润在空气中，却挡不住整座城市烟尘的弥散。烟尘穿行在路上，我也是。班车转过一个大弯后，戛然而止。一睁开眼，我就能看到院子。院子坐落在郊区的村镇里，从院门口步行，不多远就是六环路，寂静中不断有车辆呼啸而过。院子从黑暗中走来，就是冬日变成了夏日。院墙外面的杂草更高更绿了。
　　房子是一座孤岛。院子里的路分开两边，河流一样环绕。我站在原点，右手边是青灰的水泥路，刚刚凝固，坚硬而平整。可院子里的路只修了一半，剩下一半的荒芜或许要留给秋天。我站在初夏的繁盛中，却不知为何想到了秋天的衰颓。时间都去哪了？衡量时间的方式不同，似乎时间消亡的方式也不同。有时候，我会用地铁卡上消失的数额计算时间。有时候，我会用饭票变薄的触觉计算时间。而现在，我喜欢用一个完整的季节来计算时间。一个季节里有太多隐秘的变化，关于草木的、温度的甚至人心叵测的。如同所有琐碎的枝杈，又能够完整地呈现出一季植物的繁盛，我在细枝末节的问题上，总是显得有些迟钝，任由邪念横生。阳光下，院子的左半边脸,在空虚中燃烧。在无限的虚弱感袭来的时候,是每一脚落下去都要小心翼翼。地面上缓缓升起了细腻的粉末,那么轻盈,那么松软,那么妩媚。没有时常擦洗的黑皮鞋,只是变得更加肮脏罢了。在这样的旅程中,或许有多少尘埃的沾染并不重要,重要的是我们置身其中,还有多久按捺的时光。

当暖的天光流转,催促着整座城市开始嘈杂,院子也开始说话。敲打筋骨的声响,来自门诊后面的工地。远远望去,一幢三层小楼赫然成形,有小工正悬挂在半空中刷漆,和一根绳子相依为命。涂料是鲜艳的柠檬黄,有些迷离和古怪,听说是院长选的颜色,没有人喜爱。这幢新楼覆盖的位置,听说本是平房的职工宿舍,宿舍拆掉以后,只好腾挪了门诊楼深处的几间房作为休息室,正好挨着中医科的煎药室。我曾经拖着行李箱跨进房门,男职工宿舍里是满满的雄性味道,终日不见阳光的室内,似乎很少有人刻意去整理床铺,床单上的皱纹如波浪一样垂下来。烟头和杂物的尸体,被浪头推到了晦暗的角落,写满了颓废和自私的情感。有人试图要把他的铺位替换给我,可在他迟疑的那一瞬间,我拒绝了。

女职工宿舍的窗子向南,外面原本是一片密不透风的竹林,也正是现在的我所掠过的方位。前些天,有人钻进竹林,一边猛推,一边猛砍。竹子被大肆砍倒以后,后院突然空旷了许多。竹林原本是遮天蔽日的秘境,我能看见每一根竹子都像扎进眼睛里。它们威武雄壮,守护着许多秘密。女人说,这回宿舍里需要悬挂窗帘了。我曾爱着竹林上层裸着的雪,还有竹叶下藏着的鸟和窃窃私语。可竹子倒了,就一无所有了,变得了无生趣。竹林中央有一块刻字的大石头,这只耸立的坚硬的物体,这回终于重见天日。为了一块石头,他们还是砍了整片竹林,并修葺出一个规整的园子,四四方方的。但他们都说,竹子没有死,只是欠了一场雨而已。雨来了,竹子会规规矩矩地从荒原长到花园里。

掠过花园,来到简陋的小食堂。我在小黑板上寻找我的名字,并在后面画钩,以便饭堂大师傅计算今日午餐的成本,选择食材。其实食物和编制一样需要预算。大师傅是两名村妇,每日清晨都会煮米粥或者蛋花汤,准备少许干粮。职工大多都拿了烧饼转身就走,烧饼是固定的一甜一咸。门诊一层,药房门前,一条队伍安静地守候着一个狭小的窗口。我爬向三楼,来到行政办公区,一间拥挤的档案室(办公室)。医科五年毕业,我被借到这里打杂。而我已经习惯了,打开办公室的第一件事,是把前一天同事没吃的早点丢进垃圾桶。

不知道为什么,在医院的半年里,我变得愈发孱弱了。我的身体似乎总是被各种隐患偷袭,我告诉自己要喝大量的热水,以战胜黑暗,可还是常常功亏一篑。接连不断反复发生的感冒、咳嗽甚至是微小的口腔溃疡,全都找不到明确的病因,我在不断的自我猜忌中,变得敏感又虚弱。院子里有太多病人,我只不过是其中一个罢了。母亲劝我在单位一边工作一边输液,两全其美,可是我并不愿意。我排斥院子和当中的自己。我时常盲目地购买药品,在院子外面的大药房。那些花花绿绿的盒子,令人捉摸不透又着迷。诸多中成药,颗粒的,丸状的,汁液的,无一例外都是苦涩的,并隐隐幻化着一些植物特殊的芳香之气,而我总是希望其中有一种可以穿越荆棘,神迹般治愈我。

燃烧的仙鹤

曾几何时，我对身体管理总是异常谨慎，现在的我却沉迷于药物的能力。我喜欢"治愈"这个词，它能够贯穿始终，醍醐灌顶，立地成佛。它有时候是杀死，有时候是弥补，在潜移默化之中，就填补了我们生命中的某些未可知的缺憾。院子里充满太多美好的假象，人们愿意相信病房是治愈的初始，只是我有些模棱两可的直觉。在医院的走廊里，我收起所有的同情心行走，避免目光停留在那些饱受折磨的面庞上，我对突然而至的怒火感到恐惧。在我的感知里，所有异常强烈的情感都是可怕的，都是人类需要摒弃戒除的。而往往最可怕的，又是那些长久沉默的，比如一个校服蓬松的女孩子，在一场桃花初开又难以启齿的性事后，此时正安静地坐在妇产科门前。她的目光低垂，整个早晨，整条廊道，万籁俱寂。

上午十点，有一位老人气喘吁吁地攀爬上三楼，找院长投诉。她说自己长年吃一副配方不变的中药，一开始医院药房里只差两三味，现在竟然差到六味。我相信她的血液中长年流转着一些植物和昆虫的成分，发挥着宏大而不可控制的治愈能力。当然，同样还有一些微弱的不可知的毒性在慢慢侵蚀她。她看起来是那么暴躁，仿佛缺失的不仅仅是几味药，而是她一部分生命。我看着她用尽全身的力气行走，可是我不会去搀扶她。我就这样站在青灰颀长的背影中，踟蹰难行。我常常想，我应该以怎么样的姿态在院子里行走，我始终试图寻求一个位置，是无法替代的，自得其乐的。可渐渐地，我发现是院子在消磨我。母亲嫌我不太安分，她却希望院子里的生活能够治愈我。

我的邻居是财务科的女人们。来办公室第一天，办公室老大就语重心长地和我讲,要当心一位姓胡的会计,凡事要多忍让。如果说医院是江湖,胡会计就是医院中的李莫愁。她道行颇深,且性情古怪。有人说她是疯狗,逮到谁咬谁。有人说她是坑,要远走绕行。总而言之,她是个不怕事且不怕死的女人。我常听到胡会计在办公室喊院长的名字,院长顺着声音就寻来了。很多男人都朝思暮想要推倒她,然后狠狠甩她两个耳光。从她口中而出的那些尖锐的脏话,常常像刀子在楼道里穿梭,又有多少幸灾乐祸的耳朵竖立着,然后暗自偷笑。我却笑不出来。

胡会计有个抽屉,木头的,变形的,还挂着小锁头,里面藏着各式公章,暗含所有权力的象征。而钥匙就散落在桌面无数的钥匙串之间,院子里几乎所有的钥匙都归她管理。胡会计还有个旧印台,一副黄脸婆的外壳,吐不出湿润的舌。我盖的章,总是因此模糊不堪。那一天胡会计突然怒斥我,早就看你不顺眼,站起身来,用上全身的力气给我压。果然,这招管用。这一次,我承认我对她有些刮目相看。我差点忘记,胡会计还有一个崭新的印台,始终不肯给外人用。她对我说,旧印台是你们用坏的,抽屉是你用坏的。只有张会计一个人的时候会说,抽屉本来就是坏的,这次我把新印台给你用。

三层楼只有六间房,院长室、档案室、财务科、库房、机房、厕所。档案室和财务科以一间厕所相隔,相互之间带有浓重的鄙视之情。这间厕所,由三层行政区的六个职工共用。在医院,这间厕所算是整洁宽敞的,里面有一台不知好坏的电热水器,一个墩布池,一个蹲便器,以及零散的清洁工具。有一次我刚脱下裤子蹲下来,还没来得及酝酿情绪,就听到胡会计的砸门声,这真是令人尴尬的打断。如果要怪，就怪罗马人创造了下水道。胡会计说，厕所下水的通道和她房间的水池相通。她不允许这些男人们在厕所大便，因为排泄物的气味会顺着管道摸进她的屋子，挥发弥散。从此，我对这间厕所的使用也变得小心谨慎起来。我以为，一个人的欲望不需要理由，排泄是人类最原始的欲望，和性欲一样美好而至关重要。然而一个人最污秽的气味，就能够如此简单粗暴地轻薄她，激怒她。可院子里到处都在施工，那些浑身沾着凌乱污迹的男人，像麦子一样在日光中作业。在后院，在墙壁上，在屋顶上。他们会时不时与我们擦肩而过，又在我们的领地迅速消隐，留下痕迹。

一段时间以来，胡会计坚持以厕所为阵地，开展了一系列坚决的自卫战。她与世隔绝的骄傲，绝不容许失败。她害怕脏，她相信这个世界绝大多数事物是肮脏的。这些男人粗壮的身体上，有最下层的市侩的气味，有最卑劣的腐败品质。有时候，她发狂一样到处喷空气清新剂，一种混合的工业的香型。她终于成功地用一种浓重的甚至有毒的气味，覆盖了其他所有人的存在。记得每次下班后，胡会计都会一丝不苟地锁好每一间房门，包括这间厕所。她总是不断重复着开门和锁门的动作，其中有些锁要旋两圈，有些锁只能旋一圈。这些都是不容侵犯的规则。她试图用这些琐碎的规则改变这个世界，但同样改变着我们的习性。当有一天我突然发觉，自己竟然为了避免争端，开始遵守这些规则的时候，我心生庞大的恐惧。

有时候我去二楼打水，医生饮水机里的水似乎永远也烧不开。饮水机上面随处可见雀巢咖啡的袋子，总是不断扰乱我的心神。那些被封印的可溶性粉末，无疑通过视觉就可以呈现出一种状态来。忙碌的，亢奋的，上瘾的。爬回三楼，烟和茶才是属于这里的闲余享受。我看到走廊花盆里的烟头更多了。唾液，烟灰，混杂的情愫，却从未阻碍这些植物的生长。一棵柔软的植物从窗台流淌到地上来，不小心被旁人踩痛。即使被轻贱，它还是不断地伸出新的叶脉，旁若无人地恣意低垂，用它的长发盘绕日光。

　　档案室杂乱的物品中间，藏着不少茶叶罐子。红茶、绿茶、半发酵的乌龙茶，有时候让人分不清楚属性和年份。我从南方迁徙回北方以后，遗憾再也没有朋友礼待我饮茶。那些烹茶的烦琐工具和程序，看来本身就不是深埋在我骨子里的事物，轻易就可以摒弃。虽也能提神，茶叶却似乎天生就带有某种懒散闲适的气质，是依水而生不断绵长的慵懒日光。其实在这半年来，我无数次在耳畔听到"懒"这个字眼，这绝不是什么好事，哪怕只是针对旁人。在这座院子里，"懒"绝对是窃窃私语里可以传染的人身攻击。

　　在过去整整一周的时间里，屋子的角落摆放着一只空鱼缸。鱼缸的玻璃壁和小石子上，沾满了墨绿色的鱼粪，腥臭味十足。这味道不断扩散，渐渐麻痹了我们的神经。连苍蝇都来了，我们却对此无动于衷。屋里三个人或许在暗自较量，等待第一个人的认输。鱼缸的主人曾是这里的院长，已经调离，但是他的鱼缸还是被带回故地刷洗。下属曾为他精心挑选的锦鲤，每一个晕染的斑点都充满赞美，这次也厄运连连全部殉难。听说鱼缸干净了，鱼就可以存活。无意中的应承，使办公室老大硬着头皮把鱼缸搬运回来。他迟迟不愿意清洗鱼缸，我却不愿意为了奉承一个陌生人干这脏活。

　　前两天，据说是开班车的刘师傅重新洗过鱼缸，一边骂脏话一边用清水淘洗了石子，放入花色最美的锦鲤，然后物归原主。可是我不知道这些美丽的鱼，到底能够活多久。等它们全都死了，鱼缸还会回来吧。我猜想，刘师傅一定觉得办公室里三个人，就像那些外表光鲜的鱼类，迟早会自掘坟墓，消亡在医院里。虽然在我的耳朵里，刘师傅和我说懒这个字眼的时候，只关联了其他两个人。但是我并不确信，在其他人的耳朵里，会不会也出现我的名字。

有趣的是，人们总是在怀念上一任院长。而现任是个土生土长的北京人，身体里藏着一个倒不完的话匣子。某次闲谈，院长和我说，等后院的楼房盖好了，有了我的床铺，就安排我值夜班，一晚十五块钱。那时候我保持了沉默。暗想没有风花雪月，甚至还有人身危险，却如此廉价。那天，院长竟然从一只茶盘说到古木，从古木说到收藏。他甚至还从柜子里拿出一只金丝袋，从中掏出一只紫砂壶。他说这只壶现在还不值钱，但是它有证书，等制作它的这名匠人成了大师，这只紫砂壶的身价也将水涨船高。这只紫砂壶小巧玲珑，没有任何花纹修饰，一只手可以把玩。若盛了水，对嘴啄饮，两口见底。话题从茶壶再到茶叶，可对于喜欢牛嚼牡丹的我，难免有些沉闷。告退时，他竟然说要送我一盒未拆封的茶叶。我想要拒绝，可这一次却不容推辞，竟有些本末倒置的可笑。

可没过几天，院长就再次找我约谈。原因是一个同事迟迟没有考下执业医师证，引咎辞职，所以要由我接替他的岗位，守护院子夜晚的安宁。我是一个悲催的替代者，逐渐实现着多重身份的交叠。医生，办公室职员，保安。院长问我愿意吗？我点头沉默。从此，我多了守卫院子的工作，固定五天一次。寂寞的时候就喝茶吧，院长送我的那罐茶叶，名字叫"单枞"，来自我熟悉的广东省，传说品质好的单冲，冲泡后会有幽幽的兰花香。我准备在这臆想的花香里，等待一些命运相通的人到来。

其实我和他并不熟络，但终归有一些命运上的奇妙交错。他毕业后，将顺理成章取代我。而在他实习的日子里，我似乎感受到了某种威胁，甚至不自觉去相互比较。我们同样来往于打印机和复印机之间，琢磨一个机器是否有更高效的使用方法。我们保持沉默，又彼此映照着一场不可言喻的未来。可他离开院子的决定很突兀，他迫不及待离开的背影，甚至有些嘲讽的意味，而我的确为此震惊。第二日，他就顺着兰州、青海然后一路抵达拉萨，只身要赴一场与日光的约会。如果换作是我，会忐忑和失落吧。我在微信朋友圈看到他，墨镜果然比金丝眼镜更适合他。每当看见他黝黑的脸，我总能想到日光，想到酒肉、鼓点和舞蹈。我相信他目光所及，所有白亮的微尘都在灼烧发烫。日光倾城，熙熙攘攘，僧衣如葵，这就是我曾日思夜想的国度，是我自以为偏安一隅，到死也值得的高山之巅。他却如此轻易就上路了，如此轻易就抵达了。哪怕在雪山上，当他高原反应的时候，言语间都是那么不可一世。

在某个午后，他应我的要求，从青年旅舍的三层楼写一张明信片。我能想到他绞尽脑汁挤出一些干巴巴的词汇，组合拼凑而成，而邮寄地址就是这个临近六环的院子，那不变的三层楼和门牌号。如果加上几十个干涸的笔墨，一些光和灰尘的融合，一张明信片的质量，6g也几乎就是上限了。可就是这样一片纸，或许正在前行的马车上颠簸着。邮差对它不屑一顾，因为那些字迹看起来一点都不重要。或许就这样莫名遗失了，也无所谓吧。这是我至今还没能够收到的礼物。他走以后，院长说，这一次无论如何都要招到一个带把儿的。

姑娘来的时候，穿着一条淡黄的花裙子。她说话的声音像极了诗歌朗诵，时而高高的，时而弯弯的。她管我叫老师，这让我退避三舍，我只好用喝茶掩饰。她说男朋友在本区一间二甲医院就职，只是单位没能解决编制问题，但为了在一起，她愿意在社区医院工作。这一句话听起来是多么强烈而急迫，甚至极尽爱情中牺牲主义的美好。但我从她的表达中离析出两个画外音：一、她与男友感情的牢靠将促使她对院子的忠诚；二、她有户口了，她男友的问题也解决了，前提条件是他们会结婚。当然，这些坚贞不渝的情感都令我质疑，无论是院子，还是关于她的男友。与她那条黄裙子相比，我的世界无疑是灰色的。

小伙子来的时候，穿着一件灰蓝色的格子衫。他说话的时候有些温温吞吞，可院长说无所谓。在院长眼里，他是壮劳力。正午时分，他选择和我们一起在食堂用餐。圆木桌，透明桌布，有些寒酸。可赶上今日午餐是红烧肉，免费的，多么好。我给他递西瓜，最甜的一块，似乎有一些献殷勤的成分。或者说，我隐隐有些希望他将与我陷入相同的困境。他始终不说话，而我却想起曾经，自己乘私人公交来院子的情景。繁华褪尽，公交一路穿过低矮的村落和篱笆，烟尘中我渐渐心生绝望，而这个院子或许就是我生命中绝大部分的北京。小伙子离开时说，要和家人商榷。可在之后不断催促的日子里，他就失踪了。

小满已过，阳光更加充足。这是我在北京度过的第一个夏天。

院子附近有些很高的杨树，树顶的枝杈上，筑着很多椭圆形的巢穴，可我不知道上面是否有体温存在，或者它们只是一团团干枯的艺术。如鸟迁徙，来来去去，稀松平常。

下午四点半，猛然惊觉。胡会计巡查库房，看到两名衣不蔽体的民工，打开两台立式空调吹冷风，躺在地上昏睡。她尖叫并诅咒，如果电线烧了，就全都等着去死吧。我走出档案室，从窗子望到远处的工地，一些男人和女人，搬同样的砖块，从路的一边到另一边，堆成小山一样的堡垒。工头挺着小肚腩，手里举着一台老式收音机，在空气中捕获了讯号，电流鞭笞着，传出一场姹紫嫣红的浩荡京戏。我顺着三层走廊望去，穿过绿叶低垂的盆栽，发现院长的门紧锁。有人问我院长在哪里，我摇头。在这样的沉闷的下午，我竟然失语了。下楼去，我看到一层药房门口没人排队了，可楼道中的塑料椅上为什么还有人守候，他们拿了药，却迟迟不肯回家。大门上悬挂的塑料门帘被擦了又擦，还是泛黄的。院子的西南角，焚烧屋里的垃圾烧尽了，骗人的残余缓缓吐出一口青烟。跛脚男人终于打扫完公厕，提前关闭大门，要让我无功而返。班车在院子外面停泊着，等待下一个整点的准时到来，逃离院子的盯梢。我用力地呼吸，让肺扩张，感受着院子的气息。

下午的院子里突然升起一团无名火。有一刻，我觉得自己千疮百孔，每一个细胞中都钻出一股子燥的气息，在胸口化作一团。名字叫作"燥"的蛮荒野兽，在太阳的圣歌吟唱中苏醒，爬行在热的风里，穿梭于热的土里，在我须弥的身体里寻找出路。我看到它身上密密麻麻的鳞片，每一片都是一座轮回的圣山，山里持有欲望和痴迷，有一切复杂的情感，它们像种子一样，向上漂浮，向下坠落。我伸开手臂，张开五指，不断延伸，感受到院子中的气流，在翻卷。我同样是在寻找一条出路，一条关于生命的捷径。安身立命，祸福相依。我看到花园里生出了稀疏的植物。那些竹子和美人蕉，在经过了残缺的苦厄之后，还是找到了重生的甬道，坚决地钻出大地，尖尖的，硬硬的，亮亮的，又仿佛随时都会夭折。它们中，有些是预料之中的生长，有些是触类旁通的抵抗。可每一株绿色的穿越，都让人难以割舍。于是院子中，不管是顺从还是抗争的事物，都还是会渐渐壮大。或许生长，本身就是一场阴谋。在我眼里，这个院子里所有的事物，都能变成困惑的符号。我总是诧异这些植物，如何抗争了天空和大地无处不在的燥和热，以自身不灭的信仰，拒绝了燃烧和毁灭，以原始的冲动，在夏日里不断膨胀。或许只有对抗，才有力量。

　　转而茶凉了，太阳落山了，我该回家了。五点钟，我又告别院子的一天，从城市里逆流漂泊。积压在城市上空的气旋，也渐渐散去了。我读书入睡，等待黑暗彻底将我侵蚀。夜半时分，京城被忽然飘来的云笼罩。一声响雷，让我睁开眼看向远方。

　　大雨突然浇透了院子里的花园。北京下雨了。

桃之夭夭

1

三月里，北京城的桃花争先绽放，红的红，粉的粉，虽然开得浓艳，但也开得随意。四月的时候，山里的桃花才盛开，这是阿东和我说的。他说这才是货真价实的桃花，与街边的桃花不可同日而语。他管漫山遍野的桃花叫作"桃花海"，我知道到了四月，那些远方的桃树将摇曳生姿，亿万朵桃花轰轰烈烈，一层一层，铺满眼睛。一阵风吹来，桃花摇曳，于是，眼睛也摇曳起来。眨眨眼睛，瞳孔就飘出粉红的花瓣，飘出浓郁的花香。

我知道桃花海对于阿东而言，只是某种枯燥的美好。一年又一年，尽皆如此。我打趣他说道，我要去你们家，折很多的桃花枝，寓意我今年开满桃花。他说，反正你也折不尽，何况原本就要折去一些，如果每一朵桃花都结了果，果子虽多，可品质就差。似乎每一棵桃树的养分都有限，贪多反而果实不美。关于桃树、桃花和桃果，阿东应该算作半个专家。他们家在北京平谷区，父母在乡下有一块田，种了一大片桃林。阿东一再说，等到四月，我们就去山里看桃花海。

清明前后，风吹来几场云雨。从窗口眺望，田野上钻出一簇簇青色的草尖，时而有一群羊被赶来吃草，像是云朵落在了大地上。不久，屋子里就飘进来一股羊膻味。我问阿东，清明节是否回平谷，为祖先扫墓。他说不打算回。阿东不是个念家的人，一年以来，他回家的次数屈指可数。虽然只不过是跨个区县，但他回趟家总是大费周章。每逢节日，高速路上必堵个水泄不通，另一方面，想要挤上出城的大巴，也是个技术性难题。我只是有些惦记阿东所描绘过的桃花海。清明后的第二周，我又问他是否回家。他说不想回，理由是去平谷看桃花的游人太多，堵得路上又是个水泄不通。听到这儿，我也觉得有些索然无味。山野里的一片桃花，终归敌不过千军万马。

2

工作一年以后，阿东终于难以忍受单位宿舍的枯燥生活，出去租了房子。与人合租，每月七百元的租金并不算贵，但对于他而言，三千来元的月薪还是有些捉襟见肘。单位里偶尔还有些红白事，份子钱也是无法避免的，这些开销通常不在预算中，来得突然。但人情上面的往来，对于我们来说尤为尴尬，一是工资本就不多，二是无心于此工作。阿东有些很隐秘的心思，不想让人知道他在外面租了房子，告诉我不要四处声张。他上网办了一张学生公交卡，每次等到同事坐班车离开院子，就独自走向公交站台。从单位到车站，我快些走也需要20分钟，阿东说他用15分钟就可以。他一个人的时候，步履如飞。

前不久，科室的刘姐想要给阿东介绍对象，想不到的是，他一口回绝，甚至还有些抵触。刘姐说，姑娘家境殷实，只是人微胖，成与不成都看缘分，全当交个异性朋友。阿东的态度坚决，不愿相亲。刘姐大概是拍着胸脯和人家保证过，事情突然变得有些难为情。刘姐隐隐觉得，阿东大概是已经有了女朋友，才如此决绝，私下里还偷偷问过我。

不久，阿东不在单位留宿的消息不胫而走，很多同事和我打探，他是否找了女朋友？我笑而不语。其实，我和阿东在单位里，都算是大龄未婚男青年。我们单位有不少中专生，尤其是护士站的姑娘们，大多结婚早，怀孕早，一转眼就诞下孩子，快得像列车从眼前呼啸而过，卷起滚滚风尘，令人不胜唏嘘。似乎每个人都在急速向前挺进。

我觉得阿东喜欢上我们单位一个姑娘，是内科大夫，比他年纪大两岁，性格开朗，大大咧咧，已经有了对象。我和姑娘暗示过，也曾鼓励过阿东，但似乎两个人都是心知肚明，又装作糊涂。有时候关系说破了，反而不美。院子里就这么大点地方，姑娘就像是果子一样，有青有红，都是有数的。我知道摘与不摘，果子都是要落地的。我们时不时收到喜糖和红双喜香烟，预示着又一个姑娘要嫁人了。

我和阿东说，为什么不答应刘姐，去和姑娘见一面。他沉默不语。难道是介意姑娘有些胖？我相信每个人都热爱美好的事物，对于相貌也是如此。可是我又不得不说起阿东的相貌，高、壮、黑，可以轻而易举和土地相关联，具有所有淳朴的特质。后来阿东小声地对我说，他就是一农村小伙，又没有钱，配不上人家。

3

关于钱，去年招聘的时候，院长和阿东说过，医院的薪酬按照北京市事业单位职工平均工资发放，一年六万九。六万九是个神奇的数字，这个数据由来已久，年年的招聘都被提及，但到底是怎么样统计而来，我至今不大清楚。但是我心知肚明，六万九只是一个虚晃的数字，实际上要比这少很多。

这一年来，阿东总是喋喋不休，抱怨工资太少，但是我也无法平息他的不满。即便如此，阿东依旧坚持外出租房，可想而知，他是恨透了医院里的生活。但这样的好处之一，就是避开了院长值班时候的酒局。这一年，我们为了交流感情，喝过很多次虚伪的酒。阿东异常害怕白酒。

院长的白酒里仿佛含有剧毒，人人唯恐避之不及。夜里值班的时候，院长喜欢招呼留宿者，三五小菜，小酌微醺。每次我替院长招呼人时，都见大家面露难色。酒过三巡，烟雾缭绕，一壶好茶，再是一番闲谈，往往就是后半夜的光景。这样的酒，我是避不开的，以前的阿东也是如此。上班一年时间，我说话见少，酒量倒是见长。

关于阿东和白酒的事情，其间还有一段小插曲。记得他刚来单位的时候，酒桌上义薄云天，喝酒颇有猛将之风，院长都暗暗惊疑。但是第二次喝酒当天，阿东看到了工资单，上面赫然写着两千七百元。就是这张工资单搅了酒局。因为岗位不同，同批来医院的中专生小李，甚至比他的工资还要高出一百元。阿东和小李是同乡，但在这一件事情上，小李深深刺痛了他的心。

阿东的脸黑得像块铁，凝着一股子悲愤。五点一下班，他就躲回宿舍蒙头大睡。天色渐暗，仿佛整个院子都塌陷下来，他就像是死在了床铺上。院长问我阿东去了哪里，让我叫他下来喝酒。阿东来了，面色阴沉，自始至终喝的都是闷酒。我见到他的状态不对，似乎有意要喝多。我频频给他使眼色，他几次欲言又止。阿东还是喝多了，他开始管不住自己的嘴巴。他开始质疑自己大学四年是在荒废时光。

当阿东终于忍不住喊道，这个世界是如此不公平的时候，我失去控制般，狠狠吸了两口香烟。烟气急迫，发起猛烈的撞击。当时在场的，除了院长，阿东和我，还有三个当年进京的学生。这些是院子里所有的精英，大多是为了户口而已。可只有阿东发出了声音，这个声音让我们愈发沉默。他开始哽咽，仿佛整个人生都失败了。我始终觉得，是小李轻而易举地攻破了他的心理防线。

院长终于怒了，他站起身来，横眉冷对地说，政策如此，世界就是如此不公，你为什么看不到长远发展？小李拿什么和你比？

4

其实在我看来，阿东的身上总是带有桃林的印记。这或许也是阿东极力摆脱的事物。还记得阿东来医院的时候，曾搬来一箱一箱的桃，分发到每一个科室甚至是宿舍，每一颗果子都像是精心挑选过，饱满，明亮，多汁。我相信，如果这些桃运到市场售卖，一定价格不菲。我把桃洗净，随手递给阿东一颗，他却不食。他说，他很少吃家里种的桃子。我以为，他和桃子之间是宿命的选择。果然，一箱一箱的桃子慢慢见底，有些甚至发生了溃烂，但阿东始终没有吃过一颗。他似乎真的不喜欢桃子。

阿东来到单位以后，单位的机器就开始频繁损坏，有时候只是操作问题，同事也要叫他去看一眼。他成了单位的修理工，每天都要照顾电脑、打印机和复印机。机器的问题，成了他的问题，甚至有人因为机器故障埋怨他。有些机器闹起脾气来，比人类要顽固得多。他没来之前，这些机器似乎从来没坏过，至少每个人都有与机器和平相处的能力。我不知道是机器找上了他的麻烦，还是他找上了机器的麻烦。总之，他的出现，让所有的机器都叛逆起来。每当阿东想要独立解决这些棘手的问题时，我都告诉他，不用着急去解决问题，因为问题永远无法被完全解决，是医院里的人久而久之出了问题。

我以为，阿东也是有问题的人。他大学读的是计算机专业，平日喜爱数码产品。他关注新上市的手机，性能、配置、价格，等等；他还关注计算机的新系统和新应用，而我对此一窍不通。不仅如此，阿东对"财富"异常敏感，乔布斯、马云、王思聪，富二代、官二代、房二代，这些都是他常常挂在嘴边的词。我时常劝阿东不要用金钱衡量人生价值，他对我嗤之以鼻。久而久之，他的生命沾满了对物欲的崇拜，欲望如野草般，疯狂地扎在心上。我见到阿东在时光中簌簌发抖。

阿东有些小毛病，比如抖腿。我以为，抖腿是焦躁不安的体现。他总是疯狂剧烈地抖腿,甚至他坐在那里,发出气喘吁吁的声音。他像是在参加百米竞赛,眼前有无数个虚拟的敌人。我抬头看向阿东,费解,无奈,问他到底在做什么,他才渐渐停歇下来。从此,我的目光像是一道墙,不断阻拦着阿东向前奔跑的路。阿东工作闲暇,就看NBA直播,或者网络段子。他笑得很投入,有时候也会和我分享,我总是笑一笑,不说话,继续低头看我的书。

除此以外,阿东在午睡的时候也会抖动。他就睡在我的下铺,脑袋上箍着耳机,线头连着手机。他整个中午不睡觉,因为笑而发生剧烈的抖动。床恍恍惚惚,摇摇欲坠。我躺在上铺,就像是荡秋千一般,始终无法入眠。这本应该是愉悦的秋千,可我却在高处,看到了生活的绝望,不知道何时才是尽头。

有段时间,我开始恐惧阿东的笑,那些肆意妄为的、没有止境的笑,让我也焦躁不安起来。渐渐地,那些笑开始变得荒芜,有如锋利的刀子,割开时间的口袋。生命的豁口长出了牙齿,仿佛要把我生生吞没。我和他一样麻木,在时间的口袋里无法呼吸。

5

我和阿东是同屋关系,是同事关系,也是竞争对手。我们相濡以沫,也随时可以分崩离析。我们的处境很微妙,维系着某种平衡又相互对立。起初,有招聘信息的时候我还会告诉阿东,后来,我开始缄默不语。阿东和我之间有一场对峙,不是狼和羊的对峙,也不是狼和狼的对峙,而是两个弱者之间的对峙。是谁先辞职,就把工作彻底交托出来。我相信多出来的这一份工作,就像是最后一根稻草，足以压垮对方。阿东时常对我说，这个单位失去你，太阳也照常升起。

我觉得这是阿东对我的挑衅，严重伤害了我的自尊心。又或许是真的，我高估了自己的位置。我也有焦虑的时候，就会静下来看看窗外的风景。窗外的羊群又来了，羊喜欢挤在一起，争抢最嫩的草叶啃食。它们时而在东，时而在西。女人手里握着羊鞭，在一旁静静守候，她手里的鞭子似乎随时要抽打在羊的身上，就仿佛抽打在我的身上。

后来，我决定一边工作一边考研，内心反而踏实下来。阿东对我来说，变得无关紧要了，哪怕他在荒废时光，总是在抱怨，对未来充满疑惑。太阳照常升起，田野里远远的，有些黄白间染，连成茫茫的一片。起初我以为那是一片野花，后来我才发觉，那是一片枯黄的草枝，连成了海洋，甚至在傍晚泛起幽幽的白光。没有人犁的地，慢慢开始荒杂。我想到，盛夏才刚刚降临，鸟群压过头顶，远方的桃树正结了最甜美的果实，静等收获的时节。阿东和我说的最后一句话是，我不想再和你说话。我们陷入了长久的沉默，并要在沉默中积淀杀死对方的力量。

在这之前，阿东质问我，你怎么知道我什么都没有做？我仿佛又看到他在笑，嘲笑生活的愚蠢，嘲笑那些虚伪、狂妄又无知的人类。我们用空虚填补空虚，内心的空洞越来越大。阿东曾和我说过，只要有钱赚，再辛苦的工作都无所畏惧；阿东还和我说，有同学在餐饮行业做主管，月收入五千，工作自由，我问他为什么不去，阿东又说，这种工作没有前途可言。

转眼就是六月，我吃了酸的樱桃。七月就在不远处，很快就有桃子食了。我一直惦念阿东家里种的桃子,我仿佛已经看到漫山遍野的果子,一点点肿胀,染上一点欲望的红,沉甸甸地坠在枝头。

我和阿东预定了今年的桃子,希望这是有生之年,最后一次吃到。这是我对彼此美好的祝福。

夏　长

1

夏天病恹恹的，室内光线忽明忽暗。窗外一场雨连着一场雨，雨水越来越汹涌，似乎催促着秋天的脚步。我在单位二楼，昏昏欲睡，时而起身逡巡。有时候，我能感受到房子的幽闭，以及房子的恐惧。然而，我不可能代替房子去悲伤，因为我是房子的受害者。阴雨天儿，不开灯，医院的走廊漆黑一条，像是一截曲折的肠管，消化着静默的时光。八点钟，穿蓝衣服的阿姨开始拖地。我的鞋底有泥，走到哪里都是脚印。我说不好意思。她笑着说没关系。她停下来，看着我走过去，再等我走回来。她总是重复这样的等待，不厌其烦地弯腰与直立。我觉得她只是无力发脾气而已。很多时候，我们都是一样的谦卑。

我去打开水，听见头顶处下水道的声音。三楼是职工宿舍，电吹风连着水池上面的插座，有人在吹头发。只有女人才吹头发，把大量的时间用来梳洗。厕所旁是饮水机，电子屏上显示着日历和水温。时间是错的，水温也值得怀疑。饮水机和马桶共用一个水源。水流通过细细的胶皮管，穿越墙壁和机器，被过滤和加热。一按开关，水就落下来。茶杯具有记忆，取决于残余。陈皮、茉莉花茶、奶粉、柠檬片、大麦茶、咖啡。我的办公桌不大，却能找到这些所有。我像是老人一样，喝茶喜静，无法离开巢穴。

有时候，我觉得是房子妒忌我，羡慕这两条腿，所以要困住我。事实证明，腿越多的动物，越是张牙舞爪，活得潇洒。与此同时，我却嫉妒那些长着翅膀的家伙，它们总是在头顶起起落落，炫耀漂亮的羽毛。不久前，我还在房子里抓住一只麻雀。它找不到出口，四处逃窜，被我逼迫在角落擒获。只要我攥紧拳头，就可以轻易送它往生。还好，我遏制了邪恶的念头，放它于天空。飞翔是有重量的。呼吸是有节律的。夏天是不安分的。我的内心有一道声音，像一粒种子，即将破土而出。这个夏天在破裂，它并不是好的温床。

在办公室，我会换舒适的鞋子。我有很多双鞋，拖鞋、人字拖、运动鞋、老北京布鞋。我喜欢老北京布鞋，平日可以趿拉着。牛筋底比千层底好，下雨天不会打滑。我开空调，开了又关，关了又开。我不在乎费电，也不在乎机器的寿命。这世界上没有一件衣服穿着正合身，也没有一个温度让我感到融洽。当然，这一切都是我的问题。长久以来，我逆流生长，内心敏感。一双舒服的鞋子或可给我慰藉。

周末值班，领导不在，不用忍受颐指气使。无聊的事物总是格外精彩，也让我产生一些不切实际的想法。听说有一种蚂蚁，叫作子弹蚁，被它叮咬后，会产生像子弹射穿一样的疼痛，可以持续24

小时,甚至更久,但不会留下永久性损伤。在亚马逊雨林部落,男孩的成人礼就是要忍受子弹蚁的叮咬。我在视频中看到,一个男人把手伸进满是蚂蚁的袋子,接连发出惨烈的叫声。这声音仿佛是兴奋剂,把我唤醒。在这样沉闷的上午,如果给我这样一只蚂蚁,我或许也会尝试一下吧。为什么要拒绝?我既没有被蚂蚁咬过,也没有被子弹射中过。人总是好了伤疤忘了疼。这一刻,我决定背叛自己的身体。

桌下的蚊虫鬼鬼祟祟。我想试着不去抓挠皮肤,因为越是抓挠越瘙痒。如果咬牙忍住,过一会儿,就似乎什么也没发生过。我产生了一些麻木的感情。我想观察一只蚊子如何把它的口器,刺入我的皮肤,殷红的血液沿着管道,去往另一个容器。有些容器是活的,有些容器已死。生命只不过是容器的套叠。下水道堵了,有一股恶臭徘徊。这天,有人打开地漏,用止血钳一点点往外掏,掏出像墨汁一样的污秽之物,以及一副麻雀的骸骨。一只迷失的麻雀,胆小怯懦,藏在暗无天日的下水道中死去。我想到那只被我放生的麻雀。不在此处,又在彼处,迷失以及死亡。

2

晚上值班,同事叫我下馆子。村边最多的就是类似的小饭馆,一个掌柜兼传菜员,一个后厨,就可以撑起一家店面。有的饭馆毫不忌讳,隔壁就是花圈店,门口还立着石板,上面写着"刻碑"。吃的人也不忌讳,饭馆的名字叫骨头馆儿。骨头馆儿实际上是没有招牌的,就是灰色的水泥墙,门口还挂着塑料帘子,进出皆是常客。

  骨头馆儿有些特色菜，棒骨、牛肉或者牛筋，提前炖好煨着。火不灭，就要一直往锅里添水。客人来了，我们常常是第一桌。随后，开了空调，屋子里就逐渐热闹起来。在乡下，似乎吃什么并不重要。重要的是，吃饭成了某种消遣。

  有时候坐在饭馆里，我会预感到建英的到来。或者，有时候一进门，建英就恰好在那里。他坐在角落，像是一座荒凉的山。建英是我的同事，东北人，单身已久，独来独往，在医院里住宿多年。我知道，他应该是乐于见到我们的。我们三四个人，算是小团体，轮流请客。建英瞧见了，会闷头一笑，端着他的菜盘和面条坐过来，账当然也算在了我们头上。他喜欢吃面条，砂锅刀削面。他吃饭的时候埋着头，几乎不参加话题讨论。他像是一块乌云，投影在所有人身上。还有些时候，我们在去餐馆儿的路上看到建英，为了避开他，索性选择了相反的方向。他的背影完美地消隐在夕阳中。

  街边有些饭馆是三天打鱼两天晒网的，营业与否全凭心情。或者饭馆突然锁了门，以为老板只不过是回趟老家，过些日子还会回来，可是后来就再也没了动静。我想，大概是老板赚够了银子，回去另谋他途了。即便是郊区的村子里，做生意的也多是外地人。现在想来，我们何必在此苦苦挣扎，沾过这一星半点的京城贵气，功成身退也罢。当然，还有些饭馆，久而久之开成了有口皆碑的老店。

  还有些时候，我们会叫外卖。值班大夫攒在一起，热闹非凡。当然，建英并不在此列。时间久了，有些人可以把菜谱倒背如流。小馆的老板也熟门熟路，可以送货上门。值班室不够宽敞，把长桌拉到中央，所有人都站着吃，站着还是有些拥挤。有时候点了鱼，餐馆没法打包。老板说，这大盘子你们收好，下次点餐再来取。医院没有腿，永远也跑不了，饭馆老板很放心。傍晚，我透过值班室的玻璃，看见建英出了院子，不久后又回来。他吃饱喝足，神情格外柔和。我只是希望他低着头，没有把目光射向这间屋子。就算他看到了这欢闹的景象，又能如何？如果我是他，或许还会加快脚步，生怕被人捕捉到。有时候，我害怕自己有一天，会变得和他一样。

其实医院食堂是有晚餐供应的。厨房有两位大师傅，负责职工一日三餐。起初，晚餐有炒饼、炒饭、面条、包子之类，花样不多，但有所变化。馅食大多是院长值班时才有的，很多人吃不到，但偏偏院长不爱吃，索性也没了。再后来，为了图方便，食堂几乎只供应面条。我很少在单位食堂打晚饭，据说面条很难吃，难吃到了一定境界。有一天，我决定尝尝。大师傅却对我说，晚上只有你一人订饭，还吃吗？言外之意就是，你别吃了，我好提前下班。连食堂大师傅都在混日子。我把愤怒的情绪隐藏起来，笑着回答她说，那就不吃了。

后来，我还是吃到了大师傅的面条。为了不让面条坨掉，她选用了面疙瘩，捞出来满满一盆。面疙瘩水水的，再加上两大勺西红柿鸡蛋卤，吃起来咸得要命。我终于体会到，就算是面条这种简单的食物，也能令人为难。食品安全是厨房的第一准则，其实口味并不重要。听说大师傅做饭，从来不用姜，只是偶尔会用些蒜头，能将就便将就。

3

北京的夏天是湿润的，至少我这样以为。那些潮湿的气体灌在身体里，像水银一样。我的时间都用在了工作和交通工具上。其实很多时候，我更愿意躲在家里。公寓里面是中央空调，颇为费电，但是凉得快。周末的时候，脏衣服、臭袜子堆得到处都是。APP上的外卖花样百出，可以送到家里来。餐后，我把食盒以及一次性筷子，用塑料袋包好，摆在屋外门边上。偶尔迫不得已要出门，常常忘记剃须。电梯里有扑鼻的狗的味道，偶尔还有屎尿。楼下的芭蕉快长到一人高，枝叶肥大，绿如翡翠。这个季节比想象中要沉闷许多。

几个在北京的老同学，熟络起来。先是老田买了小平米的二手房，落了户，在北京有了落脚的地方。方寸之间也是独立，像是移植的草木，焕发出生机。我们终于有了根据地，同志们势必要趁机增进革命情感。麻将桌是一定要有的。美食与电影也是要有的。我和老田很近，两站地铁的距离。晚上下班或凑在一块儿，看个电影、吃个火锅，也是很好的放松。老韩要远上很多。但城市交通呈现出的压迫，并没有阻止我们周末小聚。再次坐在一起，谈笑风生。各自消失的一些年，并不是空白，全部透露于眉眼之间。读书时，熟悉的那一部分被保留，自恋的依旧自恋，悲观的依旧悲观。老韩不再随身携带小镜子，但总觉得他一抬头、一挑眉，都那般得意。但又不得不说，十年时光，每个人身上都发生了不可言喻的改变。体型的改变，神态的改变，说话腔调的改变。这些改变让我觉得陌生，但这种陌生感又像是花岗岩，让一个人变得稳固和可靠。

大多数时候，我们只是喝酒，并谈论未来。未来像是黑夜中的大海，我们都是撒网的捕鱼人。隐隐约约有灯塔，传来微弱的灯火。二十五六岁的小伙子，似乎只能够谈论未来。那些不确定的假想，仿佛是硬糖，被物质化，被一丝一丝吞咽下，最后只剩下舌尖上的一点甜。除此之外，毫无残留。但是好在，我们可以相聚。而这样的相聚是难能可贵的，我不知道还能维持多久。我想到生命自由之可贵。我想到每个人都是背着石头行走，摸着石头过河，这片土地似乎无形中给了我们使命感。

好在楼下的烧烤摊给了这了这个夏天以慰藉。每一次在饭桌上，我们都会不约而同谈起 K。我把他当作朋友。我曾见识过他生活的坎坷。如今，有人说他在传销组织。我半信半疑，疑点在于他活动并不受限，过节常可以回老家。微信朋友圈里，除了成功学和心灵鸡汤，偶尔也见他发照片。他黑了也胖了，有时候似在海边度假，身边有个女孩子，两人甚是亲密，似乎过得很好。不知不觉，我对他既担心又疏离。偶尔接到他的电话，叫我去他那儿做客，我都五味杂陈。直到有一天，真的有人说被 K 骗了钱，还贴出了银行账单。我有些怅然若失。我知道，没有人会成为他的救赎，他只会一条道走到黑。

说起来，北京哥儿几个是幸运的。我在事业单位，老韩在国企。老田从央企辞职，做了叫苦连天、命比纸薄的程序员。这也意味着某种形式的解脱。他说以前在外搞工程，枯燥乏味不说，偷工减料不说，担惊受怕不说，吃喝嫖赌抽，差一点就五毒俱全。浸染的力量是可怕的，每个人都将被同化。同样地，脱离体制，高呼万岁,似乎也成了我的终极目标。但这件事一旦犹豫,就成了剥洋葱,辛辣扑鼻,泪眼蒙眬。我战战兢兢,一层一层剥下去,本以为能够见到真相。但是,后来我才发现,我们都是患得患失又没有方向感的人。洋葱是空心的。

4

我在家种了些花草,与我为伴。我只是以为,植物比人好打交道。其实,我并不熟悉这些植物的习性,我能做到的,大概只有勤浇水而已。它们中的一些,我至今都叫不出名字。我以主人自居,以为有掌控生死的权力。

客厅中,不同的叶片染着不同的碧翠。不经意遇见,都是美好的。如果再有些香气弥散,空气也饱满起来。起初,我把植物当作摆设。直到泥土变得干硬苍白,叶子发黄,我才感受到它们的诉求。它们嗷嗷待哺,需要悉心喂养。从另一方面来看,这些植物也是我的高级囚犯,那些优雅的白瓷花盆,就像是一间间牢房。

最柔弱的一盆是茶花。它结了许多花骨朵,暗含丝丝红粉,像是颗颗攥紧的拳头,丝毫不见松懈。我尽力去善待它,甚至讨好它,浇灌的水是晾晒过的,甚至每天都挪动它,让它感受到阳光的不同。我总以为植物比人类更懂得生存之道,然而一旦与人为伴,也往往意味着与死亡为伍。我在植物身上看到了反抗。当我把爱不断灌注到它身上时,它却更加肆无忌惮去伤害我。每一片叶子都坠地有声,声声入耳,似乎在嘲讽我。于是我恨恨地说一声,去死吧。它似乎听懂了,迅速走向毁灭。然而,我并不知道自己错在了哪里。

　　那盆芦荟因水患而死。我固执地以为，一周两杯水是合适的，这株肥厚的芦荟，突然就发黑腐烂，让我惊慌失措。芦荟开始散发出一股乳油味，有些刺鼻，这种味道接近于死亡。有一瞬间，我彻底恼怒了，将它连根拔起，丢在垃圾袋中。植物的死亡，得以让我给另外一些绿植更换宽敞的牢房。我用芦荟的花盆，摘下了我的菠萝。是的，我种了一株菠萝，用顶芽培植的。它虽然生长缓慢，但是足够孤僻，叶子细长，布满干涩的锯齿，不肯与人为善。我给它预留了足够的空间，希望它日益膨胀，有一天可以开花结果。我开始学着区分木本和草本，我要判断哪些植物可以长久存活，甚至年年开花。

　　我有两只花瓶，颈部狭长，晶莹剔透，注入清水，一只放了富贵竹，另外一只，用来盛放鲜花。百合、紫罗兰、葵花、茶花、玫瑰，十五元一束。如此娇媚的鲜花，让我感到妒忌。花开半夏，我自欺欺人，让它们用本能，完成最后的盛放。两只花瓶呈现出完全不同的状态。富贵竹是有根须的，瓶子里的水渐少，再注入一些即可。但这些鲜花需要天天换水，不然就会发出恶臭。

　　我听说，有人给植物喂鱼。大概就是动物的一部分，被埋在土壤中，可以转化为植物的养料。甚至于，一株庞大的植物可以发狂，杀死周围的植物。原来植物界也充满了竞争与阴谋。我看到了植物中人性的那一部分，而这种谋杀似乎毫无罪恶可言。我会想，如果遇见一棵植物，它拥有一颗狂野之心，我或许甘愿做它的侍臣，让它把我吞没。其实，我也只不过是一株会行走的秧苗罢了。

　　屋子里的植物长期困惑，早已失去了野心。而它们的死亡终将是对我最大的亵渎。或者说，这是一种预兆，也是一种惩罚。在无法控制的死亡面前，我开始审读自己。只是，这个夏天让我变得愈发慵懒，关于植物，我开始相信生死有命，富贵在天。在我看来，有人照料，似乎没有什么不好。我想不明白，它们到底想要什么？四季是轮回，昼夜是轮回，一条路也是轮回。如果一辈子只有一个夏天，那么我会不会去留恋？

5

下班如同鸟兽四散。一阵风把夏天吹散，在人群里散开涟漪，头顶上的鸟群慌乱离开。我在人群里寻找着什么，比如一段反复加强的记忆片段。空气传来一些微小的摩擦，如大漠黄沙的吟唱。地铁口拉二胡的盲老汉没来，少了唱念的独白。相同的位置，趴着一个赤膊的男人，他的胸口贴紧地面，用肩胛骨隆起两座荒凉的沙丘。一旁，宠物兔在笼中吃草，草香四溢，吸引了美腿停歇。姑娘用葱白般的手指提起笼子，甩动裙摆翩跹离开。我浅显的目光再次被一些明亮的身体和曲线吸引。一些塑封胶袋的挂件，里面是红色的小鱼。我始终不敢靠近这些鱼类，它们游荡的时候，我听到了柴可夫斯基的《第六交响曲》。我凝聚所有的力量去注视，如果目光是钉子，那么我想要戳穿这些密不透风的袋子。我抿着干瘪的嘴唇，我想要让太阳加速死亡的进程。那些红色如绸的身体，是梦境中反复纠缠的爱欲，困在无限的光明中。有一刻我以为它们就要破碎，但是却没有。云层因为风的涌动变幻了模样。

噼啪——下雨了——

雨丝里有些凉的浸润，我像是触摸了一块石头、一根竹子，或是一片冰，这令我肃然起敬。凉是另一种生命的悸动，它加速了镜头中事物的消隐，等我一回头，一些人、一些物，就仿若人间蒸发。等我再去寻找踪迹，雨水已经开始吟唱，地面以一种毁灭的方式改变固有的颜色。还好我的书包里有雨伞，这令我感到稍许心安。在轰隆隆的雷声里，雨水渐大，可我想，打伞的时机一定要掌握好。

　　我绝不会做第一个打伞的人。

　　我在雨水中走得极慢，我慢得与整个世界格格不入。汽车的鸣笛声刺耳，轮子溅起巨大的水花。可是我无动于衷，没有什么可以阻止我按照预定的轨迹行走。我愿意和一个落荒而逃的男人分享一半雨伞，可是他断然拒绝了我，然后消失得更加迅速。看着他远去的方向，我感到有些失落。然后突然意识到，我正在回家的路上。

　　这就是我反复的日常中，一个倦归的傍晚。

　　我站在通惠河边上感受河水的力量，水线正因为一场大雨涨到高处。湍急的水流让我看不到鱼在水面呼吸后留下的波纹，只剩下汹涌浑浊的流动。一阵风袭来，正堵住我的嘴巴，不让我说话。

　　河岸上的垂钓者不见了，来了一群捕捞者。他们比前者更加疯狂，沿着河岸一路奔跑，一边用竹竿在水里摇动。每当他们把竹竿用力甩上岸，网兜里就掉出活生生的鱼来。

　　啪——真是无比喜悦的坠落。

　　河水不断向东，再向东。

　　可即便如此，波澜中还是有一些永恒的平静，至少藏在我心里。

秋 生

1

一场雨过后，我感到秋天来了。太阳像是一条河流，在奔涌流淌。阳光被驱逐到马路中央，经过车轮的反复碾压，变得愈发浑浊。

上午九点，似乎所有的工作都已完成。穿蓝衣服的女人喜欢把所有的窗子都打开，让微凉的空气从窗外爬进来，哪怕是下雨天也是如此。我又见到她趴在二楼的窗台上，以一个极其慵懒的姿态凝固着。有人埋怨她的懒惰，控诉医院的走廊擦洗得还不够干净。她低头抿嘴，并不反驳，也不在意。她几乎用了整个上午的时间，趴在窗前凝望，这令我隐隐有些好奇，因为窗外理应是个枯燥无趣的世界。无数个匆匆而过的瞬间，我在走廊窥视她的背影，在院子里仰视她的面庞，她却始终忽略着我的存在，目光不在我身上停留。

这次，终于等到她离开，我迫不及待地站在了相同的窗前张望。果然，还是院子里那些草木石墙，只是变换了角度。可是渐渐地,细细去打探,我竟然发现,变换了视野的世界,乏味中却有了些延伸的表达。比如,那些树木似乎变得更加圆融了,我能够看清整个树冠的形状,以及藏在树枝中的鸟雀。我的目光甚至可以轻轻越过墙围,坠入一片茂密的玉米田。这个季节的玉米是芬芳香甜的。如是,安静地窥视一片茂密的玉米田也是恬静的。玉米的秆子长得异常高壮,叶条狭长而肥硕。可极尽繁盛之后,就像是热恋后要说分手,又那般无情冷落。秋天的玉米植株开始生病了,浅黄的雀斑点缀,像传染病一样在扩张蔓延。枯萎把所有生长的欲望凝缩,植物失去了果实作为寄托,开始自怨自艾地低垂头颅,它们会渐渐吸收了秋的苍凉,等待下一场雨水的摧毁,最后彻底干瘪,被农人切割和燃烧。

　　从此,我开始留意每一扇窗中的风景。窗子是有生命力的存在,它们彼此错落着,朝向四面八方,收拢了不同的风景和心情。穿蓝衣服的女人如此爱着这些窗子,总是不厌其烦地关合。我模仿她的姿态站在窗前——微风拂过面庞,闭上眼睛,仿佛身后有一双宽厚的手掌,把我瞬间送到远方。再睁开眼,我就置身在了那些未可知的神秘角落。

　　如果不是透过楼梯口的那扇窗,我绝不会发现院子东边那几棵是柿子树。从窗子中,我又看到了穿蓝衣服的女人,她踮脚摘下几颗柔软的柿子,然后用抹布把上面灰白色的柿虱子拭去。那些柿子一下就成了融化的小太阳。从另一扇窗子,我同样看到了穿蓝衣服的女人,她正剪下了院子里的月季花。那些渐变的花朵,柔软娇嫩,白的、红的、黄的,层次鲜明,旋转着盛开,然后在最饱满的时候离开了枝条。她把鲜花插入一只盛满水的塑料瓶里,精心侍弄着,然后摆放在一楼大厅的导诊台上,于是整个门诊都流转出了盎然生气。

记得院长曾对我说过,要在冬天来临之前,把院子里所有的月季花沿着地面剪断,这样等到明年夏天,土里就能"呲"出更加繁盛的花朵。我喜欢他用"呲"这个字眼,仿佛是有声音的。如此想一想,心里面似乎就有了曼妙的生长。这是多么充满力量的一个字眼,在聚集,在收拢,在绽放。在这个秋天,我相信眼睛触碰到的所有,都是有温度、有质量,也是有呼吸的。

我在这个秋天醒来,秋天在我的心墙上开了一扇窗。

2

做中医的姥爷和我说,入秋了,天气燥,吃一些蛇胆泻肝丸吧。这药丸我再熟悉不过,又苦又涩,每年秋天我都会吃一些。大抵是入了秋,我们的身体也变得虚弱,有些无名火需要宣泄,于是就从身体里往外烧,烧得心虚惶惶。

太宰治曾经描写:"入秋以后,蜻蜓变弱了,肉体死后,只剩灵魂,摇摇晃晃飞来飞去。透过秋日的阳光,能看到蜻蜓的身体是透明的。"其实这情景,我并不觉得陌生。似乎是这秋天一来,所有的动植物都遵循了秋的轨迹,患上了关于秋天的顽疾。

秋天的蚊子颜色浅黄,像一粒粒干瘪的稻谷,仅凭一丝本能在寻找血液的芬芳,它们飞得很慢,且反应迟钝,总是被一巴掌轻易拍死。医院厨房的大师傅有趣,捉了螳螂,三五只,巴掌长,挂在了纱窗上。我笑他捉了螳螂做装饰。据说,草叶变黄的时候,螳螂会跟着变黄,如果草叶变红,螳螂会跟着变红。可眼前的几只螳螂却像融了水的墨汁,挂在纱窗上犹如死物,任凭窗外秋风袭来,树叶开始瑟瑟发抖,也一动不动。如果世间所有的能量都是守恒的,那么这些流逝的生命力都去了哪里?抑或是被秋天中的"燥"抵消了。

每天醒来,我都会望向窗外。五点三十分的清晨,日光都会比昨日更稀薄一些。却道是天凉好个秋,可是天气凉了,身子却禁不起那么多缠绵悱恻的故事。轮回是四季的更迭,也预示事物之间的相遇和离别。一年又一年,无论是动物、昆虫,还是植物,都会因为秋天而忧郁,甚至枯竭和死亡。

我想,我也应该顺应秋天的气息,于是我开始变得有些疲惫。这倒也不是身体的劳累所致,只是精神不大好。精神不大好的时候,我就喝些浓茶或咖啡,却并不见效。有时候,明明在杯子里倒了热水,起初还烫嘴喝不得,等想起来的时候灌一口,却又凉得胃痉挛。于是我终日昏昏沉沉,东倒西歪,时常忘记自己正在做的事情。

北京的人很多,挤在一起,终日重复着,进城又出城,出城又进城,渐渐消磨了怨气。每个人都是如此沉默。有的时候,我会走着走着,就忘记了自己身在何处,要去到哪里。我也是这世间行走的生命,却不小心被困在了原地,被秋风一点一点蚕食,变得愈发无力。面对秋天,我似乎和植物没有什么两样。

秋光四溢,整个城市从金黄色开始迷醉。我发觉,北京有很多参天老树,它们沿着地铁一路忽闪错落,每一个开始变黄的叶片都是寓言。巨大的树冠,散发出古城迷离的神韵。秋天让这个城市更深沉了一些。悲秋——悲秋——这是鸟群空寂的回鸣。秋天是一个宏大的命题。我似乎看到尘世里有诸多高墙围栏，我的心里也有。秋天有很多心事，仿佛写满了秘密。但是秋风无所顾忌，它穿过城市和人群，划过树林和河流，揭开了大地的伪装。守望秋天的时候，秋风也妄图揭开人类的秘密。没有不透风的墙壁，秋风似乎要把每个人都扒光了，推到墙头示众。我听到秋风在城市里不断地回荡，我知道秋天就站在那里，等着我走近它，与它分享生命的悸动。我知道所有的树叶都会坠落，坠落以后腐烂成泥。但是我相信，所有关于土地的事情，都是美好的。

秋天也是甘甜的，哪怕这只是收获的尾声，代表了萧索的冬天即将降临。朋友送我两枚梨子，梨子在秋天里成熟。他说家里只种了一棵梨树，梨子往年都是留给自家人食用的。他家的梨子很是讲究，上面套着轻薄的塑料袋，用金属环箍紧。梨子似乎因为套了袋子的缘故，表皮变成了棕褐色，上面所有的斑斑点点，都是衰老的写照。我对朋友说，这个季节吃梨子正合适，清心润肺。可梨性寒凉，却不易多食，一次一颗即可，这就是所谓的过犹不及。我想到人与人相处，何尝不是如此。人之常情，我吃了他的梨子，就要记得有所偿还。

夜晚值班的时候，我顺着锈迹斑斑的梯子爬上卫生院的屋顶，高处的旗子正被秋风吹得猎猎作响。站在这里，玉米地突然变小了。我看到月光慢慢倾泻在田地里，它们本是旧相识。此时的玉米地里空无一物，月光笼罩下有些寂静和苍凉。那些玉米是什么时候被收割的，我却全然不知。围墙似乎也变矮了，我突然想翻过围墙去到远方。玉米田的秋天已经结束，可灌木的秋天才刚刚开始。而我的秋天，似乎还要更加漫长一些。

　　我突然想要呼喊。于是我呼喊出了声音。声音摸到柔光中金灿灿的树叶，就成了秋天的风。我知道，我有两件事情要做，一是要让这个秋天诞下我的孩子，二是要杀死这个漫长的秋天。

这只是一个冬天

1

　　晴朗的日子里,我喜欢站在通惠河边上遥望。河水从耳畔溜走,无声无息。事实上,我只知道这条河是京杭大运河的一部分。无法抵抗岁月的侵蚀,一条河衰老了。我的目光也是佝偻着,顺着蜿蜒的河道穿过高碑店,然后陡然站起身子来,就是国贸附近像森林一样耸立的群像。城市永远是现在的恢宏,河流永远是过去的繁华。就这样,通惠河被剪下来一段,安插在我的生命里,当然它没有多么沉重,只是某种日常的往复。那些气味的以及繁杂的变化,一些相互倾轧的,比如泥巴和藻类,一些相互厮杀的,比如鱼类和鸟类,一些相互对抗的,比如河水与塑料,都是河流的一部分。我常常觉得,平静的河流中存在着蛮横的生存对决。人类伴水而居,理应是河流的附属。榔头,小推车,公文包,高跟鞋,都是桥上匆匆而过的掠影。浮光中抱残守缺的桥,只是痴痴守望着东流的水。有时候我能看得出上游的闸口放了水,河水骤然上涨,变得湍急,但天气渐冷，通惠河终归是要慢慢枯竭。在天寒地冻之前，通惠河孕育了最后一批生命，铺天盖地的蚊虫漫天飞舞，冲着口鼻耳洞，似要扎进去取暖。冬天的通惠河，似乎从来都是绝望的。而我的北京，也是从冬天的通惠河畔诞生的。

人类自古沿河而居，农耕，筑房，繁衍，从未离开水源。沿着通惠河寻觅，依稀还能辨别出曾经村落的形态。高楼脚下，总有不起眼的城中村。村子里的房舍还都是平房，参差不齐。冬日里烧蜂窝煤取暖，生起袅袅炊烟来。临近马路的房屋，大多成了小餐馆，拯救了逐渐失去蒸煮能力的上班族。房舍以羊肠小路贯通，房租低廉。住在里面的人，我只认识理发店的姐妹，听说足疗店的姑娘也住在这边。她们都来自南方，沿河的村庄。村子沿河的一侧，是一条泥土路，时有汽车通过，画出高高低低的曲线。烟尘腾空，就再没能够落下来。河边虽然有个车场，但傍晚时分，附近公路上的汽车都是胡乱停靠的。车场的角落里有个临时搭建的铁棚子，棚子里的男人养了一条狗和一只羊，男人靠看管车场和为人洗车营生。老狗卧在地上看管羊，羊吃河岸边最嫩的青草。男人包藏祸心，他要等着羊再肥一点，就杀掉羊。有了羊，就可以过冬了。这件事只有狗知道，因为运气好，它也可以分一杯羹。夜里有人在棚子上涂鸦，五颜六色的，此时的通惠河不说话，狗也不说话。后来，车场边上又多了几个集装箱，安装了窗和门，就成了早点摊。人和狗都在集装箱上排泄，于是被用恶毒的文字诅咒。集装箱上装饰了小彩灯，可奈何门脸背对街道，避免不了门庭冷落。天气越来越冷了，摊煎饼的女人也愈发笨拙。煎饼又破了，我有些等急了，就先走了。

2

那只羊在入冬的时候消失了,看羊的母狗生了崽子,是谁让它怀孕的不得而知。幼犬就像羊羔一样盘在母狗身下,同样的雪白纤弱。夏天卖冷面的铺子换了陈设,开始叫卖羊蝎子火锅。滋阴补肾,养颜壮阳。或许再冷一些,烤肉店里的狗肉火锅也该上市了。滋阴补肾,养颜壮阳。羊和人类相似,比如脊椎骨的结构,比如卑躬屈膝的懦弱。脊柱就这样被压弯了,打碎了,清汤小火炖煮着,散发出浓郁的香气。我是内蒙古人,对羊这种生物是有特殊感情的。就好像城市里放养一只羊显得有些另类,我的存在多少也有些格格不入。我是一只羊,温顺怯懦的羊。羊是弱者,见了狼,唯有逃跑而已,但逃跑又能怎样,羊还是摆脱不了落入狼口的命运。有朋友在这个冬天陆续逃离北京,从此彻底消失,杳无音讯。我走过的青石堤坝,原本某棵柳树的树洞里,藏有蜘蛛的尸体,现在也不见了。它们消失了,都是被这片土地消化了。

不少通州人称通惠河为"臭水河",对此我有些愤懑不满。虽然它并不壮阔,不秀美,也不灵动,如今更是缠绕了暮年垂死的气息,一副岌岌可危的样子,但它曾经是繁华的。一条河的自愈能力有限,它的命运似乎是要走向终结的。但人工开凿的运河,同样孕育着生命,此时此刻,那些河里的生命更像是最后的默哀。人类应该是亲近水的,而临河而居始终是我引以为幸的。水鸟不见了,我知道鱼类也少了。通惠河边,总是分散着垂钓者和捕捞者。以我亲眼所见,鲫鱼、鲶鱼,甚至龟类,都一点点被抓捕上岸。所有人都说通惠河里的鱼不能食用,重金属超标,有剧毒,但是他们又热衷于捕杀者的游戏。我看到河水比昨日更浅了一些,河中央露出一片片浅滩,花白的,就像翻起的鱼肚皮。我想到在北京,市场里的鲜鱼要比家乡便宜很多,一条武昌鱼可以便宜一半价钱。有一天我听到乡下的卖鱼者说,鱼是从湖里偷来的,根本就不值钱。我见到他刮去鱼鳞,鱼皮上渗出鲜血,就像刮出一件袈裟。鱼会选择原谅的,河流也会。

3

河流和古木一样,是有根脉的。所谓的一脉相承,就是扎了根,宁死也不愿挪动。秋天的黄叶,是从入了冬才开始坠落的,一层一层相叠的黄,渐变的黄,枯萎的黄,让土地变得松软又清脆。雾气笼罩城市,阳光稀薄的日子里,树叶聚拢,代替了太阳,散发出璀璨迷醉的流光。冷暖在岁月里交织,黄叶是暖的,冬风是冷的,但我知道,这一切都是短暂的。临河的小区曾经是一座工厂,我是听附近的老人说的。院子中央有一棵近乎十五层楼高的老树,这样的古木在京城里并不算少见。我相信工厂倒塌以后的建筑,一定是围绕着古木修建的,所有的砖块和水泥都要进行避让。从十七层的窗户窥探,可以看见古木伸展的枝丫,越过枝丫是远方的铁轨,以及日渐干渴的通惠河。我常常想,这三者之间存在怎样的关联?我发现错综复杂的日子里,总有一些不轻易改变的事物。比如古木、铁轨,以及河流,都是理直气壮地从城市中间穿过,看似蛮横无理,可就是这样的存在,才是道理。冬日的傍晚,没有广场舞,没有虫鸣,恰好也没有呼啸的风,就能听到远方有火车轰隆的声响。我知道很多人来到北京,很多人又离开。

小区附近最近搭了大棚,棚子里通了电,挂了灯泡。似乎是一瞬间这里就挤满了各式铺子,变得热闹非凡。蔬菜,水果,海鲜,主食,杂货,花草,应有尽有。因为棚子的出现,挤走了街边一对卖蔬菜水果的年轻夫妻。他们曾经在最冷的日子里相濡以沫,甘之如饴。我们怨恨冬天的长夜和凄冷,却也见识了冬天里令人亲近的暖。闲暇时,小伙子给姑娘捂手。手被冬天刮开了细小的口子,他心疼她。我总是习惯性地和他们买点什么,一瓜一果,分量轻,但也好。如今,我不知道他们流落何处,竟时而想念。不是见不得生活转变,我只不过是有些念旧罢了。我想,沿着通惠河畔,有一天我们或许还能相见。

这个冬天几乎没有落雪。傍晚,夕阳烧尽,落在河里。都说河边的冬天更冷一些,冬日里河畔传来的哭声也更凄厉一些。斜斜的堤岸,斜斜的影子——总有不同的人在相同的场景里哽咽流泪,大多是女孩子,形单影只的,无人问津。我被哭声所吸引,却不自觉把目光送到河水里。我总是分不清楚通惠河到底有没有结冰,河水逡巡不前,有时候更像是泥巴冻硬了,钻出水面,结了霜,乌黑黑发亮。十五的月亮照在水面上,却不如公路上的车灯明亮。天黑得越来越早,隐隐约约的,像是百鬼提着灯笼,沿着河岸游行。只有光,缩成一团一团,有些刺眼。他们来了,又走。恍恍惚惚的,都是疲倦的归家人。

只有找不到家的人,才会对着黑黢黢的河水痛哭流涕。

4

　　细碎的冰雪融了，附着在草叶上，似乎没有什么食物可言。但再漫长的冬天，都有鸟雀的身影，它们栖息于城市的隐匿处，啄食着不为人知的秘密和痛楚。鸟有鸟道，迁徙，隐匿，追踪，繁衍，都是人类无法触及的秘境。在北京，冬日里能见到的鸟，除了麻雀，就是喜鹊。河边的喜鹊很多，藏匿在冬日的树林里。阳光温柔的正午，偶有喜鹊闪现在窗台的栏杆上，支开黑色的长羽。但凡屋子里有些轻微的声音，都能让鸟类警觉撤离，无论是邻居的争吵声，还是锅碗瓢盆的磕碰声，都让它们仿佛从未来过。在这座城市里，它们至少看起来是自由的，没有天敌，没有伤害。黑白分明的鸟，传达出来的寓意、喜怒、爱憎，也皆是分明的。比如喜鹊和乌鸦。资料显示，喜鹊肉，滋补，通淋，散热；乌鸦肉，滋养补虚。中医让我们相信，食补是遵循自然天性的。所谓以形补形，在人类的世界里，没有一种动物不能进入食谱，没有一种肉食不能滋补肉体。冬天不再虚弱，逐渐变得舒展起来，鸟雀的活跃度，是判别气温的最佳指标。这一天，有水鸟入水，捕食了幼小的鱼。我知道，冬天结束了。

　　融水的日子里，我喜欢顺着河道走走。漫无目的，只是为了暖暖身体。冬日里，手也凉，脚也凉。终于是，天气暖了，水也暖了。我习惯性地往上游走，暖的水就像是在身体里打了个转儿，然后才到下游去。河水再也不像往日那般凝滞，它复活了，连水里的鱼都要产卵了。鱼是河流的一部分，它们的卵巢就是河流的卵巢，也是河流最重要的器官。如果风吹来了，天也就蓝了。河边的树木都是倾斜的，冲着水面生长。树木照照镜子，竟然分不清彼此。"当窗理云鬓，对镜贴花黄"，突然间柳树就抽芽了，桃花也盛开了。通惠河边的草，是一蓬一蓬从岸边往外蔓延的。草木流淌，就像河流一样推开砂石，推开行人的脚步，推开冬天的寒冷。清晨的湿气更重了，雾气更浓了。沿岸所有的色彩都是淡淡的，连人的情绪也是。

走过高碑店的时候，我就感到有些疲乏了。再往前走走，看看风景？终归还是作罢，选择原路返回。我不知道通惠河的源头在哪里，但是一条河肯定是有源头的。然而，这条河对于我而言，无非是越往前走就越繁华罢了。但是，繁华有时候并不是真相。我要寻找真相，是要给自己的存在，增添一些合理性。只是连源头的概念都变得愈发模糊了。换一个方向，是否就能柳暗花明？我并不确信。

这只是一个冬天。

泥与水

1

窗外天空低垂，连日下着雨，到处都是积水，如同内心肿胀的欲望。他们说，土地不吃水，所以水汪汪的。我说，是土地吃饱了，再也吃不下了。院长说，医院这块地，很多年以前是水库，脚下这座楼，再往深，就是水库的底子。据说当年建楼前做过勘测，皆无问题，结果打地基的时候，地下水喷涌而出。近来雨水颇丰，窗外的小沟渠变得充沛，哗啦啦带起一股藻类的腥气。旁边的一摊，泥与水的混合，在太阳底下较着劲儿，还没蒸发完全，另一场雨又来。雨水令蛙类复活，敲起了无数的小小的鼓。一簇簇野草及腰，几片叶子黄艳如花。玉米是戴帽缨的侍卫，环绕在四周。

晌午，三楼宿舍。龙哥进门时风尘仆仆，有时候他会从口袋里掏葵花籽，说道，咱们一起吃。瓜子饱满，他巴掌小，接二连三地，他能抓出几斤来。他还吸烟，一边往地上弹烟灰，一边说想透透气。我连忙把窗打开，放下纱窗。龙哥又说热得厉害，我又把空调打开。冷风二十度,风口要冲上,不能对着他。龙哥吸完烟,随手把烟头丢在地板上,用脚碾灭。无人打理的屋子,烟灰在地面铺洒一层。他开始脱衣服,剩下内裤的时候,就呲溜钻进被窝。这动作一气呵成,似有些迫不及待。屋子里长期开着空调,几个人的棉被从冬天用到夏天。龙哥的床铺最是特别,被子是红绸喜被,没有被罩,枕头是心形的。这般风情万种,似乎也只有他了。

每次看见那床红喜被,我都浮想联翩。比如这样一床喜被,不在夫妻卧房,竟是在单位集体宿舍的铁床上。三十来岁的他,年后刚刚有了自己的女儿。据说龙哥耕耘已久,这孩子得来不易。前不久,龙哥为女儿摆了满月酒。这场轰轰烈烈的庆典,让龙哥红光满面,像是重新活过一样。我能够看到一个男人对于子嗣延绵的喜悦,恰似久别重逢,更似失而复得。

凤眼,窄鼻,薄唇,这是龙哥的模样。龙哥的孩子,应该会像他吧。当然,这也并不好说。一年前,龙哥得知妻子怀孕的消息,抑制不住喜悦,迅速昭告天下。妻子肚皮不断隆起的日子里,他的凤眼也弯弯的,像是天上的月牙儿。他逢人便说,肚皮里面肯定是个小子。他还说,他们兄弟几人,只有他家的是个小子,以后他儿子会得到爷爷所有的财产,房子是他的,存折也是他的。兄弟几人的财产,也理所当然是他的。毕竟他们全家,到这一代只有一个男丁。

后来女儿诞下来,半是喜悦,半是羞耻,他就再也没有提过这件事情。我记得,满月酒那天中午,班车蓄势待发,职工们集结一同前往饭店。与此同时,我见到送外卖的男人,他站在宿舍楼下,等来两个姗姗来迟的女同事。她们为什么不去?这引起了我的好奇。两个姑娘翩跹而来，翩跹而去，转身留下一些不可告人的秘密。然而，没有不透风的墙。有人突然悄悄在我耳边说，龙哥管不住自己的下半身，见到女人就想上，得罪了不少人。我恍然大悟，仿佛看到月上枝头，龙哥兴致昂扬地发短信给姑娘，赤裸裸地表明心意，让姑娘答应他。他总是想入非非。

比如龙哥平日会谈起如某酒店的前台，或者某酒吧的小姐。龙哥绘声绘色地，可以把每个姑娘的特征都描述清楚。什么样的胸，什么样的腿，什么样的装扮。然后又和姑娘发生一段顺水推舟的情节。这情节丝丝入扣，连灼热的喘息都透过言语扑过来。龙哥总是摆出饿狼扑食的架势来。他说，女人都爱钱，有一百块的姑娘，有一千块的姑娘，攒够钱，什么样的姑娘都不在话下。对于这样的描述，我是无力反驳的。龙哥还说，不要把女人当女人。然后又说，不要把女人当人。他总是一边说一边问道，是不是这样？

我想到龙哥刚刚生了个女儿，竟然觉得有些讽刺。我想要爆粗口，但这可能会引起冲突。龙哥的上铺已经发出"就是这样"的声音作为回应。我只好沉默，以保全我的午休。有时候，龙哥会接到电话，然后突然跳起身子来，穿了衣服，急匆匆往外跑。人类进化，就是为了随时可以交配。他说，饭局里有姑娘，怎么不早说？

2

清晨，龙哥兜里揣了两颗生鸡蛋，心里早有打算。医院门口有个煎饼摊儿，栉风沐雨的，常年在此。龙哥要用两个鸡蛋换一个煎饼，女人没犹豫，答应了。对待医院里的大夫，她总是很客气，毕竟人都会生病。其实这样的事情，发生在龙哥身上，一点也不稀奇。三瓜两枣的，皆是情分。

　　时常有人沿着楼道找寻龙哥，想要免费化验、检查或处理伤口。人情或许也是乡村生活的重要组成部分，这我懂得。龙哥成了一个快捷通道，迎接着各式各样的人。龙哥在吗？龙哥在吗？龙哥在吗？走廊里总有身影游荡，像四处觅食的雀鸟，叽叽喳喳。其实龙哥时常不在医院。没有人知道他来了，又去到哪里。除了午睡时候的宿舍，似乎很难在某个确切的时间或地点，找到他的人。我也会替人指路。顺着走廊到尽头，再右转，就是检验科。寻找龙哥的人多是年轻小伙。镇里有个武馆，跌打损伤之类时有发生，都怕伤了骨头。如果找不到人，他们会直接到放射科，说道，我是龙哥的人。如果有外伤，他们会直接找到外科大夫，说道，我是龙哥的人。

　　我是龙哥的人，这句话似乎很好用。这一句话，也同样给了龙哥以面子和安全感。似乎武馆里面的人，代表了小镇所有的武力。据说，武馆的老板是个黑老大，坐过牢，龙哥对其卑躬屈膝，有求必应。于是，透过靠山，他换来了另外一种尊严，可以洋洋自得，蛮横不讲理。在这附近，似乎没有龙哥不认识的人。从门口的黑车司机，到过路的三轮车，再到树阴里下棋的老头，这之间皆有往来。有的时候，我们在附近小馆儿吃饭，也会遇到龙哥的朋友，并坚持要替我们把账结了。这不是我所愿意发生的事情。如此，就欠下了龙哥的情面。我对龙哥的朋友总是持有警惕。龙哥不仅好色，还好赌。这我也是知道的。

　　一日午睡，龙哥平躺在床，双目浑圆，口中振振有词。他在念一些数字。不断累积和重复,像是丢了魂儿。后来我问他上铺的哥们,龙哥这是怎么了?他说,龙哥昨晚打牌赢了钱,在计算赢了多少。我想,这只是做给我们看罢了。我当时应该称赞他才对。龙哥说,他总是在赢钱,这样赢下去,就不用工作了。他还说,他是替人玩的,赢了算他的,输了算别人的。所以从一开始,他就处于不败之地。但是我又听说,龙哥只是一个把风的。夜晚漆黑如墨,繁星点点,在赌局白热化的时候,他就蹲在门口。无论是寒风吹,还是夏虫咬,他都兢兢业业,守着这些挥金如土的财主。哪个财主手气不好时,兴许就让他过过手瘾。

那天,镇里组织捐款。我和龙哥说起捐款的事情,他问我要多少?我说二十块不多,意思一下就好。龙哥倒是爽快,掏出一叠零钱。他舔了手指,开始数,一共数了两遍。二十张,一块钱的,一张不多,一张不少。龙哥说,这是我昨晚赌牌赢来的,全部贡献给组织。他说这话的时候是那么豪迈。我拿着二十块钱,突然很感动。我想到,我们的事业虽不烜赫一时,但将永远存在。这二十块钱,看起来有些寒酸,我掏出钱夹,换了一张完整的二十元钞票。而零钱呢,我用来买了煎饼。女人赚了我的钱,也是赚了龙哥的钱。我想到这些钱有了一个完整的循环。活着,尚且如此。谁又分得清它们的来龙去脉?龙哥眼睛通红,打着哈欠,又是一夜无眠。

.

3

院长说,今天要查岗。早晨的时候,龙哥迟到了。办公室有个小本子,专门用来记录。时间日期,某某,有何错误。比如迟到。

比如冰箱里有食物。比如对患者态度恶劣。那天中午，龙哥躺在床上，没脱衣服，没盖被子，竟然失眠了。他像是沙漏一样，身子翻来覆去，发出叹息的声音。心中黄沙纷飞，内心的汹涌无处发泄。嘴里吃了沙子，牙齿发出咯吱的摩擦声。整个中午，他都没有睡，扰得我也没有睡。下午一上班，他立马去找领导解释，领导不听。原来一次迟到被查就足以让他的内心崩溃，我仿佛看到了精神疾病的雏形。焦虑，敏感，脆弱。哪怕是一些在我们看来不足为道的事情，也会很容易激怒他，然后让他变得喋喋不休。这让我惧怕与龙哥的接触。

我曾以为他是个洒脱的人。还记得单位聚餐的时候，他是逢热必喊、要顺理成章把上衣脱光的男人。久而久之，我突然觉得，他的裸露充满况味。他与日光中作业的建筑工人不同，他的裸露带有诉求。他在公众场合脱衣，轻松又自由，没有违背他人意志，没有侵犯他人权利，似乎是在宣告着，我是流氓我怕谁。于是，他脱出了不羁，脱出了浪漫，脱出了志向，脱出了哲学。但是男人的身体并没有那么吸引人，他为何又热衷于这种裸露？

有人说，男人脱衣服有几种类型。我想到，他应该兼具其中两种。一是精神亢奋型，无论场合，想脱就脱；二是处心积虑型，借由身体，妄图侵略。那日龙哥喝了酒，满脸红光，白皙的身子上散发出中年男性之光，他摇摇晃晃，来往人中。我知道，他是想让隔壁桌的女人们看到，无论这具身体是否打动人心，这都是一种视觉的荷尔蒙侵略，这种侵略隐隐带有快感。龙哥说，女人都很虚伪，从来不肯袒露心声。

于是，在我眼里，龙哥有两种状态，穿衣服的，不穿衣服的。

他穿衣服的时候，神经质、焦虑、不安。他脱衣服的时候，充满侵略、性欲、放荡。借由此，我可以揣测他做什么事情的时候，处于什么样的状态。比如他在赌牌的时候，衣服应该裹得紧紧的。他在酒吧的沙发上喝酒时，一定要脱了衣服。其实仔细想来，脱了衣服的他，反而更加真实。然而这种真实，也在虚幻中摇摆着。

我和龙哥几乎所有的接触都是在宿舍。我们的床铺是平行的，我们的生命也是平行的。我不想与他有任何交集，于是我对他是顺从的。如同树木生长，我却极力避免枝杈的出现。然而事实上，火车总要压着两条铁轨行驶，我也必然要承受这份压力。我的睡眠常常因为龙哥被打破。他那些不切实际的幻想，包括性爱、发大财、猎杀动物，以及他突如其来的愤怒，都不断骚扰着我。但所有的事情，最终都会指向女人。我想到弗洛伊德认为，神经症患者常具有强烈的性压抑和难以自控的性行为。我想到他曾无限贬低女人，又一辈子离不开女人。

龙哥一边幻想着，一边会问我各种各样的问题，如果我默不作声，他就会不停地喊我名字。其实我不需要思考，只需要回答"是"或"否"，然而，我连这些都不愿区别，我只回答"是"。我知道，他并不需要对或错的判断，其实只是需要认同罢了。他活在物质中，又像是一个虚拟的符号。我厌恶他的存在，但是如果院子里没有他，似乎又少了些什么。生活中，总要有这样的人去承担人性的表露。他似乎让我在现实界，见到了光明中的一场交合，他像一只发情的动物，毫无理智可言。然而，每个人都需要面对这样的问题，面对这样活生生的他。他只不过是放大了我们的焦虑。

如果说，世界上每个人都为了大体相同的目标，千姿百态地活着。有时候，违背一点道德，甚至超越一点法律底线，也并没有让一个人被生活淘汰出局。平庸的我们会发现，我们和生活之间充满了挣扎与妥协。这两者之间仿佛泥与水，相互溶合，变得浑浊，又在太阳中分裂，还原成最初的样子。有多少浑浊的日子，就有多少浑浊的人。人们聚在一起，就是一摊泥水，其实并没有太大的分别。

村镇里的雨，总是如此澎湃又连绵不绝。我突然想说一句，我是龙哥的人。这句话，在这个区域，似乎有着特殊的含义。然而一不小心，我们就会被土地吃了，被同化，被吸收。如果脱下裤子，整个村子里再也没有寡妇。我相信，这也是一个小人物的崇高理想。

似是而非

1

搬新楼以后，办公室依旧是三个人，屋子却由一间变成两间。理所当然的，我要让刘姐独享其一。我在刘姐对面放了一套空桌椅，仿佛还有第四个人存在。刘姐羞涩地说，我又不是领导，给我一间屋子不合适。或许她也明白，是我们把她孤立了。不久，刘姐开始从家里往办公室搬盆栽，那么沉的花盆，我不知道她怎么搬来的。

我们的屋子向阴，终日不见阳光，花盆于屋子一角，初时还花枝烂漫，叶子绿得油油发亮。然而不久，叶片就像着了魔，发黄脱落，很是不给面子。除此之外，刘姐还买了风信子种球，泡在玻璃瓶中，根须妖娆漫展，一簇蓝色的小花开得如火，噼里啪啦往上蹿，香得似要人命。院长见了欢喜，向刘姐讨要。她不好拒绝，于是又买了第二颗种球，这次却怎么也养不好，不止烂根，花开得也不好。

在我的办公室里，有个白瓷花盆，始终空着。刘姐埋了颗百合种子，浇了水，后来也没能发芽。我有一盆仙人指，是一个辞职者的遗留物。想起来的时候，我就给它一点凉了的茶水。至少现在它还是硬挺的，占据窗台一角。有人说它死掉了，可对我来说，这是无关紧要的事情。院子里，很多事情皆是如此。

医院前楼里，原来有两棵铁树，自顾自地生长。大厅里人来人往，属它俩占地方。院长一句话，搬到竹林子里去。于是，我和两个大夫把脑袋扎到铁树枝条里，一路连滚带爬，把花盆搬出门诊楼。铁树藏在竹林子里，开始独自狂欢，几日不见，如狼如虎。竹林是年前砍掉又新生的，刚长到一层楼高。一开始，我以为是雨水不好，竹叶开始发黄。结果几场雨下来，竹子竟然渐次开了花。竹林开花，远没有想象中那么绚烂，喑哑低垂的花穗，像是受了委屈的小孩。院长一句话，铁树又从竹林来到了新楼大厅。铁树似有不情愿，一进屋子就开始憔悴。打扫卫生的是个跛脚老头，负责照顾铁树，几次看植物要不行了，让院长把花盆送回竹林里。院长听了，点点头，不说话。我倒是听院长说过，过段时间想把竹林再砍了，看看能不能长出新竹子。

会计室是盖楼前，胡姐在图纸上钦点的。面积大，向阳，俩人使用。会计室有很多绿植盆栽，都是从门诊楼三层走廊搬运来的，完成了从"公有制"到"私有制"的转变。那天，我见到胡姐把花盆里的烟屁都捡出来，又用抹布把每一片叶子擦净。绿萝长发垂坠，妩媚动人。每次使用保险柜和文件柜，她都要把绿藤撩开。她还买了不少多肉植物，幼小的白瓷花盆，盛着进口泥土。初恋、黑王子、花月夜，都是植物的名字。这些极尽美好的植物，憨态可掬，价值不菲，铺满了整张方桌。在植物面前，她像是融化的奶油冰激凌，如痴如醉。

院子里有很多灌木，从胡姐的窗户眺望，能够看到所有葱茏景象。阳光从楼南的房间铺开，直到院门口的空地。六月的丁香花丛里声音集结，嗡嗡作响。这样的声音，沿着小路间或出现，不在竹林，不在树冠，不在低矮的草丛中，而是在一簇簇的花香里。午后的阳光把花香提炼得更加浓郁了一些。高低错落的，八卦图的蛛网前，蜜蜂忽左忽右，蝇虫身披铠甲，闪着金属的绿光，还有一些蚊虫，藏在隐秘的地方，伺机而动。花丛里形成了最简单的群落。其实院子里的人，也是一样。

2

新楼竣工，屋子没少通风，却依旧飘着浓酽的泥浆味儿。无法冲淡气味，只好用人的气味去覆盖。其实我们每到一处，气味总是格外深刻。院子里充斥着各种各样的味道，花草的、洗衣粉的、消毒水的，当然，这里面还有人的气味。人情味最复杂。

换了办公室，我们把旧楼的科室牌也都挪了过来。会议室、档案室、会计室之类，被我们贴得高低不等。贴歪了，也算糊弄过去了，结果双面胶似乎很不牢靠，牌子们隔三岔五闹革命，狠了心要往下掉。上班的时候掉，下班以后也掉。有时候午夜时分，砰的一声砸在地板上。我在宿舍猛然惊醒，心想与我无关，索性继续埋头睡觉。有趣的是，所有的牌子都掉了，唯独卫生间的岿然不动。卫生间的牌子斜对会计室，往里是一排洗手池，左手男，右手女。胡姐大概是觉得晦气，坚持要把卫生间的牌子撕下来，被我一再阻拦。毕竟是新楼，揭一个牌子，掉一层墙皮，没脸没皮的样子不美观。于是，胡姐拿出一张 A4 纸，涂上厚厚的浆糊，一掌按在牌子上，就像赏了它一个大嘴巴。

胡姐有个搪瓷盆，样式古朴，但是保存得好，一点儿漆都没磕碰掉，唇红齿白的像是大姑娘。她每天都会提溜个圆滚滚的大兜子来单位，里面装满了脏衣服。吃过早点，有了力气，她就拿出这个搪瓷盆，霸占了水池洗衣服。洗衣粉的香气顺着楼道一路飘散，在我们鼻腔中轻轻扬起，有些霸道，有些欢愉，这是胡姐所特有的香味。清晨洗衣服这一行为模式，长久以来困惑着我。直到有一天，有人告诉我，她是为了给家里省水，我才恍然大悟。胡姐把衣服洗得香香的，晾晒起来，于是一整天都是香香的。

霞是进京的毕业生，分配到和胡姐一间房，长期在宿舍吃住。物品太多、在屋里晾衣服、毛巾有霉味，这些都是胡姐所不能容忍的。何况胡姐欺生，必然要产生矛盾。据说，胡姐嫌弃霞的洗衣粉味道不好闻，总是对她冷嘲热讽。霞忍无可忍，于是专程跑到超市，买了和胡姐一模一样的洗衣粉。旧的洗衣粉被扔掉，可同样的香气似乎也没能俘获人心。还好她没有睡在胡姐的上铺，不然连翻身都是罪过。而睡在胡姐上铺的姑娘，已经几年没睡过午觉了。

胡姐的身上，除了洗衣粉的味道，还有一种危险的气息。她是我们单位的财务总管，不仅管账，还掌管采买以及库房。所有人都相信，院子里只有胡姐清楚账目，连院长都是糊涂的。有人私下戏称她为胡院，是觉得她的权力比院长还大。没有人愿意接触她，哪怕是领取办公用品。如果去到会计室，赶上她心情不好，或者正忙，没准劈头盖脸就是一顿数落。于是，院子里形成了节俭的良好风气，笔啊，印油啊，夹子啊，大家都愿意自己花钱去买。

3

胡姐在单位资历最深，独裁者的宝座历久弥坚。无论她的姿态是多么优雅，她依旧被当作洪水猛兽看待。午后，阳光穿过栏杆照在脸庞，微风拂过婀娜的长裙，木椅上面那只新买的名牌皮包，折射出妖艳的樱桃红。她的脸色潮红，布满轻微的出血点。她见不得炽烈的太阳，一不小心就会晒伤。于是，她随手把窗帘拉起，拒绝了耀眼的光芒，也拒绝了这个世界里所有的不安和躁动。

院子里，所有关于钱的事情都秘而不宣。发放工资是没有工资条的，税钱还需要额外上缴。所有人都遵循这样的规则，不曾打破，因为院长同样在遵守和执行。院长不说话，其他人也缄默不言，甚至连质疑都显得无力。于是，没有人知道工资的结构组成，没有人清楚绩效的发放原则。然而，胡姐工资高得离谱，缴税却很少。有人在背后会戏谑地说，瞧胡姐的新皮包、新裙子、新手镯，是用我们的钱买来的。胡姐树敌众多，作为她的仇人，常常会多缴税，或者迟发工资。

胡姐热衷于购物，淘宝、折800、京东等等，快递从四面八方聚拢到院子里来，她在乡镇快递界，一定是赫赫有名的人物。胡姐有个小跟班，会负责给她收取快递，我见到她像一只烦躁的麻雀，快速地扇动翅膀，楼前楼后奔走，一天至少三四趟，却不敢有一句怨言。于是下班的时候，胡姐就像一辆超载的货车，摇晃着走下楼梯。她粗壮的臂膀充满力量,袋子里是晾干的衣裳,以及各种各样的包裹。她走路的样子,缓慢优雅,昂头挺胸,像是个贵妇人。或许在她鄙夷的目光中,我们就像苍蝇般微不足道,哪里有腐肉,就扑向哪里。而她,就是蛛网上面,那只最漂亮的、耀武扬威的毒蜘蛛。

胡姐对人的刻薄,与她对待植物和动物的态度形成了反差。她对宠物有一种戏剧性的另类的爱,比如聚餐时,她会提前要来餐盒,打包还没怎么动的酱肘子。她说要用来喂她家的狗,贝贝和莎莎。这两只出身名门的狗,享受了尊贵的待遇。每次提及宠物,她都像是出阁的少女,水莲花般的娇羞。而这样的姿态,似乎伤害到了旁人的自尊。

4

院子里的优胜劣汰很多时候是心理的。如果把院子当作一个群落,那么刘姐就是食物链的底端,但愈是如此,她的生命力越是强悍。渐渐地,我对她还有些佩服。她可以千方百计,找到最简单的办法以生存。拖沓以及宁死不屈,都是她的撒手锏。

胡姐对刘姐嗤之以鼻,甚至时常恶语相加,刘姐只好默默忍受,笑一笑,不以为然。胡姐翻白眼,嘟囔一句滚刀肉,愤恨离开,一肚子的怨念无处发泄。胡姐有时也会吐槽,说给我听。我是个不称职的听众,笑一笑,耸耸肩膀。我始终觉得自己演技很差。

刘姐负责档案室,这里面最多的就是陈年的病历。柜门上贴有医用胶布,写着年份。有些档案尘封十年有余,刘姐来到院子,也差不多这么久。这些年久的纸张，终日见不到阳光。曾经崭新的封存，如今和灰尘一起发酵。一打开柜门，就飘出衰老的味道。我见到刘姐在档案室的时候，温吞与迷茫，就像走失了一样。有那么一瞬间，她身上散发出纸张的味道，一种沉默和柔软的结合，令她黄袍加身，做了时间中孤独的皇帝。

暑伏时，刘姐一个人端坐屋中，不开空调，低着头。我不知道她在想些什么。她似乎从时间里打捞着，获得了一种超常的韧性，这是她对抗世界的有效手段。比如胡姐又来找碴。两个女人始终无可奈何，没能把对方杀死。其实在较量中，刘姐从来没有输过，哪怕她是如此消极。颐养天年的工作方式，被她发挥到了极致。但年轻的刘姐终会胜利的，有一天，她会以目送的方式，欢庆胡姐的离开。我相信院子里每一个人，都有一天要辞别，只是离别的方式或有不甘。还有一些人，必定要不辞而别。

离会计室近，似乎总有好戏看。煎熬的日子里，语言的刀子在走廊里纷飞，毫无预兆，提神醒脑。幸灾乐祸的我，会打开屋门，把声音请进来，听完整场铿锵大戏。总有那么一刻，言语的攻击不足以表达愤怒的时候，身体就要参与到其中了。在院子里，还是会有人指着胡姐的鼻子喊道，我宰了你！据说这种威胁是行之有效的。

暴力是一种潜藏的基因。其实在院子里，多是口角之争，真正动过手的没有几人。当然，曾经有那么一个人，被称为真正的勇士。有一天，她操起一把剪刀，奋不顾身地冲向胡姐。同样是这个人，曾和胡姐发生激烈的互搏。撕扯头发，抓挠面颊。这样的战斗，没有人会阻拦。她的英勇得到了在场所有人的赞扬。

5

　　时间，地点，人物，顺理成章，一切都对了。我们在公交车站遇见了等车的女人，她是医院的退休职工。顺路的事情，单位班车停下来，司机师傅打开门，让女人爬上来。所有人的都停止了说话，把目光移向女人。我知道，她就是那个曾经拿着凶器，冲向胡姐的女人。

　　女人的目光越过黑压压的头顶，在胡姐那里停顿了一秒，气氛变得有些微妙。一定会发生些什么，隐隐成了某种期待。车内霎时的沉默反而打破了陈规，打破了平日里那些矫饰的谈笑声。只是沉默与我无关，我本来就是沉默的个体。我没有道理去期待，某人会突然暴起，抽出一把明晃晃的刀子，让胡姐血溅当场。我离她太近，恐怕会遭殃。身上染了血迹，回去是要洗衣服的。当然，我并不怕血，多少都不会怕。车里面没有几人会怕血，除了胡姐和司机师傅，这里都是大夫。想到这里，我突然为自己感到羞愧。

　　在院子里，我和胡姐多有交集，然而迄今为止，我们之间还没有发生过一次冲突，始终维持着某种友善的关系，这简直是一个奇迹。但是我要拿捏好这种距离，既不显得疏离，也不让旁人觉得太近。我们无法狼狈为奸，因为狼狈为奸的前提在于，同样具备天生的尖牙，作为利益分配者，随时可以撕碎猎物。但是我没有尖牙，也不具有攻击性。我把没有尖牙的善良看作是一种懦弱。在胡姐面前，我只不过是可以忽略的存在。但这并不代表我没有愤懑。

　　我只是习惯了在车内昏睡。两年以来，在固定的行车路线中，我的身体可以通过车子的移动,来感受方位。到达目的地的时候,有一个大弯,我总会提前醒来。但是这一次,我因为一场冲突惊醒。这场冲突与我期待的不谋而合。它是如此激烈,让车内剩余的人都打起了精神。

胡姐下车的时候,车门旁的女人给了她一脚。这一脚没能绊倒她,但是成功引起了胡姐的反击。胡姐探进手来,张牙舞爪的,像一条章鱼。她疯狂地要打这个女人,女人却端坐着,像一座宝塔。作为宝塔,是要镇妖的。见到肢体的对战,我才明白,言语是多么无力的存在。车门关闭,汽车驶去,这一次交锋短暂而精彩。我知道女人胜利了,因为胡姐彻底陷入了愤怒之中。

她站在马路中央,丝毫不顾扬起的尘土,举起手臂,伸出一根手指,就像匕首一样刺过来。她的话如脏水般,泼向车内。司机师傅打开收音机,我依旧听得清晰。女人跃起身来,冲着胡姐的方向,摇头晃脑,吐出舌头,做了鬼脸。她那一头膨胀的头发,折射出明亮的葡萄红。汽车走远,她又恢复了宝塔的模样,似乎什么都没有发生过。而我只是在回家的路上,看到有人回头冲我笑着。

那天,我在地铁口,买了一束雏菊,优雅无香,其貌不扬。这些被割下的花朵,似乎永远都不会死亡,因为早已死在了明争暗斗的花园里。院子里的平静只不过是表象,背后是波涛汹涌的暗流。稳固如宫殿,里面却藏着一种似是而非的碎裂。我或许就是一株已经死亡的植物,只是在寻找,一个可以承装我的容器,完成生命的转移和漂流。

午夜慢行

云层之上，有人翻看《芭莎》杂志，一边啜饮热的速溶咖啡。我正穿越无边无际的夜空，由北向南。飞机将在午夜时分抵达，注定要给我一场漫无目的漂流。我在机翼旁小小的舷窗中俯瞰到了整个广州的城。如果有另外一个世界，它是神秘的，恢宏的，斑斓的，那么一定就是我此刻正在降临的。为什么我看见了彼岸的光，会渐渐融化了眼睛。抵达是无法触及的拥有，而我们都是活着的、执迷不悟的飞虫。

我在持续靠近中看到，一片蛛网般交织的灯火。大地似有深邃的裂缝，凝集在深处的光，一如金黄的浓浓的蜜糖。璀璨又甜腻的上面，散落着各色宝珠。广州西塔，小蛮腰，体育馆，那些曾经要我无限仰视的建筑，正如散落的棋子，如今半露香肩，披着冷冷的华袍，站立在河流的沿岸。河流是一面纯黑的镜子，倒映着妖艳的脸庞。飞机着陆的瞬间，就像轰然推开一扇巨大的城门。再次重逢，我知道无论神佛，不管鬼魔，都是此时此刻的广州。

久别重逢是对记忆的慢溯。走出飞机，广州的空气还是那般黏腻撩人。轻车熟路是某种骄傲，我轻声念着一切安好，无须牵挂。背包总是好过拉杆的皮箱，这让我穿梭得更加自如。如果不是特殊节日，那么地铁已然停运。没有什么值得我去奔跑。夜色里的时间变得模糊没有边界，所有的繁忙都在机场收拢和停泊，只要有飞机还在陆续抵达，就有深夜来往的大巴。那些商人、旅人、归乡人，以及深沉如海的疲倦，夹杂了水汽不断涌出来。

　　我只好随波逐流，试图走到寂静处回眸，然后独享这夜色。在广州，我只是个无名小卒，没有身份，没有地位，没有未来。这个缺乏睡眠的夜晚，对于我来说是那么漫无边际又弥足珍贵，而等待就是我唯一的能力。我要乘坐大巴回到这座我熟悉的城市中心去，我想我早已习惯了这样的等待，等待城市褪去人的气味，并让我以单纯的记忆同它联结。

　　我身前是穿制服的女人，神情慵懒，望着公路尽头。我身后有声音不断在询问，车在哪里？她毫无思索地回答，在路上。我想起小说《在路上》（ON THE ROAD），萨尔曾经由衷地感叹："啊，美好、温暖的夜晚，月光如水，搂着你的姑娘，喝喝酒，说说话，啐啐唾沫，简直是天上人间！"这似乎也与广州的气质相合，在这曼妙的夜晚里，我一无所有，又好像什么都拥有。寂静的等待中，有繁华也有按捺不住的激情。我啪一声拍烂小臂上一只正在吸血膨胀的蚊虫，鲜血如欲望般发烫，飞溅在皮肤上又痒又疼。我把格子衬衫塞到书包里，身着轻薄的背心，汗液还是禁不住滋滋往外冒。广州的炎热不分昼夜黑白，是风不动在耳畔娇喘连连的热，黏住肉体就不肯离开。修身牛仔裤有些憋闷的尴尬。

　　十五分钟以后，车子抵达并虚席以待。登车时发现，司机竟然戴着古旧的白手套。似乎广州所有的巴士司机都是这般刻板,我断定这是一辆沉闷的午夜巴士。果不其然,每个人各占据一排空的座位,就开始陷入昏昏欲睡的旅程。我觉得一定是那两只白手套在暗中搞鬼,它们就像窗外一闪而过的昏沉街灯,明明亮着,明明睡着。我想起儿时的夜晚总是很黑,黑到虚无中好似有鬼。简陋的手电和五号电池,以及逃跑时候的爆发力,此时都不再被我需要。是灯彻夜亮着,驱散了人类的想象力和无边的恐惧。车厢里的人都不愿讲话,可即便讲话我也听不大懂。喧杂的场合,很容易就这样削弱我的存在感。他们的语言叫作"白话",是日光倾城的白,是夜不能寐的白,是无法融入的白。是清晨在走廊遇见同事,我无法自在地用白话说一声"你好"。如光是视觉的鸦片,我却无法用言语表达。

司机用广州话报站名,我听不清楚索性就下车,这里似乎离广州东站不远。夜晚的路灯明亮,给树木染上了一层金子般的色彩。南国的树木四季常青,并不遵循秋落春生,但每一只叶片都会有枯竭和凋亡的一瞬。有些树木叶脉宽阔,哪怕干枯也极有分量,一片树叶落了,我能清楚地听到落地声,然后瞬间又湮没在了声嘶力竭的蝉唱里。夜晚的蝉鸣像是一顶帽子,如影随形,罩在头顶。

我见到扶疏的树影中停泊了几辆黑色的小轿车,等在大巴终点站的不远处,在深夜里拉私活。拉私活的男人是夜行者,衣服是不鲜明的青灰色,轻而易举就可以融合在夜晚的影子里。我是个缺乏计划的人,与司机简单议价,告诉他送我到离火车站近一些的街区就好。汽车像是一只黑色的鸟划过,我看着窗外的街景愈发清醒了。司机是个无礼的男人,电台被他的手指旋转了一圈,话音频频

燃烧的仙鹤

被打断。他似乎有些厌烦了,索性直接关掉了车载收音机。深夜的电台节目多是颓靡的,语调平缓,内容大多是关于身体以及情感的隐患。我很久没有听过收音机了,尤其在这样的深夜里,或许只有守旧和寂寞的人才听电台吧,还有那些青春期躁动的少年。我始终不说话,像是一个哑巴。

　　十五分钟的车程,或许更像是五十分钟。我再次落脚后身旁扑来一个黑而壮硕的雄性生物,有些惊悚。或许他只是想要搭车而已,司机却不顾上开着的车门扬长而去。眼前的男人醉醺醺的,身上有着挥之不去的酒气。我向他耸耸肩,表示某种同情。他嘴里不知道是什么语言,但是理所当然应该是一句"该死"。在异国他乡,表明态度一定是很重要的——"Just kill it(杀了它)"是男人红色T恤上的印字,招摇醒目。我似乎有一件类似的衣服,上面烫金的字,是"在广州"。

　　夜晚愈发深沉了,我开始考虑治安问题。我不知道这样的巷尾,会不会有锐物突然刺穿肉体。环顾四周,我才发现,原来是我不小心闯入了黑人的街区,这里距离广州的服装批发城很近,他们大多以此为生计。我突然成了巷子中的少数民族,形单影只地站在人群外。艾滋病,暴力,非法入境,流亡者,这一系列词汇频繁出现在脑海里。它们似乎是在提醒我,这个世界依旧充满了危机。

　　街边有很多晦暗低调的西餐厅,招牌上面蛇行着阿拉伯文。霓虹闪烁的街区里,此刻却依旧脚步嘈杂。夜晚是理所当然属于他们的庆典。几个低矮的方桌,各式各样的塑胶椅,就构成了简单的群落。男男女女围坐在一起,都是黑皮肤。但那绝不是纯色的黑,说不出是黑酱色、黑漆色、黑褐色还是黑霉色,总之是油油发亮的。

他们在士多店门口喝啤酒和玩纸牌，看起来精力充沛。他们的服装大多明艳或者全是碎花，尺寸或大或小，常有不太合身之感。总有丰腴的身体在摇晃，总有卷曲的头发在生长，总有浓浓的汗味在弥散。

士多店的老板在嚼槟榔，嚼到苹果肌异常发达。有男人穿着睡袍买东西，有女人抱着孩童打电话。似乎国际长途的生意非常好。士多店大概24小时不打烊，占地面积很小，只够摆下一个货台、一个货架和一个冰柜。货台里是香烟和避孕套，货架上是零食和方便面，冰柜里塞满了珠江啤酒。人头攒动，似乎所有的人都不需要睡眠。

即便心怀忐忑，我也并没有想要逃离的念头。旅馆和士多店毗邻，厅堂里挂满了显示各国时间的钟表，金灿灿的。办理入住的人不止我一个，可我却是唯一的黄种人。身前是几个穿皂衫的男人和包裹头巾的女人，他们应该是虔诚的穆斯林。而街道对面的不远处，有一家兰州拉面的小店，煮拉面的男人正戴着小白帽，他应该是中国的穆斯林。或许明天他们会一同前往小东口的清真寺做礼拜，不分国界，彼此和善。印象中也只有广州的拉面店几近24小时在营业，甚至可以送货上门。兰州拉面果然是无处不在的，我决定吃碗牛肉面再回房间。

夜里的拉面师傅有些无精打采的，还被我提了无理的要求，面条要毛细。无非是一团面，拉拉扯扯无穷无尽。也许碗筷是随随便便用抹布擦洗的，也许四处还弥散着复杂的体味，可这些都是无法避免的。如果无法躲开，就要努力感受。原来黑人也吃牛肉炒拉面，用筷子作为餐具。我闲来无事和拉面师傅攀谈，于是他决定多送我几片牛肉，面汤里少葱多芫荽。我想他的数学应该不大好。他说自己早已经厌倦了拉面的活计，再拉一万碗拉面，或者是数十万碗，就能够攒够钱，回老家去。他煮完面条用灰白的围裙抹了手，突然给我展示了一辆玩具小汽车。他从鼓鼓囊囊的裤兜里掏出，比火柴盒略大一些，似乎是他今天无意中捡来的，鲜艳的柠檬黄，虽然磕碰中掉了一点漆，但都还算完整，里面有回力装置，一拉就跑起来，但路线会略有偏移。他说可以带回去给儿子玩耍，儿子已经三岁了，正是有趣的年纪。不知为何，他突然笑得很开心。我知道他是惦念了。氤氲的汤面下肚，是又一个夜晚被悄然吞没。

我在中国广州，但我却感受到了更深层次的疏离，流落他乡的滋味并不好受。这里并不荒芜，也不荒蛮，没有刻意的排外性，却有着内心无法消隐的隔阂。为了生存，多元的语言和人种在混合，互相倾轧，让这条巷子独立又矛盾。我并不是有精神洁癖的人，也不是胆小懦弱的人，但是我还是变得紧张小心。我无意中和无数的黑人擦肩而过，并躲在一旁默默观看他们的一举一动，一颦一笑。而他们似乎对我熟视无睹，我被他们的欢声笑语无情地挤压到了沉默的角落。在巷子里，我们在同一家餐馆吃同样的食物，用同样的碗筷，甚至将在宾馆里盖同样的被子，看着同样色彩斑斓的天花板入眠。这是我所不熟悉的广州，更是我无法接近的广州。以人杂而为妖异，三六九等而分，广州被叫作"妖都"，这回我终于懂得了。身处这样的巷子里，仿佛无时无刻都在碰撞，我在现场孤独且无助，文字在碰撞，血液在碰撞，语言在碰撞，目光在碰撞，碰撞的背后是硕大的广州城。

我该回房间了。一次性的肥皂不起泡沫，一次性的牙膏很难吃，一次性的刮胡刀怕划破脸。而我只是一次性的房客。客房的床单是雪白无瑕的，上面还留有消毒水的味道，但依旧让人有些嫌弃。橘色的花朵睡在相框里，散发出异域情调，和花纹的墙纸异常和谐。窗口很小，吸纳着外界浮沉的颗粒，透出小小的喧嚣。而窗外是我以前从未见过的广州，它阴暗、潮湿、密集、逼仄。在无限漫长的夜晚里，我始终睁着双眼，辗转难眠。我听到了歌声，听到了翅膀，听到了沉醉的呼吸。这是我注定要别离的世界，我只是想和夜的女妖拥吻，是她偷偷摘取了我的心。我和她说，你双乳之间还有空床休息吗？让我们缠绵在这无尽的声嚣里死去，我现在就需要你。她说好，但只有今夜属于你，这片刻的欢愉。

从淮海中路到武康路

我住在南鹰饭店,一间二十五年的老店,其间不知翻新过几次。出租车师傅说,很久没有载客人来南鹰饭店了。好在轻车熟路,实际并不难寻。我住在大概十二层楼的位置,或许也没有那么高。连日来奔波在几个城市之间,相似的标间和摆设让我有些精神恍惚。

第一晚,南鹰饭店。我用过一块毛巾、一双纸拖鞋,并在床头柜上留下了些饼干屑,故意制造出一些杂乱的痕迹。午夜时分酒醒,口渴,浑身燥热,我推开窗子,留出一条很小的缝隙。天气预报的上海,这几日有阵雨。很久没有在冬天遇见雨水了。为了酝酿睡意,我看完一整集纪录片,片子讲述了一些学者如何追踪粪便和脚印,探寻雪豹的踪迹。直到清晨,屋里才有了些牵强的凉意。

第二日,傍晚归来。一切都恢复了原状,窗子被关得严严实实,连被子的褶皱都消失不见。对此,我有些愤懑不满。傍晚的街道里,昼伏夜出的事物渐次苏醒。月亮、树木、老鼠、猫头鹰,以及死去的人。灵魂出现在曾经的故事里,不断重复上演。寂静中,我的心绪翻涌,鸟雀成群地飞过屋顶。我的窗子背对街巷,视野并不宽阔,僻静中几乎只剩下风雨声。窗子下面是玻璃房西餐厅,屋子里面黑黢黢一片。玻璃房外的台子上,依稀可以看见些花盆,栽着一簇簇蓝色的花儿,在微风中轻轻摇晃。

如果说,南鹰饭店里还有些深刻的事物,大概就是一进旋转门,见到大厅里的那些红色的热带鱼。灯光恍惚,些许沉闷。很长时间过去,都没有办理入住的客人。玻璃缸里透着一团光,像是苏打水冒着气泡。十几条鱼,或者几十条鱼,摇晃着裙摆,落叶般无序纷飞。如果是秋天,风总是喜欢做这样无趣的游戏,带着树叶去往没有意义的角落,再吹散,再走远。连续复杂的运动阐释了一个永恒的主题。

我可以花很长的时间,观察鱼类游动的轨迹。据说人在极度无聊的时候,会产生强烈而诡异的幻觉。这大概是机体的自我保护,注意力土崩瓦解,另一个世界中,太阳缓缓升起,建筑从墟土中生长而出,神灵端坐于王座之上,他的喉咙里发出灼灼之音。鱼类游弋的过程,就是时间的破裂与重塑。再这样下去,我大概会被幻觉所吞没。

我还是决定出去转转,这样可以纾解慌乱的情绪。南鹰饭店门前是淮海中路。我对这儿一无所知,以至于我像是一个怪物。当然,这种疑虑大可不必。我想,就这样顺着淮海中路往下走,等下原路返回就好。手机没电了。没有通信设备,害怕迷路的我不敢走远。天空还是要下雨的,地面和空气都是湿润的。我带了把雨伞。前不久许是来过一阵风,下过一阵雨的。风走了,雨也就停了。这雨可大可小,一阵小风,就卷起一阵小雨。一阵大风,就兜下一阵

燃烧的仙鹤　　145

大雨。风雨过后，行人稀少，只留下一片灰蒙蒙的街景。其实这种灰颇有几分精致。灰的天空下，房子斜斜的，投下一片灰的影子。一只灰猫从黑暗处到我面前，轻身跳入街景里，像是一个水花忽然不见。而我，就是那颗炸开水花的石子。所有的事物，都跳入到这样一片青灰中，陷入到一阵潮湿的气味里无法自拔。

似乎除了梧桐树，我找不到一丝似曾相识的感觉。而我，是街上少有的粗粝男人，粗糙得到处都是棱角，需要慢慢被打磨。尤其是下巴上那些冒尖的胡须，显得格外不修边幅。街边有咖啡屋，店面小而狭长，穿职业套装的男女凑在一起，细语呢喃低着头。平日里，我身边并没有穿套装的人，过于正式的穿着，会让人显得另类。走在淮海路上，我穿着薄的迷彩羽绒外套，为南方的冬天而备，里面是一件黑色运动服，再里面是一件黑色打底衫。宽松肥大的 NIKE 运动裤也是黑色的。这身行头几乎伴随我度过整个冬天，在北京的街头再平常不过，扎入人海里激不起一个浪花。但是在这里，这身衣服却有些不伦不类。我脑海中的上海图景，似乎发生了改变。

空气突然变得清脆。很多年前的画面，被烧成了陶瓷，猛地坠落碎裂，成了一片片小小的镜子，折射出那时的天空。依稀记得上海这座城市里，生长着许多梧桐，但远没有眼前的这般茂密。这种茂密，是我从光秃秃的枝条中猜测而来的。一种树木聚集，不管是人的偏爱，还是土地的偏爱，一定有它的原因。上海的冬日更接近北方入秋的景象。大多数草木还维持着生机，只有梧桐几乎落尽了所有的叶子。若是在盛夏时节，眼前的景象该是多么丰满！梧桐的叶子会交织成绿色的穹顶，覆盖整条小巷。一阵风吹来，缓缓行来一辆马车。这让我想到《午夜巴黎》，如果我也可以穿越时间，或许会有不错的收获。梧桐是一种光怪陆离的树木，枝干上写满了扭曲，但这些弯曲又过于遒劲，仿佛直指人心。我伸出手，试着用手掌描绘梧桐的姿态，那应该是骨折的手，手指全部断掉了，就这样硬生生地继续生长着。于是乎，在这冷清的冬日夜晚，我的心中竟然生出了几分力量。树木沿着道路行礼，很多年了，它们似乎一直在等待着什么。

远处走来一队穿军装的男人。他们身姿笔挺地走来，又整齐划一地消失在夜色里。难道夜里还要巡逻？他们从哪里来？要走到哪里去？这条街道似乎从一开始就透露出一种森严和古旧。看着他们远去的方向，不知怎的我就转了弯儿，突然就见到了武康路的牌子。"武康路"几个字，让我有些分神，也许是因为名字好听，或者是在哪里听到过。我是害怕岔路的，万一迷了路，人生地不熟的，又不愿意开口询问，或许又要我兜转许久。但看到路边都是洋房，在这样闲适的夜晚里，不四处走走又着实可惜。

我大概是到了曾经的租界区。从淮海路与武康路的交界处开始，我几乎彻底迷失。武康大楼挨着黄兴故居，一条路下去，越来越多的名字开始出现在金属牌上。墙壁上写着字。唐绍仪旧居，周作民旧居，郑洞国旧居，孙道临旧居等等。其实，我很难把这些名字联系到一起，他们交错在时空里，让故事变得错综复杂。他们之中的一些，或是旧相识，或是未曾谋面。但在时间里，他们成了永久的邻居。夜色里的建筑都是相似的，不管是西班牙风格还是英国花园式住宅，全部大门紧锁，无法让我看到里面的世界。它们都是封闭的，自成体系，不愿被打扰。但在一些房子里，还是有光亮透出来。一些蛛丝马迹令我笃信,建筑中应该藏着不少住户,他们是老上海人,是这些显耀名字的后裔,身上秉承着所有老上海人的讲究。依稀在某个洋房门口,我见到了站岗的冷峻男人。他穿着深色的长款棉服,像一棵沉默挺拔的树。我不知道他还要站多久,或者要到天亮,或者下一个轮回。

武康路并不长,但却异常深邃。顺着那些名字行走,于是时间变得很慢。我也不知道怎的一抬头,就见到了巴金故居。吸引我驻留的,是"巴金"这个名字。我不知道这样一幢房子,白日里是否会对行人开放。我更不知道这些人,是否会打扰了灵魂的安息。此时此刻,一扇黝黑的大铁门,触摸起来还带有雨水的清寒。一瞬间,它突然变得很宽很高很沉,它不再轻易打开,也不再轻易关上。它的开阖变得没有情感,也没有缘由。从此烙下的"巴金故居"四个字,更像是一个符号,种在了巷子里。当然,这也让我产生了很多不切实际的幻想。也许,我也能够做他的客人,不是房子的客人,而是主人的客人。他亲手种下的花儿依旧年年盛开,不知道花园的篱笆是否还在。听说院子里有两棵广玉兰,这花开得硕大,叶子肥厚,又耐得寒。谁还能嗅得到那花香呢?但时间过去,再也没有那时候的香甜了。巴金的雕像大概也在院子里。所有的名人故居里,都少不了这样的一尊雕塑,黑黝黝的雕塑,骨感而严肃。

一阵风带来一阵雨,我不知道自己会走到哪里。到返程的时间了。如果我真的丢失了回去的路,那就彻底迷失吧。静静地我望着,实在分不出真假,我越往真里想,越觉得是假。一座城市,一条街道,变成了凝聚的意象,比如石头。它们与生命机体的不断互动，表明岩石是生命移动中最慢的一种。我认识一个喜欢收藏石头的人，他说每一块石头都有丰富的故事。哪怕是石头，其中一些是相对不容易损毁的，还有一些钙质的，是永远在风化与消亡的。

有人说，东方的城市犹如梦境，是因为事实上它先出现在梦境中，然后才用石头建造而成。艺术工匠在塑造神像时，比如雕塑守护之神毗湿奴，他首先要研读所有的经文，在思想中产生这座神像的标准姿势、姿态、比例等。然后静下来，在心中逐个音节默念神的名字，如果幸运的话，神的形象会浮现在心灵之眼的面前，成为艺术的创作模型。夜晚里的武康路模糊不清，而明日天不亮，我就要离开这里。我依旧格格不入，像是一个流浪汉。但或许接下来我要做的，就是通过武康路的梦境，把这里重新构建起来。我不愿进那扇铁门，更不愿看见那尊黑漆漆的雕塑。我更愿意，通过阅读找到他的样子。在《随想录》中找不到，那就往时光更深处行走。他在那时候的花园里，正等待午后阳光洒在身上，温暖身体里的每一个细胞。没有人可以轻易打扰。

当我试图回忆的时候，一颗子弹打在了我的脑袋上。高铁像子弹一样射穿空气，日子像是一张薄纸骤然撕裂。我也像是一颗子弹，在温润的南方里，钻出一个细长的孔洞。夜晚的灯光次第明亮，一条街铺开在眼前。管中窥豹，所有柔软的皮毛与优雅的花纹都与我抵触。或许，我还会回来的。那时候，也许是雨后，或是傍晚的缘故，街道上人迹寥寥。我小心翼翼躲避积水，刚好走到武康路113号，再一抬头，看见房子里走出了一个小老头。我不小心撞到他的肩膀，刚要说抱歉，他看了我一眼，径直要离去。

我张口喊了一声，巴金先生，请等等我。

愤怒者

1

  我从声音中听出了盲目和急迫。砸门的声音持续传来，从一扇门转移到另外一扇门。我犹豫不决，还是打开屋门，探出半个身子来张望。我见到男人大汗淋漓，额头上青筋暴露，无头苍蝇似的，在空荡荡的走廊里四处乱撞。他看见我，海浪一样扑过来。

  医院来了一个投诉者。行政办公区只有我一个人。这半年来，他是第一个投诉者，也是我工作以来接待的第一个投诉者。我有些惴惴不安。一个入侵者打破了周末的沉静。防守，或者对抗，是我的选择。似乎从一开始，我就站在了对决的劣势处。

  我退后一步，礼貌地问他有什么事情。想到不久前卫生局组织过解决医疗纠纷的培训会，或许学以致用的机会到了。我告诉自己，要沉稳，要以理服人。我心里想着，要顺利打发他离开。乡镇卫生院里慢性病患者居多，平日很少遇到医疗纠纷，无非都是些鸡毛蒜皮的小事，比如服务态度不好，仅此而已。

"你能不能做主？"他厉声问我。

"可以吧。"我谨慎地回答。

"我要投诉你们这家烂医院！"他说"烂"的时候很用力，像是搬起一块大石头，要砸破药房收费处的玻璃。玻璃后面的大夫告诉他，要投诉就来办公室。

我看到男人剧烈地喘息，眉毛降低，鼻孔张大，嘴唇变薄，仿佛随时会昏厥过去。我瞬间做出判断，他正在生气。此外，他还要说一些刻薄话，声音会又大又刺耳。被观察对象或许会有过激的举动，但这种活动是无意识的。

我连忙说好，坐下身子，从抽屉里取出记录本。我拿出记录本之后，又慢吞吞地拿出笔，在白纸上画了画，保证书写流畅。男人站立着，胸腔起伏，每一次膨胀都令人紧张。

出于人身安全考虑，我或许应该再周到一些。我放下记录本，字正腔圆地说："您请坐。"

"我要投诉！"男人再次强调，嘴巴和颧骨上扬。

"喝点茶水吧。"我转身去文件柜翻找一次性的纸杯，取来暖壶和旧茶叶。

"少来这套。"男人说道。之后，他开始间歇说粗口。我让他喝口水不要生气。

我乖乖坐下来进行笔录。日期，投诉人，记录人，事件经过，逐项填写。事情经过是这样的，一个阿婆拿着儿媳的医保卡，为摔伤的儿媳开点药。药房的医务人员强硬地拒绝了她，要求伤者本人必须亲自到医院来。得知母亲传回的消息，男人收拾行装，拒绝了搭车，一路小跑颠簸，背着妻子从村子里到卫生院。我看到他微胖的身体，想到他在为难自己。他用自我惩罚的方式给愤怒加压，并希望我给予愤怒以出口。

从生物学研究，愤怒是一种恐吓。我发觉，越是强壮的男人越容易生气，越容易陷入斗争，越容易感觉到不公平的待遇。我与他恰恰相反，我是个害怕争端的人。

男人说："他不让我好过，我也不让你们好过。"

男人还说："你今天必须要给我一个处理结果。不把他开除，我绝不离开。"

我说："我只能负责向上传达，调查之后，处理结果会在三个工作日之内反馈。"

男人端起茶水，低眉看了我一眼，但没有喝，又放下手中的杯子，抿了抿干燥的嘴唇。

"不行，我今天一定要看到处理结果。找你们院长过来！"

我突然发觉，并不是所有人的愤怒都那么容易平息。甚至这样的愤怒，开始透露出一些蛮横和不讲理。我告诉自己，永远都不要表态。因为表态意味着据理力争，或者低头道歉。

于是，整个上午都这样僵持着。我时而游离，想着对策。男人咒骂抨击，气势上咄咄逼人。我笑脸推诿，内心懊恼焦躁。我要支撑不住了。男人的愤怒简直是一种威胁。或者说，愤怒从一方面让他变得更加强壮。

最后，我无奈找了药房的男孩子和他解释。换句话说，我需要他的道歉。让同事低头认错，仿佛是我的软弱。同事终于低下头，说了声对不起。这句道歉像是解开绳结，愤怒的气球瞬间干瘪。没有愤怒支撑，皮囊渐渐松懈，仿佛什么事情都没有发生过。男人说话的声音开始变小。他胜利了,但是他胜利的姿态并不饱满。

男人离开的背影委顿缓慢。我把纸杯扔进垃圾桶。

2

年前某个清晨,墙壁上传来一阵电钻的声音。电钻的声音在游走,声源飘忽不定,着实有些恼人。或许是隔壁又换了新邻居,在组装家具。小区里的住户流动性很大。从入住开始,这样的电钻声就时而响起。

下午,我听到一阵敲门声。我几乎从来没有遇见过到访者,敲门的是一个陌生的邻居。公寓式住宅,一层楼一条幽深的廊道,十几个住户之间几乎全然陌生。男人手里盘着一串菩提子。一看就是标准的北京人,能言善道,说话熨帖亲切,像刚出锅的烧饼,带着一团热乎气。男人表明身份,说道:"楼顶上今晨装了移动公司的基站和信号收发装置。"

电钻声得到了完美解释。但是我还是有些困惑。男人继续解释道:"基站是有辐射的。我和移动公司的朋友打听过,这玩意儿死红细胞,掉头发,对孕妇和婴儿的伤害尤为严重。上周我家刚生了宝宝。"我看到对门的唐姐也在一边,新房装修时我们有过几面之缘。

唐姐说:"你我都是学医的,应该知道死红细胞的严重性。"

像是脑袋顶上悬起一把死神的镰刀,我忽然变得有些惶恐不安。

唐姐义愤填膺地打电话到物业,物业公司的小姑娘在不断激烈

燃烧的仙鹤

的质问下挂断电话。

加上我,有四个住户集合。唐姐说:"我们去物业!"我只是觉得应该做些什么,自然而然地加入到了声讨的队伍中。我是负责壮大声势的,我并不擅长骂架。

物业大厅中,男人说:"如果你们不拆除,我就到楼顶,把机器的线剪成一截一截的。"唐姐说:"不经过业主们同意,占用楼顶建设基站就是违法的。"

他们说话的时候,我站在他们身后。我虽然焦灼,但是我并不愤怒。物业承诺下周一必定拆除机器,并在此期间关掉电源。我轻信了这样的答案,并安心回到屋子。但是后来我知道,一墙之隔的屋顶上,机器依旧在日夜运转。看不见的敌人比洪水猛兽更可怕。无知也令人恐惧。我上网搜索信息,网上的相关信息混乱不堪,我无法判断几台机器是否真的会伤害我。

起初,我对于尽快解决这件事情还抱有希望。即使上班,也还记得每天打电话到物业咨询一下事情进展。然而,我终于在推诿中渐渐失去了耐心。那些嘴里面"很快解决"的事情,自始至终都没有得到解决。我爬上楼顶看到机器的指示灯闪烁,渐渐有些无力感。

我打电话给市长热线,我说:"我要投诉!"

或许我还没有到愤怒的程度,我总是相信事情会得到一个妥善的解决。投诉的受理原因为"辐射危害和污染",接线员彬彬有礼,细心专业且周到。我能够听得出来,他不是第一次受理类似的投诉。三天内,我接到了环保部门的一通电话。

电话中,环保部门解释,所有的发射装置都是水平向外的,对楼内住户没有辐射。我问她是否在建设相关设施的时候需要对住户进行说明及公示。工作人员说，他们只负责审批工程。我问她是否有相关的检测数据报告，工作人员说刚刚搭建的设备，还没有相关的工程验收。我问她施工方相关手续是否都合法齐全，工作人员说请上网站办事大厅进行申请，几个工作日内可以收到回复。我说我都知道了，原来你们什么都解决不了，但是谢谢。

其实这样的回复我是应该理解的。因为日常工作中，我不就秉持着相同的态度，做着同样的事情。我觉得我有理由产生一点愤怒。我的愤怒更像是懊恼，化成了一个小小的墓碑。一个沉默的墓碑。这种愤怒是因为我们缺乏解决问题的有效方式。有时候，我们是被逼迫学会了野蛮，甚至用暴力解决问题。

或许我应该求助于淘宝。我还需要购买一个检测辐射的仪器。网上有人说，害怕辐射，搬家就可以了。当我不断忍受这样莫名的威胁，渐渐地我发现，我已经可以逆来顺受了。

每天在院子里抬起头，我都看到楼顶的机器，白白的，煞是可爱。

追赶游戏

1

北京入了秋,一派好光景。应该燃香,喝茶,晒太阳。然而这些都没有。择了良日要搬家,把两年的生活悉数打包。角落里一触即散的,一座座塔形的香灰,逸散出中草药的苦香气。紫砂香炉是我最后拾掇的,裹了两层旧报纸,用胶带缠绕起来。当初,我就是这么将它从义乌带到北京的。而藏香,是托朋友从林芝背回来的。我发觉,人的积攒能力极其恐怖,十来二十年不算长,只要心里无法割舍,就能变成古董。其实我是很舍得的人,不再爱的物品索性留给邻居好了,再借机说一声再见。但节俭持家的母亲没有给我任何机会。

厨房里,母亲抱着一团面不撒手,脸上也沾着白。她说去了新居要烙饼,寓意着要翻身。都是退休的人了,还念念不忘要翻身,大抵是为我考虑的。这些年,母亲失眠的问题日趋严重,她殚精竭虑,怕我吃不好,怕我睡不好。她恍惚预见了我的中年,我的晚年,甚至我的亡魂。她恨不得我修得圆满,化作天上的月亮万古不竭。而她却是月光下的浮萍,承载着无根的烦恼——是我越独立,她越怕失去我。但母亲不明白,她拥揽的不过是水中倒影,令她一辈子患得患失。我的生命始终在颠沛流离,这或许是假象,但也绝非虚妄。我的不安与躁动,是她一辈子无法理解的。

我看得出来,母亲是无法长居北京的。她远方的母亲夜不能寐,怕她吃不好,怕她睡不好。但她要为自己远方的儿子编织一个惬意的窝。于是,她不得不和我一样,在北京的人群里四处彷徨。有一瞬间,我们都像燃烧过后的香灰,经不起触碰。我们都开始感受到自己的匮乏。我和母亲的关系就像是一道数学题,关于一场追赶的游戏。我拼命地跑,她拼命地追。有时候,我还会停下来,看着她气喘吁吁地靠近。

有一次,母亲偏要在早高峰时段陪我挤地铁。这不是我所愿意见到的。在这狭小局促的空间里,我见识过诸多不堪。几乎每天都能遇见这世上最恶毒粗鄙的语言,以及男人与男人打了架,男人与女人打了架。夹伤了手掌的,划破了衣裳的,甚至有人跳了轨。在这里,容不得一点矜持,更谈不上优雅。可是我觉得,女人最值得拥有的品质或许就是优雅了。如我所料,这一次我挤上了地铁,而她却没有。我知道一定会是这样。她在站台上眼巴巴地望着我离开。眼巴巴的我,心疼着母亲,又想要给她一点点教训。一段时间以来,母亲为了我的新居,就这样在北京随波逐流,也许是为了一块瓷砖,也许是为了一根钉子。但是母亲为了维持优雅的姿态,会笑着对我说,挤地铁真是太有趣了。

搬家那天我请了假,却临时被召回。母亲说,你去忙吧,有我和你爸看着就好。雇了搬家公司，短短一个上午就跨越大半个京城。我不知道那些家具是怎么被拆卸得支离破碎，又被重新组合起来。母亲传过来两张照片，说一切顺利安好。可我不知如何回复她。等我忙完工作，已是午夜时分。我终日没有进食，算作对自己的惩罚，空乏感让我的身体彻底苏醒，仿佛一瞬间就能包容万千。街灯连成一片流彩的光晕，有些迷离而失真的美好。我庆幸自己还活着，饥肠辘辘地活着。凉意从地心深处涌出来，一层层将我包裹，我顿时迷失了方向。高楼耸立如森林，森林之外一片荒疏。讽刺的事情发生了，凌晨一点钟，我找不到家了。

我在小区里莽莽撞撞，近处看，远处看，抬头看，低头看，怎么看都觉得不对路。我像是喝醉酒的流浪汉，只能与流窜的鼠辈为伍。加入这仓皇的啮齿大军吧，黑魆魆的夜晚奏起了小夜曲。我亦步亦趋像个贼，但是我能偷什么东西呢？偷朵路边的喇叭花好了。但是我不愿靠近草丛，不想鞋底沾了黄泥巴。我已经很久没有沾染泥土的芬芳了。我在城市中穿行，就是个悬浮的人哪。然而楼房是有根系的，它们会一寸一寸生长，矗立成一片无名者的墓碑。它们佯装出威严，一瞬间轰然倒塌，成了一片残垣颓瓦。只有月光冷冷清清。

我不想给母亲打电话，却蓦地听到有人喊我。她说，儿子。仅此两个字。她已经很多年不再喊我的名字。她曾赋予我名字，又让我失去它。天凉如水，她穿着我的旧外套，站在一束灯光里，宛如一束丁香花，在每一个幼小的花苞里，都藏着一片小小的月光。她的目光太柔和，却足够把我照亮。我跟上母亲的脚步，她走得异常缓慢，慢到我心慌张。不得不说，我和母亲这些年越来越少争吵，我们相安无事，却成了最熟悉陌生人。她眼神中的哀伤我明白，我们都在失去对方，也在失去自我。母亲笑着说，你找不到家了吧。我笑着回答，是啊，找不到了。但这绝不是玩笑话，更像是一句荒谬的情话。

那一晚，我一进屋，就开始疯狂地寻找我的香炉。若是没有那股苦香气，房间就是饥饿的。我无法想象，在一间饥饿的房间里长久生存。房子一定会吞噬我的。不出所料，我的香炉遗失了。它找不到回家的路了。但是我一点都不生气，迁徙就意味着各种舍弃。我说，窗外的月亮太圆了，圆到我心慌。我知道，母亲就生在月圆的日子。

2

好些年了，母亲总是担心我的月亮不够圆。二〇〇九年，我在岭南过中秋。校园里几乎所有的绿植都托着饱满而明艳的花朵。我的身体仿佛也一点一点盛开了，它开始有了自由奔放的表达。然而，母亲执意要南下探望我。我为了阻退她，告诉她这里恶贯满盈。强盗抢夺金银，不惜砍掉你的手脚。骗子舌灿莲花，就能让你倾家荡产。每个路人都心机叵测，仿佛张口就会吃人。但是这个不听话的女人还是来了，风尘仆仆地来了。她飞快地转过那些繁盛的花朵，神迹般出现在我面前。她战战兢兢的样子是被我恐吓出来的。她努力克制着，眼睛里却泛起涟漪。她看起来有些滑稽，但是我笑不出来——她紧缩得像个豌豆荚，还用丝巾缠着手腕和脖颈。她汗流浃背，还口是心非地说，我爱南方的湿润，以及和煦的阳光。

岭南的昆虫大多生得油亮饱满。母亲惊恐地说，我从没有见过这么肥硕的蟑螂，并且还会飞。二〇一二年中秋，我藏在城中村深处，每月只需支付三四百元。但我是极其富足的。拥有独立的厨房、客厅和卧室。一张木床，一张木桌，一把木椅。我终于有了私密的空间，可以自然裸露，像一株茁壮生长的玉米。生命在这一刻有了大地的属性，也有了动物的野性。但母亲是文明的驯养者——她已经轻车熟路，要来和我过中秋。她从北方远道而来，购置了电磁炉，添置了碗和筷，让所有的调料品都齐全，煮了虾，炖了鱼，烹了蟹。她试图要讨好我的胃。然而我不愿吃她煮的东西。竟然一口也没有吃。她在厨房的阴影叹着气，把肚子吃得溜圆。

厨房里一旦有了烟火气，蟑螂就从四面八方闻风而来。几天下来，母亲终于敢踩蟑螂了，不会再发出惊悚的尖叫。有时候，我们一盏灯也不点，就在月光下与蟑螂共舞。我能听到蟑螂窸窣的脚步声，是轻盈而干脆的。我能想象到蟑螂的表情，是轻蔑而嘲讽的。我的木床很硬，她睡不习惯，却不肯就此离开。我们的身体越来越僵硬，但情感却越来越柔软。我害怕她住得久了，屋子会变得像个家。就这样，我逃离家乡很多年。母亲追了我很多年。她锲而不舍地阐释着中国式的母爱，试图给我家的关怀。但是很多年以后我发觉，"家"只不过是一个混沌的概念。它绝不是一间房。也不是一个地理坐标。它更像是一种长久的依赖。

但是我们到底能够依赖多久呢？三个月前，我去一家民营医院采访，里面住着很多失能老人。失能就意味着肉体不再可靠，于是人也就变得顺从起来。在我看来，他们正像宠物一样被精心照料着。当衰老成为一面面生命的镜子，我忽然遇见了隆重的葬礼。父亲的葬礼。母亲的葬礼。以及我的葬礼。我能从他们的身上，觑到生命的走向。我厌恶医院里发霉的气味，潮湿的死气沁入床褥、窗帘、衣物，甚至就杂糅在一口一口的饭菜里，成为类似于油与盐的存在。有的老人无法动弹，目光呆滞，似乎只剩下咀嚼的能力。他们要用漫长的时间咀嚼与回味，有时候完成一顿饭，半天时间就过去了。他们中的一些，甚至是在他人的训斥中完成进食的。他们太过谦卑了，任谁都可以训斥。但是在医院，想死并不是一件容易的事情。只要冰冷的药水被缓缓灌进血管里，就可以让死神在门口歇一歇。医院里有三间房，通过摆设营造出不同的宗教氛围，谁要是住进去，就意味着要接受临终关怀。

　　爬上医院三楼，要穿过一道威风凛凛的黑铁门。门上拴着银铛响的粗铁链。我第一次见到，一群老年痴呆患者的聚会。没有音乐，没有啤酒，没有点心。没有一丝喧嚣。脱离了人类的情感与社会属性，他们每个人就像是一条溪流。他们在大厅里，开始了无序的流浪。这样的场面对于我而言是惊心动魄的。他们统一着装，互不干扰，在狭小的空间里走出了广袤的大地。他们穿越了自由的边界，再也不受束缚。如果说遗忘是一种美德，他们已经完成了终极进化。墙壁上挂着一组黑白照片，据说是已经消逝的老杭州城旧景，或许会唤醒这些漂泊的灵魂。而我总觉得，这些画是挂给我们看的，要让我们知道这些纯净的老人，曾经经历过的沧桑。这一刻，我的生命仿佛也静止了。突然，有一只手搭在我的肩膀上，我头皮发麻，猛然回头看到的，却是一双女人的空洞的眼睛。不知为何，我突然想到了我愈发柔软的母亲。一个不断妥协又愈发没有安全感的女人。

采访结束就是中秋节。我突然决定回乡，看看母亲温柔的脸庞。没有火车票，索性就选择了走夜路的长途大巴。对于这样的旅程，我已经可以安之若素了，把生命完全交托于未知。我必须要回去，完成一次对母亲的追赶。皎洁的月光照在每一个归家人的脸上，所有的人都死一般沉默。我忽然叹了一口气。一个中年男人看向我，犹豫了一下，用粗粝的嗓音说，小伙子，没有急事尽量少坐夜车。他说，我就是个货车司机，跑了一辈子的长途，运输过各种各样的货物。在高速路上眼睁睁看到过，前面的人奄奄一息，后面的车子一辆又一辆碾压过去，人就成了肉饼。话说到这里，我的手机忽然没电了。我知道，母亲联系不上我的时候，将如坠深渊。月亮挂在高高的夜空上，而此时此刻的我，已经具备了在深渊行走的能力。

等在原地何尝不是一种统治。我想到母亲，想到衰老，就无比悲伤。想想多年以后，她会用风烛残年的身体，就这样和了面，热了锅，烙出一张香气四溢的金黄的饼，再将它挂在遥远的夜空中。从此，我就有了自己的月亮。只要轻咬一口，就不会再感到饥饿。母亲说，你忙你的吧，吃饱了就不想家了。

慈 悲

1

大雨初歇，光影倾斜。鸟兽鱼虫全都大彻大悟。

王晓莉不说话，两只手紧紧攥着，平放在膝头。从北京出发时，我预设了很多种情形，可唯一没想到的，就是她太内向，我也太内向。我看向她恬静的面庞，生怕一开口，她就受到惊吓。她头颅低垂，目光涣散着。虚空中演绎着的，或许才是温暖而丰饶的存在。

我试着去打破沉寂："你多大年纪了？"

"十五岁，还差两个月。"她像一株低垂的白铃兰，声音软软嫩嫩的。

在梦想课上，王晓莉的任务是要用水彩笔描绘未来。

令人羡慕的，是她还在拥有梦想的年纪，若是此刻要我执笔，怕是要面对尴尬的。

她下笔飞快，快到有些潦草，裙子和舞鞋都是飞舞的蓝色的。

中途，我建议她换一支水彩笔，比如热烈而性感的红。她不起一丝波澜，说只喜欢蓝。天空就这样被她从窗外扯下一角，任性地糅在了生命中。这个世界不惹一丝尘埃，瓦蓝瓦蓝的，让人怦然心动。

我连忙夸她画得惟妙惟肖，还说她画得精准。真是糟糕透了，简直想跺脚——在我改行做记者的一年里，"精准"大多是在说"扶贫"。我察言观色，见她毫无异样。于是，我试着与王晓莉分享一些关于舞蹈的事情——那些青春期身体里莫名膨胀的欲望，顺着肢体不断生长，藤蔓般弯过春夏秋冬。身体的自由表达就是，想开一朵花就开一朵花，想结一个果就结一个果。而此时此刻的王晓莉，是独一无二的。

这时候，在画布的空白处，王晓莉又画了玫瑰与竹子，大概是作为毫无意义的填补。我知道，我眼前的她或许是未来的"舞蹈家"。我必须要给她这样的认可。我站在她的空白处问道："你愿意和我结对吗？"我两只手不自觉地，紧紧攥了起来。

王晓莉羞赧地点点头，我如释重负。

2

武陵山区比我想象中要深邃得多，山里一个弯儿接一个弯儿。小巴从沅陵县城出发，去往官庄镇要一个多钟头。从官庄镇政府到王晓莉家，还要一个多钟头。我要去她家做家访。

这一天，王晓莉穿了一条粉白的裙子，若桃花初开般的美好。她先登上车，挑选了窗边的位置。王晓莉身旁靠过道的座位，理所当然是我的。她把我座位上的安全带挪开，见到我坐下身来，才把目光投向窗外，恬静又心安。

真是漫长又枯燥的夏天。大地起起伏伏，红色的泥土和石块上面，覆满了丰饶的植被。疏离乡野的我，无法叫出那些植物的名字。鱼鳞灰的木房子，如泥点被甩开，一闪就被卷进绿色海洋里。所有的动物都是潜伏的，逐渐演化成了乡间的精怪传说；所有的植物都是多汁的，如春雷般声声炸开；所有的河流都是清澈的，洗得石头五彩斑斓。

为了打破沉寂，我和她讲起了北京的故事，以及那些远离故土漂泊的可怜人。为什么要说这些话，其实我也不知道。王晓莉只是笑笑，那些千里之外稠密林立的高楼，何尝不是一种暗讽。此时此刻的王晓莉，手指摆放得优雅舒适，但是我就是能够从她波澜不惊的脸上看到潜藏的不安。我问她怎么了，她只是摇摇头，抿了抿嘴唇。

我说窗外流淌的，清凌凌的溪水真是好看。

她突然指远山处说，那边就是香草湾。小时候，是可以在那儿洗澡的。

无缘由地，"香草湾"这几个字震动了我。我默默念了几遍，一阵清香悠然。如今女孩长大了，香草湾却老了吧。我知道，王晓莉身上的那股局促感，或许再也不会消解了，正如孩子长大了，再也不愿父母瞧见自己的裸体。香草湾依旧温柔，环绕在离家不远的地方，没有比这更美好的事情了。王晓莉终于说出了口："快要到家了，我害怕会招待不周。"

我突然觉得她身上，散发出了香草的滋味。我笑了笑说，怎么会呢？

3

独木桥上，王晓莉轻飘飘的像只蝴蝶，而我像是追蝴蝶的熊。

爬上陡峭的山坡，木屋建在清凉处，耳畔轰隆隆的有山风回响。踮脚眺望，目光触及刀子般的山岭，视线被彻底割断，再无法抵达更远的风景。严防死守的大山，把出行的道路挤压得狭长曲折。木屋沿着山路扎根一层层折叠，无法相望的人们，藏在屋檐下的兀自活着。

木屋前，木椅上。有些孤独的气味的，花生、瓜子和糖，大概是为我准备的。王晓莉端坐左边，女人倚坐右边，我夹在她们中间，彼此相顾无言。我突然明白，话语真是软弱的存在。我无法改变这些生命的格局，哪怕一丝一毫。

我眼前栽的是一棵梨子树，据说这树春天开过花，夏天却没有结果，一个果子也没有。屋子一侧，种的是一小片紫苏，是可以作为火锅香料的植物。

"母亲有多大了？"我问王晓莉。

王晓莉摇头，看了一眼母亲，默不作声。

我看向王晓莉的母亲，平头，黝黑，眸子圆亮，像三十来岁的小伙子。大粉的蕾丝边衣裳，草绿的紧腿裤子，颜色鲜艳得有些俗气。她似乎感受到了我的目光，突然咧嘴大笑，然后用手直直地指向远方。然而远方空荡荡的，我不知道她要为我指明什么。

我不甘心，又看向她。她再次举起手，指向远方。痴痴傻傻的她，到底和远方有怎样的联系？王晓莉是她的女儿，但是她的女儿并不懂她。她们之间的血脉是浑浊不堪的，甚至是割裂的。分娩的恐慌过后，女人就把女儿遗忘了，两人之间凭空隔起一座大山。她手指的方向，望过去也只有山。我的目光在王晓丽和女人身上游离，试图找到一些蛛丝马迹。

她们真的一点都不像。甚至在她母亲面前，我突然觉得王晓莉强大了许多，强大到有些不近人情。她的母亲不谙世事，在山里跌跌撞撞浑身淤青。王晓莉是毫无痛感的。她的母亲也不觉痛，甚至卷起裤腿炫耀起她的伤痕。大山并没有善待世代栖居于此的乡民，她偏瘫的父亲为了活命，不得不逃离穷山，苟且于城市之中。在这里，每一个人都强大得不近人情。

我又望向王晓莉的奶奶，这个不近人情的老人，已经偷偷溜去厨房煮饭了。这注定是无比丰盛的午餐，也是我无法消受的一餐。老人说："留下来吃饭吧。"村长蹲在一旁，吧唧吧唧吸着烟，对我说："你知道精准扶贫吗？"王晓莉突然转身从冰箱里拿出了雪糕给我吃。

我看着他们的脸孔，突然觉得世界有些失控。

4

昏暗中，我接近了老人单薄的剪影。这个老人独自养活着王晓莉，身上渐渐冒出一股决绝的气味。氤氲的厨房里，毫无忙乱的杂音。奶奶的刀子好快。奶奶的手好快。她把青辣椒切得毫无还手之力。我不知道她靠什么，把这些食材统治得服服帖帖。

锅子里，腊肉、黄豆、冬瓜，咕咚咕咚散发出香气。米饭也快熟了。

浓烈的柴火，纱纱的炊烟。这样的餐饭透露出来的，是乡野间极度的柔情，然而我必须要残忍地拒绝。在城市里，我可以忍受添加剂、香精，享受各种掺假的劣质的食物，在这里，我却无法安享这份纯真与自然。村长走进屋，鼻子嗅了嗅，不以为意地说道："一起吃吧，反正也煮熟了。"他的理所当然让我感到难过。此时此刻，我想起了王晓莉的窘迫，我和她何尝不是一样的。王晓莉不说话，我如坐针毡。

我问道："奶奶身体怎么样？"

奶奶说："之前从高处跌落，脑袋里就总是嗡嗡作响。"

脑袋里像是藏着蜜蜂，一直嗡嗡叫着，我不知道这是什么疾病。老人看向我，眼睛斜斜的，浑浊不清的。我能感受到她的身体机能正在逐渐退化，而一旁王晓莉的母亲，正生机蓬勃地笑着。这不是嘲笑，却是比嘲笑更有力量的存在。

我知道，这丰盛的一餐饭是因为我而浪费的。为了不难过，我必须要有所表示。我在厨房的黑暗处，塞给奶奶一百元钱。她的手心湿漉漉的，凉凉的。她的手掌竟然能够那么湿润，纸钱越来越小，越来越小，缩成一团，仿佛随时会融化不见。钱是无力的存在。她执意要把钱还给我，我不肯，只好拥抱她的身体。我说奶奶，要让我安心一点。

我送给王晓莉一套童话书，最后才掏出书包来，其实显得有些幼稚了。奶奶说，书的钱也是应该给你的。我笑一笑说不用。我突兀地出现，绝不是救世主，更像是一个客人。我客人的身份着实难堪，因为我压根无法帮他们摆脱穷山。

满桌的饭菜摆好，接我的车子也终于开到了山脚下，催促我赶紧离开。王晓莉要和我一起下山，回到县城，完成后续的活动。我提醒王晓莉带好舞鞋，她说早就收拾稳妥了。

下山的路上，王晓莉突然把钱还给我。她的决绝像她的奶奶。我拉紧王晓莉的手，说不要让我为难。这手拉住了，就没有松开，这是几日以来，我们最亲密的肢体接触。

女孩长大了。我突然想到王晓莉的母亲，她指着的远方，或许就是香草湾吧。

我说我有点晕车，需要休息一下，就陷入了沉思。许久，王晓莉看到我睁着眼睛，突然笑着说，我以为你睡了的。与此同时，她也陷入到了未可知的沉思中。

5

下午是联欢会，王晓莉准备了一支舞蹈。客房里没有足够的空间施展，她就在酒店走廊的尽头处排练。酒店铺的是很脏的酒红色地毯，灯光让污渍变得更加碍眼。她头发散乱着，样子些许狼狈。我不知道她为什么，对一支舞蹈的要求近乎苛刻。劈叉、下腰、跳跃、翻跟头，一遍又一遍重复。其实在我看来，尽情享乐就好，没必要在乎形式上的表演。

王晓莉点开手机里的音乐，是张靓颖的《终于等到你》。我赤脚盘坐在地毯上，突然泪眼蒙眬。我欣喜地说："原来你有手机啊！"王晓莉被刺中了，吞吞吐吐地说："是表姐淘汰的。"她极力澄清的样子我看得明白。在世人眼中，贫穷者身上没有艺术的土坏。扪心自问，手机难道也是不该出现的物品吗？这种想法简直冒犯至极。

演出中的王晓莉像月亮一样皎洁清澈。"世上有增高药吗""我想学吉他""我想骑自行车上学"，这些日子的对话不断闪现。我知道舞蹈一结束，我们就要练习分别。我后续能为她做的，或许真的很少。我和王晓莉说得最多的一句话就是，我们是同一类人。我不想让她觉得自己是个异类。演出后，我收到了王晓莉的一封信。她说，我想要说的藏在心中，你全都明白。这大概是一种心照不宣的默契。

夜幕中回程，身边几名志愿者突然发出惊叹，小姑娘的 QQ 签名怎么都是些情啊爱啊的。我笑了，她们正是这样的年纪啊。身体里藏着的爱，当然不会被贫穷扼杀。有那么一刻，或许是我们放大了贫穷本身，它的姿态并没有那么卑微。大巴车上，我终于坐在了窗边，我喜爱的位置。月亮在群山之巅拼命奔走。一个孤独月亮，还有无尽的盘旋的山路。

我又想到沉默的王晓莉，恬静又心安。如果把所有的柔软都包藏其中，那么如此，让月亮停下来，落在香草湾的怀抱中。风徐徐吹来，月光中的少女翩跹起舞。给她起一个香草般的名字，让所有的动物都羞赧地低下头。有一天，她将从少女变作女人。但愿那一抹灵性之光永不被磨灭。风吹过，大地不语，只剩下空荡荡的慈悲。

燃烧的仙鹤

1

母亲看见我,忽然撞到怀里来,不是为了撒娇,而是需要莫大的安慰。她哑着嗓子说,儿子,抱一下吧。颤抖从她的身体延续到我的身体,阳光中的虚伪的我,就像一枚钉子牢牢锁住了她的魂魄。阴凉的风穿透额头上细密的汗水,感受到的却是心底的柔弱。在和姥爷的灵魂争夺母亲的归属权上,我似乎稳稳占据了上风。

旁边的灵棚是属于我们家的,一副理直气壮的样子,这让我感到有些羞赧。将死亡演变得轰轰烈烈,占据着每一个路人的眼睛和耳朵,吞噬着白天与黑夜,这件事本就霸道得没有道理可言。还来不及去审视,世界就被莫名的氛围所渲染。掠过相似的悲伤的面孔,小心翼翼地打量——相片里的人冷眼旁观着,活着的人反而变成了忙碌的风景。在我看来,死亡还没变成微不足道的小事儿,却是一件需要费气力的活儿。死者费了很大的力气走完最后的旅程,活着的人何尝不是在重蹈覆辙。可越是把力气铆足了,悲伤越是变得寡淡起来。

我曾经和无数个灵棚擦肩而过,最简易的莫过如此——方方正正的形状,军绿色的帆布,以及孤零零地悬着的一颗灯泡。供桌颤颤巍巍不显颜色,四周还摆着纸糊的物件,一边是童男童女,一边是汽车楼房,看似满满当当,却轻飘飘的似一吹就散。没有比一张纸的折叠更柔软的了,没有比微风的拂动更张皇的了,没有比火焰的吞食更惊恐的了。从身后事的布置上来看,这个世界是庸俗的。俗气无法剔除,而平庸的就是最好的,这间灵棚如此,纸糊的物件也是如此。没必要惟妙惟肖,更不必富丽堂皇,看到了且不会引发关注,那就是最好的了。

我所遇到过的,最匪夷所思的,当属充气灵棚。棚顶上的仙鹤被鼓风机吹得鼓鼓囊囊。发福的仙鹤不像仙鹤,死去的人被镶嵌在框子里,也不像死去了。世界上所有的灵棚,都宛如虚假的设置,如何让我相信死亡的在场。死亡裹挟着我,以及在场所有的亲人,我怎么甘心作茧自缚,却不知道如何去反抗。姥爷身边站着两只仙鹤,这是所有物件里最活灵活现的了,这动物与姥爷很般配,仿佛就是他豢养的一般。印象中的他,清癯而优雅,眼睛总是很亮,吞吐烟雾的时候一派仙风道骨。

要知道,灵棚是要住进去的,死亡的棺椁也是提前打造好的。眼前的事物如此安详,却把莫名的情绪都抛洒在了空中,空气里飘荡着五彩缤纷的颜色,就像一束一束的烟霞,聚集了世人所有的情绪。忽然就笑了,忽然就哭了,忽然就忘了,这个世界太拥挤了,以至于虚空都沸腾了。一阵风紧随着一阵风,我想从中嗅出一些味道来。纸钱在猛烈地燃烧,一瞬间就灰飞烟灭。我听到有人吟唱着，收钱了，收钱了……

等我回过神的时候，拥挤的世界不见了。一个黑瘦干瘪的女人从石头缝里钻出来一般，在我的腰间系上一块厚重的白布，并挽上一个沉甸甸的结。我竟然觉得，腰间的白布有点漂亮，它彰显了我对姥爷所有的敬畏。她撕下一块蓝色的麻布条，和我的衬衫一模一样的材质，就这样穿过白布，又系了一个结。这是我与灵魂对话的通行证，也是我的身份牌。从这一刻开始，我的时间，我的行为，将遵从葬礼的规则，成为死亡的一部分。

就这样，她说烧纸我就烧纸，说磕头我就磕头。我照猫画虎一样笨拙，无法灵巧地遵从，这大概就是我活着的全部理由。我想让姥爷看到我的笨拙，这或许才是对死亡最大的尊重。我见过那些标准的跪拜，并在内心给予嘲讽。我想一直笨拙下去，甚至以此为荣。然而活着终归是懦弱的，最伸展的灵魂躲在了框子里，看着亲人们悲伤的脸。悲伤的表情都是相似的，所有的肌肉都下垂并萎缩。我忽然觉得姥爷一定在笑，甚至有些洋洋自得。

我以为，自己会缺席这样的场合，却还是鬼使神差地，买了最早一班的飞机，急匆匆从北京赶回来。亲人们看见我，都诧异地问候我。回来了？是啊，回来了。我理所当然站在这里，又像是一个无关紧要的人。我和家族长久的疏离，终于在这一刻产生了微妙的作用。我不知道这样的隔阂，会不会在某一天成为锋利的刀子，不是彼此伤害，而是割断彼此间最后的联系。其实每个人的手里，都握着这样的刀子。

2

姨忽然在灵棚里哭了,声音是从胸腔共鸣出来的。母亲忽然在灵棚里哭了,声音是从头顶钻出来的。姥姥忽然在灵棚里哭了,声音是从眼泪里蒸腾出来的。我也远远地哭了,却一滴眼泪也没有,声音是从画面里撕裂出来的。一张张脸宛如一张张纸,缓缓地被撕开,而我无法将画面里的人重新拼凑,甚至无从分辨悲伤的真伪。他们来过,不久又走掉,有时候面无表情,有时候悲从中来。旁观者被渐次唤醒,又加入到悲伤的队伍中来。

哭声像是淅淅沥沥的雨,随着音乐缓缓飘荡,令人有些麻木,也让人恍惚。如此绵密的雨,厘清了植物的脉络,动物的毛发,以及天光的走向。我强迫自己从哭声中剥离开,脸颊自始至终都是滚烫的。我的表弟,也是姥爷唯一的孙子,他忙前忙后的样子让我真切地感受到,一个幼稚的男孩变成了男人,以及被唤醒的长孙的自觉。表弟用铁丝缠绕树木,并试图将一排花圈捆绑固定,一阵又一阵的风,调侃着成年的孩子,又让世界变得百无聊赖。我用很长的时间观察无用的风,风没有形状,甚至微弱到无法带来清凉,却将花圈吹得哗哗作响——像是花衣裳的姑娘裹了小脚,在疾行中左右摇摆,这让表弟颇有些懊恼。我想,老爷子这回终于得逞了,一辈子操劳着或被轻视,这下终于有机会驱使一下平日里怠懒的子孙。

随着脚步愈发繁杂,花圈变得越来越多,死亡的祝福也变得浓烈起来。花圈上的字,不知是何人书写,潦草而随意。父亲成了话很多的人,一会站着,一会坐下,忽而在这里,忽而在那边。他将我引荐给陌生的人，我面对含混不清的脸，笑着一一向他们问好，可我无法感受到一丝的善意。他们驻足讨论死去的人，或发出相似惋惜，转而就将话题转移到那些相识的人，以及工厂的烟囱是否还冒着黑烟。一个老人的死亡，让他们得以相聚，工业的萧条让整座城市的人都陷入唉声叹气，并弹下一撮一撮的烟灰。我也偷偷吸了一支烟，却还是被父亲发现，但是这场景不能让母亲看到，她会变得更悲伤。

我在远方染上了一些恶习。我过量饮酒，时不时吸一支香烟。时常会熬夜，有时候天亮说晚安。有时候暴饮暴食，或故意让身体挨饿。我有整整一抽屉的胃药，知道哪些是保护胃黏膜的，哪些是促进消化的，哪些是制止呕吐的。我热衷于压榨身体，透支着年轻的肉体所能给予的一切，又在衰老的亲人身上获得慰藉和警示。我也会生病，却不敢声张。我可以直视自己所有的不堪，放荡不羁地以为，不再和任意一块土地相关，却又和家乡脱不开干系。

夜幕慢慢降临，风开始有了凉意，人群终于散掉了，只剩下亲人相互陪伴。灵棚里悬挂的灯泡亮了，这是最后一个夜晚。在街坊里冷冷清清的小路上，看不清人的轮廓，却抬头就能看到清澈的月亮。犬吠声零星响起，一个夜归的路人远远地绕开。我忽然发觉，灵棚里假模假样的童男童女，竟然在黑夜里变得愈发真实，甚至眉眼都有了光彩。仙鹤身上散发出璀璨的光芒，仿佛振翅就能飞翔。这绝不是危言耸听，活着的人低垂着毫无生气，那些冰冷的物件反而活灵活现的。夜晚果然是有魔力的，但它过于漫长，以至于对所有人都是考验。

我站在黑夜的深处，感觉葬礼不像葬礼。其实，我和姥爷是最像的人,永远无法和这个世界妥协。然而,越是相似的越是无法亲近。我逐渐勾勒出了自己的轮廓,那些线条属于故乡,也属于亲人,却最终完成了陌生的我的救赎。逢年过节就回来,乔装成年少的模样,透露出稚嫩与惶恐。他们大多数会敷衍地关心,我迫不得已地敷衍回应。他们从我身上感到冷淡,默默地将视线移,或以为我是深沉的人。这让我满怀欣喜,而实际上,我只是什么都不想,也不愿把话说破。我不知道,这样的葬礼还会经历几回。我甚至在想,葬礼是否也可能有极简主义,除却悲伤是否还有喜乐。但至少我可能会试着,在人世间所有的葬礼上缺席。

清晨,天蒙蒙亮,家人请了师傅来,支了早点摊,炸出一盆金灿灿的黄米糕,并倒出热腾腾的粉汤。填饱了肚子,一宿的疲倦散尽。大舅忽然用掉全身的力气摔破火盆,一声巨大的脆响,卷起漫天灰白的余烬,宣告着仪式将进入高潮。姥姥拿了扫把,默默把炸开的灰烬扫成一堆。表弟折好了柳枝,在上面挂好招魂幡。我紧了紧腰间的白布,走起路来雄赳赳气昂昂的。在太阳的光辉里,我似乎看到了真相,仙鹤的羽毛在缓缓地燃烧。

遇见嘎松杰

1

嘎松杰很灵巧,从他跳上病床,躺下身,架起腿的几个动作,我就看得出来。他一定擅长攀缘,甚至可以从一个树冠跳跃到另一个树冠,却不折损一根树枝。就像一道弱小的,但不朽的光,每一个关节都可以随意弯折。从他黝黑的皮肤上,我遇见了高原上巨轮的太阳。阳光在两腮燃烧过,腾起两片火红的云朵。他腼腆地笑了,宛如雨滴落在瓦檐上的清脆。大雨过后,两朵云显得格外娇艳,上面点缀着的,两颗黑亮的宝石,正透出狡黠的宝光。我避开了他的眼睛,因为会疑惑,会羞愧,会艳羡。九岁的嘎松杰是无畏的,他从藏地赶来北京,就是为了驱除虫祸。无法想象的是,在他的肝右叶上有一颗苹果大的虫囊。

病房里光影倾斜,每一扇窗都凝成一粒砂。窗外的城池正笼罩在一片雾霾中,一轮浅浅的光晕若隐若现,所有的生命都在暖流中翻动身体。嘎松杰也翻了身,正迎上父亲的无限温柔。目光如火苗攒动，瘦瘪的男人宛如烛台。他们相顾无言，我想，父亲的慈悲在更宽广的时间里，并在狭小的空间里不断折叠，拉近彼此的距离。男人生而不同，头发一簇簇地盘旋生长，宛如佛陀的螺发，颔首低眉间，竟有无限庄严。我不知道在这场虫祸中，是人战胜了恶，剩下了空乏的皮囊，还是虫吞食了善，修成了人的形状。男人凝固在嘎松杰身边，好似盛放舍利的塔。塔尖上的蝴蝶正随风摇曳，没有人可以浸润他的心田。

在北京的喧嚣声中，男人遗失了月光，遗失了春天，遗失了广袤的大地。他长久地沉默着，成了时间的容器。原本知道男孩要手术，他从藏地割了牛肉，试图以血肉滋补血肉。生肉蘸了盐巴，是不可多得的美食。可就在飞机轰然着陆的瞬间，肉就立马变了质，弥散出古怪的气味。从那一刻起，男人就患上了失语症。

这个世界无法被预判，即便是我也是盲流的一部分。我制定规则也遵循规则，可也会失去对话的能力。面对嘎松杰的父亲，我所能够记录下来的，无非是沉默的长度，以及那些空旷的杂音。他选择对我笑。我也对他笑。在低垂的天空下，我们不约而同地俯下头颅，望向大地上慌乱的人群。我们心中都藏着不可告人的秘密。

手术前的嘎松杰，颇有些闲情逸致。可一想到，躺在彼处的若是我，心脏就成了攥紧的拳头。我试图保持距离，仿佛那些看不见的寄生虫，也在我的身体里，转化着我的骨与肉，筑起边界不明的巢穴。我们无法预测或躲避，平淡中降临的厄运。无论我是多么地小心翼翼。可藏在角落的我，又像破旧的拉线木偶，多么渴望被注视，找到牵扯生命的若干线索。嘎松杰的目光，如同树林里的麻雀，总是谨小慎微，又毫不经意般掠过。我的视线却停留在了，他那条柠檬黄的睡裤上。在晦暗的画面里，似乎需要这样一抹色彩刺痛我。

昨夜，嘎松杰想念母亲，毫无征兆地号啕大哭。面对病房里旁人的目光，他的父亲手足无措。男人愈发沉默一点，他的孩子就愈发高亢一些。嘎松杰就是要和父亲的沉默针锋相对。清晨，他的父亲从牛皮纸信封里掏出手机，手机上套着塑料壳，上面分明印着演员宋仲基。嘎松杰要和母亲通视频，但是又没有成功。他抱着小小的手机，小小的光投射在脸上，就像一扇小小的门。但是小小的门，不允许小小的他进入。手机里面一个小游戏，很快就让他模糊了母亲的轮廓。时间一点点被杀死，嘎松杰却毫无防备。

我仿佛看见，远方的女人正躬身推开木门，迎来了高原上雄壮的太阳。嘎松在进入手术室的瞬间，忽然撕心裂肺地呼喊了母亲。他终于想起来了，还没来得及和她道别，没能再抱抱她，闻闻她的味道。而此时此刻他怀抱着的，是医生送的玩具火车。这是屡试不爽的把戏，麻醉剂迅速占领意识的高地，一个哈欠后就坠入了梦乡。

2

四张不动声色的脸孔，大山回响般面面相觑。事实上，这是我们第一次碰面，还显得有些拘谨。说到底，嘎松杰是与我毫不相干的小孩。我不过是要完成一篇新闻报道罢了，关于虫祸与拯救，篇幅不会太长，也没有一波三折。我只是愿意相信，在眼睛与纸笔之间，悬浮着无法赘述的真相。它会启发我，甚至弥补我。

看到男孩明净的面庞，其实我的内心是动摇的。似乎总有一些毫不相干的人，会让我耿耿于怀。嘎松杰就是这样的人——他同我见过的城市小孩不大一样，就像一颗不起眼的野果，藏着无人问津的甜。我们拥有截然不同的生命形态，他是被放养的，我是被驯养的。而我坚信，在教化的过程中，存在着不可名状的恶。

我身旁的大叔是公益项目的组织者。他微微隆起的小腹是圆润的，头发和胡须是圆润的，说话的腔调是圆润的，人际关系大抵也是圆润的。就像经年抚润的鹅卵石，身上裹着细腻动人的花纹。他简直无懈可击，我甚至相信，纵然是在诸多冲撞的过程中，他也可以保持风度而不失幽默。嘎松杰不用为手术费用发愁，大叔已经为他精心谋划好了一切——临行前裁剪一套崭新的藏袍，接机时准备一束鲜花，入院后送上一套睡衣，诸如此类。

他要拍一部纪录片，摄像组全程跟踪，从西藏一路到北京。作为官方的公益行为，这台手术不容有失。可为何要选择嘎松杰，这里面略有玄机。这说明他的疾病远没有到岌岌可危的程度，但又有必须开刀的理由。前几日，有医学专家判断，嘎松杰的疾病或有一半概率不是包虫病。若是切开肚皮，取出的不是虫囊，岂不让人啼笑皆非。一连几日，大叔夜不能寐，生怕嘎松杰没有患病。他对我讲述这些的时候，头皮上噌噌窜出一片亮晶晶的白发。

扎西来自嘎松杰的故乡，是当地政府的官员，也是我们的翻译官。扎西的皮肤很美，是无限接近黑夜的黄昏，古铜色的山脉上刻着青色的符文。宛如把这些隐秘的符号，一个音节一个音节地点亮，他可以慢条斯理地叙述，无论是多么愚蠢的问题，都可以给出最笃定的答案。扎西的脑袋里有辆吉普车，我却不知道它会驰骋到哪。在遥远的小县城，扎西还有另一重身份，就是寺庙的管理者。临行前，扎西嘱咐嘎松杰一家，要想来北京治疗，就要禁止任何形式的占卜。扎西说这句话的时候，显得有点不近人情，甚至还有些独裁。

男人在来北京之前，为了登机需要，才拥有了人生的第一张证件——身份证。我忽然觉得，这个来历不明的男人如此遥远。扎西在透露这些的时候，没有丝毫顾虑和遮掩。我看向男人，他的嘴角如弯弯的月牙，或许那不是微笑，只是刚刚学会的伪装。这让他显得更加神秘了。原来，他就是传说中走婚的男人。政府甚至不愿意为他办理户口，因为他们也不知道，这个男人会不会有一天抛妻弃子，就这样消失在茫茫荒野。

扎西说，嘎松杰也不是他的亲生儿子，没有人知道男孩的生父到底是谁。这一刻，在我心中塑造的，病床前温暖的父子关系忽然崩塌，我不知道血缘之外，他们情感的纽带有多牢靠。我只是用世俗人的眼光，世俗地妄加猜测了。

3

他不是天外来客，但他来的时候，周身披着星辰和露水。他的胸口如山峦起伏，密林中藏着野兽的眼睛，以及白色的鸟。一阵风撞乱了遐想，幽深的倦意陡然升起，草木有节律地唰唰作响。他忽然灵敏地挪移起来，就在念头与念头之间，找到了光的甬道。

没有比一个女人更稳妥的了。作为一个冒昧的入侵者，他有意外的收获。油灯上的光影里，飘出了女人身上特有的芬芳。她穿着宽松素色袍子,头发正凌乱地散开。很显然,有些表达,只需要一个眼神,或是一个唇语,就让房间慌乱连连。一瞬间的错愕过后,女人读懂了他的渴望。一个挖虫草的撞运人罢了。她慵懒的神情充满寓意,缠绕到了有些干瘪的男人,并滋养着他。他活像一头需要被安抚的野兽,眼睛里闪着渴求的光。喉咙里发出了撕裂的音节,太久没有与人对话,舌头竟变得笨拙起来。她听得不甚清楚,但不愿多生枝节,任何声音都会打破夜晚的秩序,会让她生出驱逐的念头。

短暂的目光交接,他就断定了,她不会拒绝自己。他把脚步放得缓而轻,并掷地有声地说,我需要你,以及一些食物。一个句子就这样破碎掉了,勾来了弥散的情欲。女人嗅到了野蛮人的气味,所有的触角都荡漾起来。她仿佛被当作了猎物一样,身体无法控制地颤抖。

夜晚太过漫长,漫长到身体自然而然就爱上了自由。她忽然想起了嘎松杰的父亲,一个同样踩着月光而来,摸着日光而去的男人。他们的样子逐渐融合,勾勒出相似的轮廓,散发出同样的气味。男人大抵如此,吸收着光芒长大,并在秋天里舞蹈,散发出成熟的信号。

皮肤上仿佛长满了春的花蕾,每一次触碰都连片地盛开。这让她回到了少女的模样。爱欲释放了自由,也打破了边界,大地上再没有束缚,只剩下无穷无尽的苍茫的回响。她理所当然地嗅到了一丝危机,但爱欲让她彻底沉沦。

熟睡中男孩呼吸均匀,全然不知道屋子里发生着什么。男孩在充满情欲的房间里,甚至会更加茁壮地生长。他会逐渐挖掘出身体的奥秘，变成和他一样的男人。一场突如其来的性爱，让夜晚燃起了篝火。

她的身体里，一只白色的鸟腾空而起。透过鸟的眼睛，她得到了神的指引。鸟衔来一颗金光灿灿的种子，散发着耀眼的光芒，大地从黑暗中挣脱，一切回到了最初的模样——劳作与生存，生长与衰老。她用馨香的酥油茶，再次唤醒嘎松杰的一天。

4

他赤脚穿着一双廉价的塑胶拖鞋，每一根脚趾都令我不敢直视，我害怕他的脚趾会跳舞。我总是分心在无关紧要的事情上。关于那些旖旎的幻想，我乐此不疲，又感到羞耻。月亮，云彩，树木，都在大地上疾走，越过山川与河流，抵达未可知的秘境。如果我是那个男人，或许能体验到不一样的生命感，我隐隐有些羡慕。

这时候，是扎西打破了寂静，他试图给男人的沉默做一些注解。他说，其实男人什么都听得懂。若是把他丢在北京的大商场，即便是在语言不通的状况下，也可以完成指定的购物。我完全能够想象到这滑稽的场景，甚至见到了售货员谨慎的目光。而与他相比，作为官员的扎西，简直就是无所不能的存在。我相信他拿着一卡通，可以比我还轻车熟路。

手术进入到最后的缝合阶段，摄像师走出手术室。我总觉得，他的身上飘荡着令人恐惧的气味。他记录下了手术的重要环节，并一张张翻阅给我们看。我躲开了那些血肉模糊的画面，但这似乎吸引了男人的注意，使得他越凑越近。你瞧，这就是刚割下来的虫囊，直径有10厘米。当摄影师描述这颗危险的炸弹时，男人频频点头，表示认可，脸上挂着懵懂的笑。他的兴致昂扬让我感到鄙夷，但又或许是我太过小题大做了。

扎西看了看手表，说时间差不多了，哈达已经备好了。我们让男人等待在手术室外，迎接医生的到来。嘎松杰被推出手术室的瞬间，男人一气呵成，就这样穿着塑胶拖鞋，噼里啪啦地走上前，将洁白的哈达献上，并合十鞠躬。哈达的使用礼仪，似乎已经根植在了男人的血脉里，竟然如此娴熟自然。我在医生的脸上看到了尴尬。他对着摄像机，开始描述嘎松杰的情况，手术很成功，出血量非常小，虽然手术很难，但对于我们来说实属平常。再观察两三天，嘎松杰就可以出院了。这一刻，我为嘎松杰，也为大叔松了一口气。

就在这时候，大叔说，我们的画面可以了，只是献哈达的环节不够理想，我们再来一次。扎西自然而然地去沟通，告诉男人如何走位，男人点点头。医生退回手术室，电动门再次打开。男人重新走上前，第二次表达他的感激之情。拍摄可以不断重复，直到每一个表情都符合预期。男人就这样被指挥着，将一个又一个的哈达献出。

麻醉中未苏醒的男孩变得黯淡无光。宛如这座城市里的天光，以及庸庸碌碌的我。后来，我也不知道嘎松杰被送到了哪里，这似乎已经不大重要了。嘎松杰的肝脏被切掉了一部分，但是还会再生一部分吧。他还是他，但又不像是他了。下班的时间到了，我也该回家了。我和摄影师约在医院附近，喝了一杯拿铁。然后我就投身到人流里，再也分不清彼此其他。

手术过后的一个星期,在天安门前,嘎松杰穿上了新做的藏袍。宽松的藏袍让他显得有些缩水。合影过后,我试图去摸他的脸,他自然而然地躲开了。我抬起头,恍惚看见了一个古老王朝的兴衰。这一天,檐角飞扬,阳光刚刚好。在历史与文明当中,在纸张与机械之间,我失去了野性。我不知道这一场虫祸,是否会给他们埋下文明的种子。

假想敌

　　铅笔已经磨秃了,变得愈发暴躁,没有转笔刀,也只能就此作罢。会议用纸上填满了烟熏妆的小人儿,患了水俣病似的,肢体极度扭曲着。隔壁的会议室倏地传来深刻的欢呼声,我的目光就这样穿墙而过,既严肃又好笑的场景里,他们都穿着柠檬黄的T恤,背后都写着神秘组织标语。在这个不经意就会消融的季节里,能够长久保持亢奋,着实不容易。

　　我想象不到更加诡谲的狂欢,他们的爆裂令我心驰神往。但局促与不安,总是能够轻易地击穿我,致使我一开口,就是满满的气馁。颓丧感支撑的日常,满满的都是猜忌。不知是讲台上的医学教授太无趣,还是隔壁的话题太蹊跷,气场变得有些摇摆不定。面对充满挑衅的声嚣,教授也微微蹙起了眉头,试图轻描淡写一笔带过,却将笑话讲得无比尴尬。

　　会议室里站着三个立式空调,从头到脚穿了整套的红木盔甲。功率在不断提升,但阵阵清凉却被狂热反讽了。田园村居的度假山庄里,所有的布置都很"考究",要么用雕花的木头,要么披了纱巾盖头，避免不了的家用电器，也用木头包裹着，一副姑娘出嫁的模样。每道门必有锁，锁也是古老的样式。总而言之，木纹与雕花成了最好的伪装。

山庄老板的品位独具一格，兼具了古典主义、自然主义和神秘主义，传说是个地道的客家人。我认识的客家人寥寥无几，但皆是混沌不明的存在，在他们的背影里，潜藏着兵荒马乱的沧桑，以及参不透的流徙身世。我住的宅子中空如筒，赫然就是围龙屋的格局。任性必然指向偏见，墙壁上到处都悬挂着装裱的字画，生怕别人不知道他品位高雅又性情无常似的。或是山水不留白，终究敌不过大富大贵的脂粉气，看多了不仅疲乏，心里也堵得慌。

从会议室回到我居住的屋子，也只不过五分钟的距离。我决定出去走走，去偷窥打量一番。在这些片段式的光阴里，大多是漫无目的的虚影，没有人会在乎我的缺席。实际上，我既不喜欢枯燥的技能讲座，也不喜欢隔壁喧嚷的氛围，既不喜欢会议室的椅子，也不喜欢围龙屋的字画。好在我无足轻重，可以堂而皇之地做白日梦，而欢呼声却成了最好的底色。

音箱里的声音是爆裂的，每个字的发音都干脆决绝，可是连贯起来，就是听不懂。隔壁的门锁得严严实实，一个缝隙也没有。我只能透过嘈杂的摩擦声，揣摩里面的人数，即便没有五百人，也至少有三百人，罗马斗兽场一样，既辉煌又血腥。没有那件神奇的黄T恤，我自然而然被排斥在了人群之外。千万不可推门而入，闹不好会成为全场冲突的焦点。我假装旁若无人地走过，试图获寻一些蛛丝马迹，但又显得有些胆小怯懦。

正午的阳光耷拉着脸，门外是一座座林间小屋。两个蓝衣服的

燃烧的仙鹤

小工，仿若父子关系，连续两天了，都在修葺木楼梯上的木扶手。大概是风吹日晒雨淋的缘故，木头起了"毛球"，用火燎燎似乎就很好。他们却选择了更复杂的方式——用砂纸一点点地打磨，然后用刷子涂上透明的漆。真是奇怪的精致主义，过度的呵护让木屋渐渐消隐了时间的痕迹，和葱茏的植物融为一体。南方就是南方，所有的物件，甚至人和动物，都血肉模糊地长在绿光中。

每次来到岭南，都像是要被绿植一口吞掉似的，白昼耀眼的正午，尤其适合模糊身份，上演个螳螂捕蝉黄雀在后之类的戏码。鸟与虫用毕生精力，抵抗着绿植的侵袭，发出一声声哀绝的叫声。我的求生欲大概就是从此被唤醒的。无法想象的是，我曾经在这里悠然地晃过五年时光，以至于它曾经偷偷修改过我的容貌，我却没能及时察觉。

就这样，我戴着不甘的面孔，在川流不息的城镇里东躲西藏。他们都说这是北人南相，是要成大事的皮相，但终归是模糊了来历，让我成了暧昧的存在。不文身、不打架，不偷盗、不偷情，真是可惜了这副好皮囊。我本该是个放荡不羁的人，却被时间裁剪得慈眉善目，一副老好人的扮相，而唯一没能改变的，就是试图与所有人为敌的紧张关系。

他们都管深圳郊区叫作"关外"。很多年前听过这个词，以为是跨越了眼前的树林，就到了香港，这中间有一个混沌的地带，有神秘的守卫日夜巡逻。很多年以后，才知道关外就是郊区，真是要多矫情有多矫情，要多无趣就有多无趣。神秘感轰然倒塌，剩下的无非是荒凉。此刻我就置身于关外，到处都是热恋中的植物，开起花来不需要养料似的，簇拥着一片狭长的湖泊。远处有低矮绵延的山丘,筑起一座庄严的木塔,传来了阵阵香气四溢的梵音。

除此之外,附近还有什么布置,就显得有些模糊了。印象里还有个杨梅园,遮遮掩掩的一扇大铁门,留了个妖艳女子手握蒲扇,病恹恹地守着,离老远就觉得里面妖气冲天。佛陀与檀香,妖孽与浓妆,似乎有点相像。恍惚有一种错觉,那些刹那湮灭的无数个念头,介于真与假之间,藏在生活与虚构的缝隙里,构成了我与这个世界所有的对白。

这大概就是"关外"真正的含义吧。荒凉而没有规则,所有的事物都在光线中变得离经叛道,轻飘飘的没有重量。当然,这样的生活一定是致密的,我给自己树了许多假想敌,并竭尽全力去厮杀。姑且算作是郊游,隐藏了身份与名字,不用将神经紧绷。但是我依旧能预见诸多叵测的未来。从荒凉中来,到荒凉中去,揭开那些不该被分享的秘密。

水域滋养了蚊虫,它们用细碎的叶片当作掩护,黑白交织的花纹,宛如优雅的仙鹤。基因突变的昆虫,身体婀娜,活灵活现。风声鹤唳草木皆兵。一种物种朝向另一种物种演化,似乎只是欲望与满足间的诸多尝试。我无动于衷,放任敌人吸食我的血液,等待它们膨胀自我,繁衍出更多自私的后代。瘙痒滋生得很快,像一串燃烧的火花,在风中放荡又风骚。

空气中又传来了巨大的欢呼声。它炸裂的瞬间,将我的时光回溯。那时候,我们也是一样的极端群体,酒杯摆了梅花桩,叫嚣着娱乐至死,将每一个夜晚都折磨得奄奄一息。喝了又吐,吐了又喝,消化道出血。霓虹抚养了所有的青年人,街边巷角的嗤之以鼻,都融入了杂乱的背景。犹记得小摊贩的烟火升腾,慢慢托起清晨的太阳，成了我唯一深刻的温暖。

听他们说过，所有招牌四组有彩灯闪烁的宾馆，都有花样百出的姑娘。谋生而已，甩不开的干系太多，似乎只要和家里开口，总能得到一些馈赠。于是，从那时候开始，就养成了但凡说话就会愧疚的毛病。我知道，接受多少毫无道理的馈赠，这腐朽的身体就会藏下多少不清不白。终究是没能彻底转化成浪荡的姿态，就变成了朝九晚五格子间的捍卫者。

挤在一群黄衣服的人中间，我仿佛成了彻头彻尾的 loser。我低垂的眉眼，没有错过他们整齐的队伍。他们严阵以待，举着首领的牌子，嘶吼着胜利的口号。绿意森然的山庄，四处可以见他们的虚影。树丛里打电话的男人，半边脸映着花影，咄咄逼人似在讨债。攀在楼梯上抽烟的男人，续命一样一根接着一根。筒子楼里窃窃私语的女人，时而发出魔性的笑声。

如此炎热的中午，他们果断放弃了睡眠，重复一个机械的动作，一个愚蠢的口号。或是三五成群，或是独自鏖战。我只能通过只言片语，猜测他们在探索的密码。一群人就像一个人，就是一场胜利的聚会。他们说，很快就能变成幸运的人了，从此不再畏惧人间波折。

餐食是自助餐，连续三天了，都是同样的单调餐食。清粥小菜，以及炸得酥脆金黄的油饼。幸福飘荡在每一个人脸上，抹杀了他们原本的模样。我认不清他们，天南海北的，命运多舛的。我听说，他们每个人都从头领那里，获得了一颗价值不菲的石头，它已经饱食了幸运的能量，将改变他们的命运。我终归是个籍籍无名之辈，学不来这些高深莫测。

我唯一能够想明白的就是,他们都是我的敌人。我要训练自己,潜伏起来,伺机而动。我想起了那只叮咬我的蚊虫,它将我和垃圾堆混淆在一块,等待着我落单的那一刻。我竟然产生了浓烈的报复的冲动。但是,我首先要回到市区,回到高楼大厦之中,回到人群之中。都怪我命格太硬。但我只会越来越轻薄,像一张锋利的会议用纸,制造出那些纷繁的想象。

废纸篓里,一群烟熏妆的小人儿,正在拼了命地往外爬。它们要攻城略地,有打不完的架,有讲不完的道理,有洗不完的脑仁。我仿佛在做一个疯狂没有尽头的美梦,伴随着日光的推演,将日常尽皆消弭在了时间的陷阱。他们在庆祝胜利的到来,队伍一点点壮阔。

离开的时候,我遇见了穿皂衫的男人。有人说,他就是山庄的老板。

他目送了每一个修行圆满的旅客,包括落荒而逃的我。

滑板少年

暮色翻卷在云朵里,地铁站旁的万达广场人声鼎沸。地铁口修得隐秘,围墙上拉了个口子,硬生生穿出一条巷子,哪哪都参差不齐。与其埋怨地铁标志不起眼,不如承认这附近太过荒疏——只有围墙砌得足够精致,又是梅兰竹菊的浮雕,又是刻福的瓦当,高高地圈着一大片无人问津的,只能靠想象才能抵达的野草和瓦砾。肉眼可见的,只有一个废弃的工厂,锈迹斑斑的栏杆铁门,用木板遮得密不透风。蓝灰色的房子,玻璃是破的,烟囱是哑的。

地铁口有两辆拉客的三蹦子,不知为何起了冲突。这是我看过的最激昂的年度大戏,没有口角之争,只有实力碰撞。车体似乎不够结实,一碰就是一个瘪坑。两个勇猛的驾驶员,一个善于长驱直入,另一个善于灵活躲避。他们时而转圈,时而擦肩,时而助跑,时而停顿。彪悍的那一个,面相凶狠,气势十足,擅长挑衅。另一个,嬉皮笑脸,内力绵长,毫不气馁。每当前者露出稍许的败势,他就将脸上的戏谑加深一重。得意而诡谲的笑容,将激烈的冲突指向了滑稽,吸引了一大票兴趣盎然的看客。而我,就是最乐在其中的一个。

绕过施工的地铁站,就是灯光瑰丽的万达广场了。长久以来观察发现,这里面散客居多,藏身于各个角落,却也不是为了乘凉,打发时间而已。他们大多是独行侠,且年龄分布广泛,各占一张长椅,都是小背心卷了边儿,露出松软的白肚皮,玩手机游戏,或是听广播。不起眼的灌木丛里,还倚靠着几辆破旧自行车,上面绑着铺盖卷,不知是从哪迁徙来的草莽,常年的夜宿街头,天一黑就蹲在花坛边儿,摆上两个啤酒瓶,促膝长谈到深夜。

天空忽然一声闷响,刚抬起头就飘起了细密的雨丝。,一个好心的花布衫大姐,想借一顶棒球帽给我,却被我轻飘飘躲开了。她喃喃自语道,我就一把伞,是不能给你的。我加快了脚步,摆脱了她的善意。雨落得轻柔和缓,似乎一时半会难以停歇。没过一会儿,广场上的动感音乐就停了下来,那些跳热衷于交谊舞的大爷大妈轰然四散,穿着同款的廉价紧身衣,躲在了明晃晃的店铺前,黑压压的一大片。

气氛瞬间冷了下来,只剩下了滑板少年。两个十七八岁的男孩,套着 oversize 的牛仔裤。一条皮带紧箍着,露出纤细的上半身,耳朵里塞着蓝牙耳机,里面咆哮着动感音乐。雨水覆盖了广袤的空间,也将每一寸裸露的肌肤灌溉。雨中的广场,只剩下了滑板翻飞、起落的咔咔声。障碍物有时候是摞在一起的两块滑板,有时候是两个可乐罐,难度总在不断升级。他们不厌其烦地跳跃着,擦肩而过并折返,成功与否皆不露声色。

草丛里的小伙伴们,偶尔也会窃窃私语,或者交流秘籍与心得。他们是一个特殊的帮派,在通往成年人的交界线上,没有人能够指手画脚。他们每天都会凑在暮色里,除了滑板这一主题,剩下的就是吸烟、接吻和手游。桀骜不驯的他们,似乎很少会有欢腾的时刻。哪怕是偶然间流露出的亲密动作,也不需要语言的修饰。我喜欢这样默契的触碰,似乎很牢靠,恍惚很久远,但往往经不起时间的考验。只有烟草的燃烧,可以将麻木的日子摧毁。

这些稚嫩的脸,重复地出现,就像印在生命里的邮戳,告诉我时间流淌的方向。他们轻而易举就统治了夜晚,一边杀死时间,一边释放精力。如果这短暂的欢愉还有一个背景的话,那些躲雨的人反而成了这个时代最沉默的存在。太久没有淋过雨了,我忽然找到了一丝少年的畅快。到了我这样尴尬的年纪,若不谈婚论嫁,就将失去属于自己的族群。内心总有一个冲动的声音:"嘿,兄弟,带我一个吧。"理所当然的是,我们谁也无法接纳谁。

每周一场单刀赴会的电影,有时候整场就我一个人。电影结束的时候,商场已然停业,夜色越来越深,雨水也越来越沉。广场的灯光变得昏昏欲睡,滑板少年们不见了,流浪者也不见了。几辆拉了客的三蹦子扬长而去。雨水既然无法避免,那么我就决定变身成勇敢的滑板少年,一瞬间摆脱了屋檐的遮蔽,一脚踏进了幽深的雨夜。雨水将生命彻底贯穿。

雨水日复一日的,将整个城市颠覆,树坑里的水,经过一夜的沉淀,变得愈发清澈。循环往复的记忆,常常也是健忘的铺叠。南城依旧乌烟瘴气,透着一股子城乡结合部的冗杂,这里痞子流氓众多,无所事事者众多,多下点雨也无可厚非,至少可以将这市井的气味稀释。

听说北面的人向来瞧不起南面的人,南边的雨也下得特别粗俗无礼。雨水丰沛的日子里，却也不见得多么清爽怡人。但每当吸烟的时候，我都想起那些滑板少年。他们和我一样，站在城市的边缘处，一点点将层层叠叠的树木和老屋铺展开，看着阳光将积水一点点感化，只剩下一个又一个水渍的圆圈。有的时候一摊水未能离去，也会有意外的收获。

"天台上有一只油亮的甲壳虫，躺在一摊积水里，翻不过身来。"

"我觉得它是害虫，就用烟头烫了一下。"

海上笙歌

我一路从寒气逼仄的北京，肇事逃逸似的潜入海南岛。

出发时还犹豫不决，联系了当地友人，却没有得到回音。我总是有点狼狈，虽然掩饰得很好，还做出生龙活虎的样子——衣饰通常都搭配不好，薄外套是随手塞进书包的，内衣裤也没有可换洗的。实在是没有多费脑筋的必要，书包上悬挂的紫檀长喙鸟头，已经陪伴我多年旅途，轻飘飘地风中摇摆。这一次，尽管我只有一整天的闲暇时光，但却拥有绝对的选择权——可以漫无目的地在海边游逛，或是在旅馆里睡个昏天黑地。我时常觉得，日子过得越来越寡淡，每一天都像遗失了重要的东西，却全然不用觉得可惜。

我已经沉迷于庸常而不可自拔。和我一起来到这里的，还有叫花妮的姑娘。我们搭乘同一个航班，在毗邻的座位上，约定住同一家酒店。裹挟着一身厚重的水汽，我们就跃进了南国出租车。我坐在前面，花妮坐在后面，彼此彬彬有礼。大多数时间里，我们都维持着沉默。师傅似乎有意在绕远，毫无障碍地一路疾驰，却总是可以在分叉路口，选择相对较远的路径。路线不断地被重新规划，却始终没有偏离航向。花妮问我怎么还不到达目的地，我对照着手机地图说，大概是被人家坑骗了。我的陈述波澜不惊，显然是说给司机师傅听的。

他一脸不悦的样子，气哼哼地将我们撂下。一丛芭蕉叶遮挡了视线，四周是一片寂寥。在荒无人烟的海边公路，我告诉花妮不用担心，已经临近终点了。酒店就在不起眼的角落里。我们亦步亦趋，决定办理好入住手续，就立即就前往沙滩。太阳很快就要落山了，天空是一片阴沉沉的青灰色。其实，四周也并没有什么山脉，我甚至连太阳的位置都无法辨别。空气中没有雨水前夕的腥气，这只不过是阴天里，暧昧的某个傍晚时分。

通往大海要穿越一条林间小路，实际上它属于一座五星级酒店，就连海景的一部分，也附庸于这家酒店。其实，我早已在临行前就勾勒出了海滨幻象——海浪前仆后继地缠绕过来，悬挂在西洋建筑的腰间，就像一条遮羞的丝绒薄布，又将性感的部分不经意地显露。柠檬黄的沙滩，是曼妙的水蛇腰肢，海浪的每一次回眸，都卷起依恋的滋味。而让人感到喜悦的，是南国舒朗的性感，它饱满而不浮夸，多一点会勾魂，少一点则无趣。

花妮说，这里像极了东南亚，仿佛漫步在异国他乡，说到这里，我似乎嗅到了香料的味道。直直挺挺的小路上，一眼望不到折断的尽头。一片被城市缭绕的海，理所应当是四平八稳的，就像是被圈养的湖泊。这世间还有什么理想，比驯服一片大海更伟大。我满怀期待的来南国看海，而它却无法避免要成为无聊生活不断重复的一部分。

没有风的步道上，连困倦都是迟缓的。我的内心忽然变得警觉起来,每一次来到南方,我都会变得饥饿又匮乏。我终于意识到了,原来我并不是身体的主人。草丛里,一左一右对称的是弓腰的石头僧侣,夜幕中扭曲的光线,给所有的石像都增添了一层脂粉色。小路上拦腰设卡的门亭里,是眸子如鹰的男人,四十多岁了,一副与世无争的样子。他留得一抹漂亮的胡须,恰与南方旺盛的欲望相得益彰。我有点羡慕他的悠长——在漫长的一生中,他找到了更加漫长的活法。我们活在平行世界里远望,任对方像叶片一样悄然滑落。

身体两侧林立的,分明是南国的椰子树,三横两撇的浓重墨彩,硬生生地将路两侧的视野遮了个彻底。它们站在那里,就是森严有序的队伍。当我试图穿过阴森的树影,这些椰子树就轰然炸开。如果将它们当作武器,则更像是斧头之类的钝器,每一片叶子都是愚笨的,没有理智的,甚至是野蛮的。它们的身姿太过沉重,宛如骑兵一样踏境而过。

我知道,大地从不会偏爱蠢笨的生物,总是任它们孤傲生长,成为世间的异类——唯独椰子树被赦免,与大海终身为邻。可是这种相伴又何尝不是残忍的。这些观赏性的椰子树,似乎被人工阉割过,甚至不会长出果实来,身上只有不断的复制与粘贴。我终于感到了羞耻,愚笨的人与植物,印证着权力与自由的纷争,终归宛如一地破碎的贝类,一生无人收敛。

我披着北方的墨色长衫,在南方的海岸上汗流浃背。嗅觉一瞬间被扩大到了整个海域,这是夏天才会有宽广,这里有远方密林中嗡嗡作响的蜂蝶,有采撷野果婉转轻啼的鸟雀,有火山底部如瀑的蕨类植物。我陷入到了体液的腌渍中,变得微醺起来。仿佛一瞬间,就被海浪淹没,我沾染了大海的气息,附着了淡淡的蓝色的海盐。我绝不承认那是暮气,或是死气,一种气味慢慢地苏醒,渐渐地壮阔,变得无法被世俗掌控。它鲜活得就像一尾梭鱼,从海面轻轻跃起。在身体弹起的刹那,我已然赶不及与太阳最后的谋面。我知道它就在那里等我,一场海上的盛宴。我的脚步宛如涟漪散开,只等万里云开,月光倾泻如注,掀起层层波涛。

越是热气腾腾的日子里,我越是裹挟着自己,变得小心翼翼。我哑然失笑,如果手里再多一把戒尺,俨然就是个教书先生,满脸道德的假象。我和南国的天气真是格格不入。实际上,这里远没有想象中那般荡气回肠,甚至连一个气旋都没有。如果可以赤裸上身,应该是无比舒爽的。南方的裸露理直气壮,身体本应该是坦诚的,呈现自然的生长,且毫无拘束。我在南方的椰林树影中,遇到了南方的情欲,宛如神魔附体般,用多情试探着彼此。

初到南方的花妮,身姿也变得轻盈起来。她穿了蓝色的格子衫,一条浅色的牛仔裤。被水反复洗过的衣衫,会透露柔软的折痕。在诸多柔软的映衬下,她的身姿却又挺拔了起来。我能感受到她的紧致中,有着无法排解的慌张。在混沌的光影中,我看不清花妮的脸——她的确要比我年长一些,可这又有什么关系。作为女人的她,此时此刻是无比精致的。

我的呼吸变得细密起来。混乱的四季,暧昧的气温,颠倒的昼夜,以及陌生的关系,构成了我的海滨之旅。花妮忽然俏皮地问我,有没有带泳裤。我说,曾经有过一条,可是很久不用了,找不到了。难不成她还想趁着夜色下海?我老气横秋地摇摇头,已经十二月份了,无论南方的空气多么躁动不安,但是大海里一定是藏着驱不散的寒意。

路到尽头只剩下沙砾。看到大海的瞬间,我竟然满怀失意。其实,泳裤并不是一个难题,我还从没有尝试过裸泳,甚至是放浪形骸。穿戴整齐且矜持的男女,就这样穿过了密密的椰林树影,如两张薄薄的纸片,被镶嵌在了热带海岸上。为了打破沉寂,将所有感觉器官打开,这时候的我或许应该吞下一根刚刚切割下来的熟透的香蕉,面部表情就像生了气的河豚。在我的认知里,香蕉是世间最乏味的水果,只有无聊的傻和甜。

我们就是这样深爱着甜。只有放弃了羞耻,人类才能彼此靠近。然而在羞耻面前,一切都变得妙不可言。如果可以贪恋而不贪婪,其实大海不看也罢。麻木不仁的身体,总是遭遇狭隘的风景。放弃了凫水的念头,我和花妮就感到索然无味了。我提议打道回府,花妮顺从地点点头。我们明明住得就离海岸线不远,却因为一条横亘的马路背道而驰。

下榻的酒店里,连院子都是孤僻的,似乎一个泳池就是一片汪洋。这里没有椰子树,一棵也没有,葳蕤的植物在墙角写满决绝。旅馆三楼的电梯门上,贴着一副性感内衣的广告画,和墙纸无缝拼接在了一块。花妮的身体是摇晃的,在花朵盛开的左右,有呼之欲出的陡峭。

开放式的旋转楼梯,倒是可以直抵露天游泳池,花妮已经独自完成了探险。透过浓密的树荫,她遇到了一片绚烂的寂静,一瞬间兀自迷失了。身体里翻卷的海浪,似乎远比真实中更汹涌澎湃。我能感受到她的欣喜,以及身体上的每一寸,都在黑夜中开启狂欢。分道扬镳的时候,我对花妮说,要不要一起去海边看日出,她的眼睛透出惊喜。在这薄薄的楼房里，所有的生命的气息，都是如此的贴近。除了我和花妮，似乎整个院子都是空旷的。

我喜欢这里的阳台，有完全敞开的姿态。在我看来，阳台不属于房子，而是属于院子。将屋内所有的灯熄灭，院子的景色就悠悠然升起来，层次分明地渐次被点亮。躺椅是用竹子编织而成的，坚硬而清凉，呈现出与脊柱生理弯曲完美契合的弧度。离群索居的时候，有些简单至极的布置，很容易让人心满意足。我已经有些迫不及待了，享受这份快意与安然。

放眼望去，院子里栽满了粗壮的琴叶榕，每一片叶子都是肥厚发亮的，它们聚拢在一块，就像是膨胀了几十倍的巨型蔬菜，这让我产生了撕咬的冲动——我猜它们一定具有清爽多汁的口感。当我的背后盘踞着庞大的黑暗时，肉身也狐假虎威起来，所有的植物都成了我的附庸，它们臣服于我，簇拥着我，心甘情愿地亲吻着我，并撕扯着将我推向神圣的远方，成为暗夜的一部分。我的眼睛可以洞彻一切，一团炙热的火焰从大地深处迸发。

她来得比预想中晚一些。冥冥之中，我知道她会来，彼此期待着一个不成熟的约会。我们在各自的阳台和躺椅上，互相看不到明灭的脸庞，只有声音在虚空传递。或许是源于彼此的信赖，或是源于夜色的从容，两个人之间流淌的，是轻快而湍急的河流，它在表面更在缝隙，在山谷更在平原。我知道，只要纵身一跃，我们就可以轻而易举地翻越障碍，抵达彼此的故乡。在暧昧的气氛里，所有的话语都是偏颇的。我愈发试图准确发音，就愈发词不达意。

我们会谈论政治，当然也谈论情事。有人说，不要听女人讲男人，而是要听她讲政治，这才是她真实的爱情观。当然，也不要听男人讲政治，要听他怎么讲女人，那才是他真实的政治观。当我描述这些的时候，花妮笑着说，女人只是女人而已。这让我陷入到了沉思。我知道，她所说的"女人"，既是女人，也不是女人。我对女人的概念，变得模糊不清了。

时间浸润到了水汽里，身体变得柔软而舒展。我像一只猫可以偷窥，却不被少女的眼睛发现。我喜欢在边缘行走，在瓦片的边缘，雨滴的边缘，以及情欲的边缘。我们因为轻盈而无所顾虑。我忽然问花妮，你结婚了吗？花妮说，还没有。我忽然跳起身来，并由衷地赞叹，你可真是太棒了。我连忙解释，千万不要误会，我是觉得你真的好。花妮笑了笑，明显是接受了我的坦诚。等我回过头的时候，她已经不在了，就像从未来过。

花妮的转身离开，宣告着夜色进入无人之境。当永恒的黑暗降临，我的目光正落在了黑黢黢的房间，甬道里似乎传来了脚步声。从猫眼的微光里，我看到了花妮优雅的面庞，以及起伏的胸膛。门被轻轻地叩响，我们就这样彼此相爱了。相互占有又相互放逐，试着将所有的喜悦，都灌注于彼此的生命，她不复往昔的青春与胴体，会一寸一寸地回溯。那些原本枯竭的生命力，抽丝剥茧般地离开，但又被更汹涌的海水灌溉。

我似乎听到了大海的磅礴。它来得如此汹涌，又在每一次退潮的时候，让我看到她绝望的神情。她是如此深邃的动物，吟唱着妖娆的语言，口中每一个上扬轻音，每一个慵懒的劫后余生的身姿，都以无边的倦意收尾。我看到的不再是少女的模样，而是一个迷失在大海中的女妖。她远离人世，摒弃了人类的模样，但爱欲的火焰在燃烧，日日夜夜地回荡。

在这无边无际的波涛中,我已然不可自拔,并用嘶吼来挽救自己。爱欲在我的呼吸里,汗液里,以及毛孔中不断地生发。我也变成了邪恶的妖魔,满身覆盖着黑色的鳞片,折射着幽幽的光泽。这副人不人鬼不鬼的模样,既是丑陋的,也是性感的,不知羞耻的。我就要和时间一起粉身碎骨了,这大概就是我想要的瞬息的永恒。

我惊觉身体里潜藏的暴力与毁灭。有那么一瞬间,我望向阳台外的花园,竟然彻底迷失在了花丛里。实在太寂静了,而人是绝望的。一个夜晚到底有多长?我从来没能探求到底,总会有一两个小时,黑暗会将我的灵魂奴役——这是一种濒临死亡的体验。

我孤身一人沉浸在黑暗中。当余温不够怀揣余生,我知道夜晚已经虚弱不堪。在太阳没有升起之前,我一个人来到海边,怅然若失的感觉再次降临。我是个失魂落魄的人哪。很多年前,我听说过"蹈海"这个词。我总是很难想象,一个人是如何一步一步决绝地走向死亡的。因为只要退后一步,明明就可以反悔。我褪去了身上的衣物,描摹走向死亡的图景。又有谁知道,我走向的不是巨轮的太阳,不是另一片沃土,不是另一个温柔的怀抱。

刺骨的海水淹没了我,坚硬岩石划伤了我,我知道这是大海在试图改造我。我若不是我了,还有谁会记得我的名字。体温被一点点抽离,渐渐地却又回升起温热的感觉。有时候,我愤怒得就像是一棵椰子树,被安置在了永恒的海岸上,让风和浪如鞭子一样抽打在身上。所有的疼痛过后,身体是滚滚发烫的。然而,我的生命始终是凉薄的——我懊恼又悔恨,并深切地知道,自己会一遍一遍地重蹈覆辙,走向恶的边缘,并从那里找到光芒。

太阳没有升起,天空就亮了。我终于感受到了释怀,身体就像一团沙被冲散。我试图逃跑，腿上却像灌了铅。我穿过海岸线，进入椰林树影，掠过石头雕像，遇见鹰眼的男人，我以为已经战胜了世间所有的恐惧，采撷了最美的光景，编织了荣耀的花环，甚至将头颅当容器，品藏了时间最美的毒酒。然而，这一切都是荒凉无边的。

回到酒店的时候，我一副失魂落魄的样子。这时候，我竟然遇到了阳光中的花妮，她充满倦意的笑脸，一瞬间将我拉回到了尘世。我仿佛看到花妮对我说，你像是个无家可归的少年。我愧疚于没有带她去海边，我问她是否去了泳池，她说没有，头发却是湿漉漉的。我们都可以轻松地撒谎，而不愿意戳穿对方。我们无所事事，将时间一点点杀死。

临近中午，花妮忽然问我，怎么去往机场。这时候，手机刚好响了，我神秘地告诉她，可以回家了。我们唯一能做的，就是等待罢了。日光是虔诚的，浩子闯进视线的时候，穿了一身潇洒的便衣。他摇摆的样子，显然和花妮不同，她是摇曳生香的，而他是恣意妄为的。黑色的帆布外套，松松垮垮的，牛仔裤在两膝处，破了很大的洞。十分有趣的是，"便衣"这个词，理所应当用在他的身上。我也是在不久前，才得知他做了警察。

如果当年不是我，浩子或许也不会来到海南岛。我们是老乡，十年前，他报选高考志愿的时候和我撞了车，没能读到医学专业。在大学社团里，我们偶然间相识，一次酒过三巡后，一笑泯恩仇。有些讽刺的是，他没能做成医生，而我原本就不想做医生。毕业后不久，我就从医院辞职改了行。多年以后，我们在这个海上小岛，以不同的身份再次结识，已然不是曾经的模样。他的目光从低处升起,像太阳一样灼热,我却喜欢他,两弯浅浅的酒窝。

我看得出他的审视,既温暖又锋利。你们是什么关系?我说,普通朋友而已。他咧嘴笑了,显然觉得中间有鬼。我岔开话题,说道,你怎么胖了些。他赧然一笑,脸上满是自嘲。在我看来,他其实只是微微发福罢了,或许是强壮了,或许是柔软了。我不知道他的笑容背后,有多少徘徊的海岸和椰林。我只是觉得,他矛盾得充满了隐喻,这种矛盾充斥着每一块肌肉,让他的微笑透露出凛然邪气,也让他慵懒的身姿里,隐隐透露出一种力量。

浩子和我描述他的职业生涯,刻意避开了刀光剑影。他的口音是平缓的,却糅合了诸多地域的韵脚。内蒙古、河南、广东、武汉、海南,或许还有更多。我们都是一类人,可以不断地融合他乡,直到迷失了故土。这些年,他总是在流徙,我又何尝不是。有趣的是,我们之间的对话,显得随意又严谨,当我过后试图回忆的时候,又会陷入僵直与模糊。

在酒红色的沙发上,他就那样斜斜地坐着,全身的重量都被虚无一点点吞噬,身体像气球似的,仿佛随时可能飘起来。我能清楚地记得,他未来得及刮干净的胡须,以及裸露的膝盖。他的面孔变得粗糙,俨然没有了书卷气。除此之外,空白与想象在对抗。透过他漆黑的眼睛,我看到了一望无际的土地被绿色覆盖,植物张牙舞爪地生长着,云朵从树林中升起来。他高高在上,像君王一样眺望——一袭笔挺的墨色警服,一条箍得紧紧的裤腰带,上面挂着一圈无线电,正发出撕裂的杂音。或许他一张口,就是密密叠叠的唱腔和戏文。

他指着远处对我说,越过那边绿色的山丘,就是宿舍和食堂。

在高墙和铁丝网中，所有人都像植物一样疯狂，因为被限制了自由，时间被绝对的拥有。我似乎就是其中一个，一抬头就能看到浩子漫不经心的目光。我低下头颅，就能获得宽广的想象。我知道，这些记忆是混乱的，甚至是错误的。在南方意象中，我塑造了浩子威严冷酷的形象——他是站在高墙之上的警察，也是一个陌生的挚友。他专程赶来送我，是为了审判我，也是为了救赎我。浩子说，这么多年过去了，你怎么一点都没变。我羞愧地说，我连自己都快不认得了。

他显然是说了假话，或许只是为了套出我的真话。我的内心是恐惧的，似乎需要一种策略，才能让自己不那么慌张。此时此刻的花妮，变得似有若无。她站在我和浩子中间，成了一个列席者。浩子依旧摇摆着，重新回到喧闹的阳光里。他告诉我再不上车，就要迟到了。他懒散的姿态里，时刻保持着攻击的架势，而我生怕露出了一丝破绽，就被他找到线索。

浩子开车的时候，总是会时而松开手掌，让方向盘放空一阵，再轻轻地调整回来。仿佛车子随时都会失控，又在关键的时刻被拯救。我们沿着海岸线，跨过了雄伟的大桥，又在一个华丽的转身后，进入到街角小巷。浩子为我介绍沿途的风景，我却有些昏昏欲睡了。浩子说，前两天有特殊任务，两天一夜，只睡了两个小时。为此，我开始不停地说话，不知道是为了纾解他的疲劳，还是为了分散他的注意力。他的的确确走错了路，却并没有人仰马翻。

花妮说，要带一些百香果回去。于是，浩子送我们到了集市。她喜欢粉嘟嘟的东西，这一点也体现在水果的挑选上。浩子对此不以为然，他说，要挑选那些丑陋的水果，不仅糖分高一些，味道也更浓郁。可是我遵从了花妮,我知道真相并不重要。浩子的目光总是在人群中游移,他告诉我,要小心自己的钱包,附近有不少小偷。离开水果铺,浩子又带我们去吃了海南的盐焗鸡。他赤手将滚烫的一整只鸡,撕裂成一小块一小块。时间越来越紧张了,浩子却将这种紧张感一点点撕碎了。我清楚地记得,他只喝了一点清粥。

在机场分别的时候,我和浩子紧紧拥抱。他坚硬得像是一块礁石,会划破柔软的身体,让血液顺着皮肤,将脚下黄沙染红。我所拥抱的是一片完整的海边意象,是一个和我有着过命交情的男人。他替我过着激烈的生活,有枪声,有毒品,有风声鹤唳,有电闪雷鸣。我喜欢他周末的脏脏的裤子,那破开的浮夸的洞,会呼吸,会说话,会嘲笑我的浅薄。我笑了笑,说下次再见吧。我似乎已经爱上他了,爱上了他的别开生面,以及所有异域的体验。

飞机潜入微茫的夜色,周遭鼾声四起。而我和花妮的缘分,似乎也告一段落了。我们的交情原本就浅薄。困倦来袭的时候,我忽然间想到浩子的蓬勃,以及他遗忘了睡眠的样子。在南方的葱茏里,是他亲手将整个冬天尘封在了盒子里,让生命暖暖地绽放着。而北京的冬天,才是我的归宿,就这样一直冷冰冰地等待着,既没有雾霾的侵袭,也没有白雪的飘落。

在这之后的两个月间,我还是偶遇过花妮。她就这样改变了模样——包裹在草绿灰的羽绒服里,脸色也不大好看。她就像是冬天的过客,将所有的生命力都遗忘在了南方的昼夜里。我甚至无法将她与之前的花妮关联。她既不属于北方,也不属于这个冬天。然而,冬天里的我是慌张的,在萧索的街道两边,乌鸦发出阵阵凄鸣。而我的喉咙里,奔涌出的是一阵阵素白的气团,这些温暖的图

燃烧的仙鹤　　207

案，很快就消散在人间，去往了另一个国度。

我会看到，漫山遍野栽满了亡灵。我终于发现，所有的抵达都通往寂静，而我需要一场矢志不渝的狂欢。我想到很多年前，一个幼稚的男孩，总是热衷于在炽烈的夏天，在树上拾掇蜗牛的尸体。那些枯燥的木头上，是一座座无人问津的坟墓，用手轻轻剥离开，可以听到啵的一声脆响，凉凉的液体就顺着树干，顺着我的手指，变成一条凉凉的线。我将这些坟墓一个个撬开，就像卑微的掘墓人——它们的寿命太短暂了，来不及说再见。我抬起无知的头颅，阳光如锥子般地刺下来，一瞬间泪水满面，可是我并不悲伤。

这是北京的第五个冬天。没有雪的冬天是惆怅的，城墙与砖瓦，大红与鎏金，似乎都显得过于俗气了。而我，在呼唤大海的日日夜夜里，也在呼唤情欲的到来。这一年，我似乎醍醐灌顶，被点亮的不是信仰，也不是秩序，而是熙熙攘攘的人间。在树木妖娆的南国，花妮和浩子都在身边，散发出饱满的光泽，宛如我生命的一部分。我爱他们浓郁的情欲和生长。海岸线上起起伏伏的，是一片光怪陆离。在广袤无垠的大海上，有一场永远不散场的盛宴，等待我们的到来。我不知道自己，还能秉持多久，燃烧并愤怒着。

一个昼夜的缱绻，只是为看一眼大海。在另一个恍如隔世的清晨醒来，阳光如糖浆一样包裹着我的裸露。绘制一幅等身比例的油画，像热带水果一样被摆在床上，这一刻就连搔首弄姿都是甜蜜的。我抚摸着鸟兽的木刻，想到它一定是因为留恋人间，才忘记了飞翔。我似乎已经将花妮遗忘了，她大概留在了南方，成为一个永恒的瞬间。

海角无声

1

我看到清晨的海,正温柔地捧起一束苍凉又耀眼的日光。我所在的城市,像是穿越了整个冬天的巨轮,原本就锈迹斑斑的上面,泛起了薄薄的奶油色。请容许我把自己形容成生猛海鲜——必须要打起精神来,才能与世俗剥离。人流密集的地铁车厢里,虽然谈不上弱肉强食,但总要保持提防和警惕。小虾小蟹一样被一网打尽的人群,相互之间充满了敌意,如果用心察觉,还可以遇见眉心上铁青色的死亡。拥挤中酝酿着一场无声的战役,每个人都是易激怒的,寻求一个释放的好时机。争端总是一触即发,揭开这疯狂又混乱的一天。

一团又一团的春雪降落以后,地面上点缀着绵密的水珠。眼睛里悬着一片混沌的雾气,春天就在痒痒的鼻息中变得愈发浓郁起来,泛起了桃红的诱惑和闹意。毛茸茸的桃花怀抱着泥土与腐叶的气息,前仰后合地盛开了。昆虫也纷纷从土壤里破壳而出,围着毛茸茸的花蕊嗡嗡盘旋着。春天终究是柔软的铺陈。恍如隔世的我，脚步有搁浅的感觉，灵魂轻就这样飘飘的，徘徊于人世间。我轻声呢喃，怎么连桃花都盛开了，真是一点预兆都没有。桃花总是任性的，说开就开，说败就败。满城跑的出租车师傅嘟囔着，这都快开没了。我有些不悦，低头继续玩手机，无聊地刷着朋友圈。师傅说，不会头晕吗，看看远处的树多好。他似乎对我的沉默颇有微词。杨树已经开始吐毛了，那些漫天飞舞的絮状物，凶险得像是着了魔。

我连续打了三个响亮的喷嚏。师傅对我说，他们给杨树使用了一种"神奇药剂"，能够让杨树不再吐毛，但是再吐出来的，却是黏糊糊的"胶"。每天清晨，他都要煞费苦心地擦拭挡风玻璃。我凝神聚气地看，果然在车窗上察觉到了痕迹。这是一段时间以来，我听到过的最有趣的笑话了。叛逆的树总要报复一下人类，似乎吐啊吐啊的，它们就习惯了。我笑得前仰后合，或是许久没有遇见如此明媚的午后，心情也变得舒朗了许多。车窗外一片绿意陡峭，微小的悸动被不断催生而出。没有任何起承转合，春天就煞有介事地钻入了身体，孕育出美好的光景。后知后觉的我，实际上是有些恐慌的。每一个季节的轮转，都带着难以置信的力量。身体还没能从上一个季节的情绪中脱离，天气就已经幻化成了另外的模样了。

并不是我在抵制春天，而是我扮演了焦虑的角色。长吁短叹之际，内心恍然浮现一个声音：这么好的时节，应该去海边度假才对。我常常为一些无端出现的"挑拨"感到苦恼。我似乎拥有双重的身份，过着冒险家的生活——低垂飞翔且无意冒犯，逾越常识而没有边际。此时我能想到的，只有无边无际的虚无的海。人类一旦无聊至极，思想就会耐人寻味。我的肠胃蠢蠢欲动，它似乎需要一些灵活的食物，可以让我颠三倒四，甚至魂不守舍。曲曲折折的消化道中，居住着性格孤僻的收藏家，它驯养了无数的亡魂，将吞噬与进化演绎成史诗。人性的饱满与多样性，总是伴随着食谱的不断更迭，无非是消化不良罢了，这不算什么。

一层一层绵密的浪花，向着港口与人群涌去。这是一场有关宿命的描摹——既是一场追赶，又是一次诱惑。那些即将上岸的哀愁，夹杂着满腹的爱恋，不断用身体拍打着，试图摆脱长久的枷锁，却不知凡尘里无处不是捕捞的网。它们的身体布满了海洋的密码，并深知洋流变幻的秘密。十八岁以前，我痛恨所有鱼类，这是一种被写入基因的情感。与其说是痛恨，不如说是为恐惧而诞生，它们来自深渊，周身缭绕着死亡气息。岸上的叫卖声懒洋洋的，汇聚成了嘈杂的雷音，让所有的不知所措的腿，都张牙舞爪地挥动起来。哎呀呀。哎呀呀的。与海水相承一脉的柔软，或是奄奄一息地吐着泡沫，将一生的杂质倾尽而出。泥沙散去。声泪俱下。没有什么比脱水而亡更加残暴的酷刑了，身体被抹了盐巴去晾晒，一道道灵魂就这样直直地蒸腾而去。这让空气变得欢腾，蝇虫不断地降落，试图捕获什么。

我的肚子不争气地咕咕叫着，附近大排档油烟火爆，配合着铁勺铁锅的碰撞，混合着辣子和葱姜，诱惑的香气四处逃散。气味与日光的交织，让那个空气变得光怪陆离。我摒弃了身为人类的骄傲，却意外俘获得了俗世的光泽。值得庆幸的是，饥饿和死亡总是隔空相望，所谓天机不可泄露，我不用为所有的死亡负累。如果可以的话，我宁愿成为死亡的一部分。

"有腥气",我忽然想到这个美好的字眼,在粤语发音中,它是"有希望"的意思。我默念这三个字,似乎在字句之间,找到了某种奇异的弹性。它微弱又渺小,混迹在人群中央,随时都会冒出来,这种不可言喻的愉悦,俨然被挂在了嘴角。我们所钟情的事物,就这样冒失地出现在大地上,骤然地绽放,滚烫如烈火。乃至于欣喜又不敢触碰。

2

正午时分,一个七八岁的男孩独自在水边,他一只手插在裤袋中,一只手放风筝,乃至于这一天的风,都奶声奶气的。我问他,去往大甲岛要多久?他不假思索地说,要很远很远。可是到底有多远,他也说不出来。这个问题对于我而言,其实也只不过是日常无意义的消遣罢了。我有时候也会苛责自己,为了靠近市井,说了太多无用的废话。起初,对于我的靠近,男孩表现出了一股呼之欲出的热情,但似乎又寻味到一丝警惕。对话就这样戛然而止了。我又向靠岸的渔民请教,并故意将声音提高了分贝。回答依旧模棱两可,三十分钟?或者一个小时?他们对这座岛屿完全没有概念似的,记忆模糊而浅薄,岛屿仿佛被上帝遗弃在了时间之外,既不会衰老,也不会死亡。太阳越来越大了,整个港口都像烧着一团大火。

有人戴上了墨镜,然后用纱巾将头部团团围住,我却挽起衣袖,努力将皮肤暴露。漫长的等待过后,我和男孩告别,并沿着涉水的台阶,跃上了小小的柴油船,哒哒的发动机声中燃烧出了芒果的香味。海水也渐入佳境，从浑浊变作了蔚蓝，像抖动的华美丝绒，而我们只不过是上面，隔靴搔痒的跳蚤。我用一只手将帽子稳稳压在头顶，或许谦逊才是飞翔的姿态。这一刻，连嗅觉都变得信马由缰，可一旦离开了海岸，就失去了捕捉的目标。十分有趣的是，我们不仅远离了人群，还远离了鱼和藻的味道。再无其他蛛丝马迹，那些浓烈刺鼻的腥气，竟然只是人类的附庸，宛如布满情欲的房间，细菌和病毒一样被滋养。

  我不会凫水，更不懂得自救，看似放松地倚靠栏杆，却将浑身的肌肉紧绷。我坚信，自己与水有着复杂的牵绊。还记得很多年前，第一次来到大陆最南端，有人好奇地问我，是否见过这样繁盛的树木，这样充沛的雨水，以及这样炽烈的太阳。我整个人都融化在了夏日里，浸透在酸腐的汗液之中，仿佛经受了一次凌辱。他似乎也从来没有见过一个西北人，装模作样地穿着椰子树图案的衣衫。多年来兜兜转转，我始终徘徊在有水的城市，试图将灵魂慢慢滋养。无比确信的是，我是土命人，从不属于任何一片水域，它没有哺育我的祖先，更不会滋养我的身体。无论我饱含多少氤氲的水汽，都填不满那无垠的荒凉。

  小船上有两对甜蜜的恋人，达成了默契一样，都爱穿白色T恤。这里既有异性之恋，也有同性之爱，远离尘世以后，所有亲密举动都不再设防。小船忽然变得局促不安，在无数个船体绷直的瞬间，有人发出惊呼声。实际上，这是有些过瘾的，我每天都会在脑海模拟各种意外的发生，交通意外、溺死或者触电等等，我相信意外身亡总比老死要强百倍。白头偕老之类，根本无法揣摩。我亲近所有的水域，哪怕是一条沟渠，也是美妙的。如果水里有挣扎不出的灵魂，那么这里面一定有我的故人。我相信所有的水脉都是贯通的。

去年冬天，一个故人在上海自杀了。没有人知道他死亡的真相。街角便利店的摄像头，捕捉到了他模糊身影，手里提着水果袋匆匆掠过，就像某个平淡的日常。与江海贯通的漂流，让他彻底没有了踪迹。如果得偿所愿，那么他将贯通整个地球或宇宙，穿越永恒的迷雾。我听说，他远方的母亲日夜啜泣，手里面捧着一封曾被忽略的告别书信。他说，要折一只小小的纸船，去往深邃的大海。她已经失去了控诉的力量，只好祝福儿子早日上岸。我又能安慰她什么呢？陌生的水域，对于我们来说，就是一场决绝的流亡啊。

但这样的死亡或许也是完美的。我期待所有的未知之地，与万物擦肩而过，死去的他会在水中与我握手吗？我恍惚又遇见了那个彼岸的男孩，只用一只手完成了放逐与控制，却将另外一只手藏在了暗处，准备和所有陌生而有趣的灵魂，郑重地握一次手。真是如此简单有力的，又声嘶力竭的问候。当时间成了一片废墟，或许也无所谓告别，何谈生与死了。

3

抵达海岛的时候，小纯已经在沙滩上搭帐篷了，短短一个小时，就被晒得像煮熟了的螃蟹。花花绿绿的帐篷，沿着山石排列成了迷魂阵。微微一抬头，就是太阳毒辣的刺。明晃晃的沙滩上，螃蟹似的横着走是有科学依据的。扁扁的身体，可以减少受伤的面积。只是暴晒而已，就让我们显露出荒岛求生的窘境。清点物资，只有少量的淡水,以及现金。一台照相机,一块备用电池。我们几乎没有准备食物。没有其他家用电器,更没有 WIFI 信号。

沙滩的形状是狭长的,被一块巨大嶙峋的黑石包裹。黑色的石头像妖怪一样,皮肤虽然粗糙,但每一个毛孔都会呼吸,上面覆盖着已经干涸的藻类。我不知道海岛的另外一侧,会是什么鬼样子。荒无人烟?寸草不生?总而言之,以肉眼可见的范围来判断,岛屿的面积并不大,或许一场暴风雨,就足以令它香消玉殒。当然,这里也不会有什么舒适的旅馆,只有一群劫后余生的人,放荡与狂欢是这里唯一的主题。不得不说的是,每一次海边露营都是魂牵梦绕下,极其糟糕的体验。我所热爱的海边,无非就是荒无人烟的寂静。

铺子里卖的泳衣丑爆了,小纯犹豫了许久也不愿买,哪怕是一次性的丑也不接受。我嘲笑她,这和一次性的妆容,一次性的爱情,又有什么分别,潮水过去了,什么都剩不下。在医学上,其实也有同样的术语,叫作"一过性"——它往往有明显的诱因,在短时间内反复出现,但是随着诱因消除,症状很快就会消失。小纯问我要不要买双拖鞋,但是又不好自作主张。我瞧了瞧,竟然浑身都在抵触。实用主义者一定会鄙视我。

我以为,这个世界完全可以再愚笨一些,但丑绝对是无法容忍的。那对年轻的小情侣,穿着相同款式的溯溪鞋掠过,青涩的脸上写着天荒地老。你看看人家,轻车熟路的,都是有备而来。小纯不以为然,就这样痞痞地走开了。发烫的沙子正驱赶人们下水,脚面反射出了刺眼的白光。晒不黑几乎成了我的致命伤,说明我和太阳,始终无法达成共识。

其实,让小纯来海边度假,百分之百不是一个好主意。果然一回头,小纯已经在海中"飘荡"了,因为不会游泳,动作有些滑稽。小纯总是笃定地说,未来的某一天,会患上精神分裂,选择自杀或许是最好的结束。我有很多热衷于死亡的朋友,对此我却无能为力。我只好祝福他们。对于冒失的人类来说,所有的探索都是局限的,比如海洋,比如命运。我们很难判断"安全"的界限。这可不是虐恋与游戏,双方约定好"安全词"即可。

长久以来,我用来维系生存的方式是最蠢笨的一种,全都凭借身体的记忆。当然,这通常需要一种严苛的训练。和我的生命相互纠缠的母亲,有她独到的一面。她总是喋喋不休,以规范我的行为。她像是宗教一样在强化我,让我在魂游天外的时候,也可以长久地在人世漂流下去。如果死亡是流动的,那么与之对应的我,早已经选择了顺遂。他们都说我的人生布满了"顺"的意味,并为此担忧我的未来,"你如果再经受一些挫折,或许就会更好"。我不知道挫折应该是什么样子,他们说这话的时候,都摆出老气横秋的嘴脸。

天气太热了,有人用网兜固定了西瓜,浸泡在海水中降温。我缓缓向海水走去,看着小纯欢天喜地的样子,内心也有些跃跃欲试了。这是接近大海的好时机,错过了就不再有。我试图要靠近小纯,但是海水给了我很多阻碍。脚下一半是沙子,一半是坚固的石头。那块巨大的礁石,一边粘连着海岛,一边投身入海,浑身都是嶙峋的刀子。小纯异想天开地说,想要去前面浮出水面的一块礁石去。不会游泳的我们,必须踩着石头走过去。疼痛变得肤浅,事实证明,海之于我们,与浴场的分别并不大。所有的欢欣鼓舞,都是短暂的停留。

那块礁石我们谁也没能爬上去。后来，我们就坐在帐篷前，给自己伤口上药。这一次，我忽略了所有的野营装备，就是没能忘记治疗外伤的药。那瓶液体创可贴，散发出指甲油的呛鼻味道，用小刷子涂抹后，可以在伤口上凝结成保护的薄膜。用医用酒精去灼烧伤口，也不会比它更疼了。我深爱这瓶药水，并常年随身携带。流血似乎总是无法避免的，我可能就是在等待着所有受伤的机会。意外的到来，是来不及说"安全词"的，每次鲜红渗出的瞬间，我都变得冷静而兴奋。我口中的"安全词"，最终都变成了粗口。

我亏欠了自己太多，这样的无礼和粗俗，以及很多个学坏的机会。我应该找个恰当的场合，认认真真地说完这些话，然后告诉自己，以后什么都不怕了。伤口很快就会结痂了，小纯开始皱眉的时候，我爽朗地笑了起来。我们实在没有必要不爱，这些短暂又尖锐的，"一过性"的疼痛。决不能让自己过得舒坦，这又何尝不是内心的困境。

4

岛上只有几间铁皮房，除了淋浴室，就是脏乱的厨房了。他们卖些又贵又难吃的菜品，并租赁帐篷给这些无知的游客。铁皮房上用红油漆，写着"海胆"两个大字，大概是主人的另一项营生。黑炭一样的男人，大咧咧地坐在淋浴房门口收钱。不管热水够不够用，来这里的人都是亡命之徒，从不讲价还价。交了10元现金，洗去身上的泥沙，带着一身"海胆"的腥味，又重新沾染泥沙。夜晚在我走出淋浴房的瞬间,就如此灿烂地降临了。

一抹潮红落在海岸上,黑暗混着血与沙盛开了。无论怎么逃避,夜晚都是绽放的,令人沉醉又着迷的存在。它无法让人拒绝,又让人感到了恐惧。或许只有睡眠,才是人类抵抗黑暗的唯一途径。我实在太嗜睡了,无法拒绝梦魇的诱惑。在这偏僻的海岛上,夜晚被撕开了一个角落,一不小心就会掉落其间,有迷途了的鸟兽。炭火徐徐上升,碎碎的火星在空旋转着,烧不尽的黑暗里,潜伏着饥渴的野性,人们在狂欢中实现救赎。我渐渐被这氛围感染了,似乎也没有什么好胆怯的。疯狂将战胜一切,包括我的假面,以及所有负面情绪。

海浪似乎也投降了,渐渐成了和声。沙滩上的音箱里,发出火爆的重音,他们围着圈子跳舞唱歌,相互追逐嬉闹。并没有不合时宜地,他们成功将城市的嘈杂,移植到了这个荒岛上。火焰与食材的碰撞,也需要默契与配合。我将抹了酱料的肉食,一点点穿到竹签上,才发现手掌上布满了隐秘的伤口。我们放弃了难吃的烤肉,买了几罐不怎么凉的啤酒,懒洋洋地坐在了帐篷里。罐子一直在出汗,我也在出汗。这点酒不算什么,既然喝不醉,就远得不到满足。小纯实在太累了,酒还没喝完,就已经发出轻轻的鼾声。我轻轻唤小纯,却没有得到任何回应。帐篷外稀稀落落的光,将小纯的脸照亮,疲倦的样子是那么悲伤。

在乡下的房子里,我们也曾把酒言欢,这竟然已经是两年前的往事。十月份的东北,已经烧了火炕,眉眼里生得都是桃花。那一晚,酒过三巡迈出房间,不知道是谁关了门,屋子里的欢笑声肆无忌惮,似乎在议论我的离开。我彻底陷入黑暗而不可自拔,跌跌撞撞摸到书架,摸到花与叶子,摸到那些易碎的瓷瓶。我不敢再继续触摸,冒失会使屋子一片狼藉。我大声呼喊小纯,第一次感到了绝望。哪怕城市里污秽横流,也永远没有如此纯粹的黑。

闷热的空气让人感到窒息,不知道小纯如何睡得酣甜。蹑手蹑脚地走出帐篷,才感受到一丝倒灌的凉意。手机已经彻底没有电了,不知道夜晚还有多久。海岸上几乎没有睡眠,小纯成了特立独行的存在。男人女人围着烤炉,赤裸着身体摇摇晃晃。夜深了,烧烤还在继续。到底要携带多少食材过来,才能将这个夜晚彻底填满。渐渐地,沙滩上的人变得有些诡异起来,显然是食材不够用了。一些人陆续离开了篝火,开始在水边鬼鬼祟祟地游走。

他们中有些人拿着网,有些人拿着刀子。不一会,网兜中就多了螃蟹。螃蟹往沙子里钻,却被他们变魔术一样,一个个地掏了出来。欢呼声此起彼伏,源源不断的食物被从水中打捞而出。甚至不需要如何处理,用海水洗去螃蟹外表的沙子,它就可以在火上舞蹈了。我诧异极了,眼瞅着螃蟹一个个升天,原来傍海而生的人,都是这么地神奇。螃蟹橙黄橙黄的,一声一声的脆响,就爆裂出嫩白的肉。我还遇到一个顾长的少年,他瘦得像是一把剑,在岩石上不断切割。礁石是黑漆漆的,皮肤黑黝黝的,唯独刀子是白亮亮的。我好奇地问他,这是什么的东西。他看都不看我一眼,说是海参,再一言不发了,冷酷得像个杀手。

有那么一刻,似乎所有的人都在疾奔,喉咙里发出收获的声音。就像神秘的咒语,催生着大海不断地奉献。那些鱼虾蟹,就疯了一样跳出海面。他们都有自己的诀窍与器具,维持着整个夜晚在生长,食物源源不断地被火焰质问。我像是一个局外人,在他们身边游荡，却并不被接纳，重新回到了饥肠辘辘的状态。生存伴随着掠夺与破坏，这样看来，我原本的生存方式，实在太过婉转而没有意义了。我和小纯这两个异乡人，就这样被大海排斥在了人群之外。我只能在沙滩的边缘地带，游魂一样静悄悄地行走。

在海岸的边缘，礁石像一方秘境。月光如少女般攀附在上面，露出诱惑的香肩。我赤脚而上，与她并肩而栖，完成了一次触碰。我们交换了身体，交换了灵魂。我一会是岩石，一会是月光，一会是黑暗处接吻的少年。身体快速地衰老，又回复青春，永远不会磨灭。我与大海的缘分，始终是无声的对峙。星河璀璨，似乎所有的人都陷入了癫狂境界。他们周身环绕着荧光，妩媚得就像桃花酿的酒。我听到小纯叫我，飘飘渺渺的，可我哑口无言。

凌晨四点钟左右，天气越来越凉了。我醒来的时候，已经没有了人类的体温。真的是元气大伤，这比彻夜不睡还要煎熬，差点就没有力气走回帐篷了，但是我知道，有人在等我。我憋了很久的尿，却发现没有无人的角落。到处都是垃圾，索性就无伤大雅地，大大方方畅快淋漓。我忽然想到荒岛余生，但真正的绝望远不止于此。

5

清晨，我才回到帐篷，那里空无一人。我看到小纯远远地回来了，捡了一书包的贝壳。走路的时候，都要十分小心才行，竹签、玻璃、铝皮，各种杂物碎屑，已经堆满了整个沙滩。我远远低估了他们的疯狂，夜幕褪去就是真实的犯罪现场，炭火的余温不见了，剩下的都是苍茫与疲倦。几乎所有的帐篷都敞着口，能够看见所有花花绿绿的短裤，他们醒着或睡着，脸上露出了绝望的神情。沙滩将所有人的精气都吸走了，然后唤醒了新的一天。

小纯将花花绿绿的贝壳，一片一片由大到小地排列，并一一点评它们的美好。我喜欢黑色的那枚。小纯喜欢白色的那枚。它们都是大海的弃儿，有些还奄奄一息的，有些还牵连着腐肉，但大多数都已经死去，带着无数微小的缺口。这些破损的贝壳，如果继续破损下去，就能变成雪白的砂砾。放眼望去，沙滩已经不是我们来时的样子，我恨不得早点离开。

铁皮房门口有个水龙头，俨然没有过多的淡水用来洗漱了。没办法梳妆的男女，黑眼圈被赤裸裸地呈现。我再次见到了那两对小情侣。整个夜晚，我走遍了整个海岸线，却始终没有见过他们的踪迹。男孩说，他们去潜水了。或许是有所遗漏，我不知道这里还有潜水的设施提供。有趣的是，他们的身上没有任何倦意，反而透露出意犹未尽来。我用矿泉水勉强刷了牙，忽然觉得脖子火辣辣地疼。我还是被晒伤了，竟然隔了夜才发现。

太阳越挂越高，倦怠终于成了唯一的主题。我们不是岛上的第一批游客，新的队伍已经陆续靠岸。世上这么多荒凉的岛屿，就有比它们更荒凉的人群。看着那些在搭帐篷新鲜面孔，我的内心已经开始鄙夷。一个浪席卷而来，却没有将垃圾全部带走。人们就那样懒洋洋地躺在椰子树下面，将肉体的美好展露无遗。回程的船已经在等我们了。有人放起了风筝，我忽然想起了岸上的男孩，他那时候的沉默，弥散出了恒久的悲伤。我曾经似乎也和他一样，守候在某个角落，看着无聊的人群熙熙攘攘，不知如何打发时间。

重新靠近港口，我似乎又活了过来。船上的旗子用尽了浑身力气，由南向北挥动。长方形的绒布，在风中不断变换着形状。天空瓦蓝瓦蓝的，当风吹得越来越澎湃的时候，云忽然不见了。慌张是不可描摹的春天，像是野草乱乱地萌发。我在心中模仿风中的旗子，和它一样舒展开来。风来的时候，头发也在生长。有那么一刻，它是完全平展的，甚至让人产生了一种错觉，连续的恒稳的大风让时间静止了。然后是更猛烈的风，让它剧烈地颤抖。

回到宾馆打开了电视，纪录片在讲述一座海滨小岛。黑色的礁石在蠕动，上面站着两个虚无的影子，看轮廓似乎就是我和小纯两个人，他们的腿部肌肉孔武有力，像是威风的黑武士，正在筹谋一场无声的战役。电视节目倏地被调成了静音，海浪迂迂回回，冲刷着花花绿绿的沙子，将一片片破损的贝壳送上岸。他们似乎在耳语，可我完全听不到，但已经无足轻重了。这个春天在降临的时候，大地已被海水灌溉，蔷薇花在盐水中盛开了。

离开岛屿的那天，回归的是真实的我们，抑或只是一个虚像。眼前的一切都虚晃着，真实的我和小纯，是不是已经死在了海岛上，谁也不敢确信。屏幕上雪白的斑点哗哗作响，流散成另一片海洋。这个故事没有结局。我只是坚信着，比春天更温暖的，当然就是海了。我们去喝酒吧，小纯忽然提议。我点点头，重新打起精神来，选了最近的一家大排档。

第二日

1

　　高原上鸟类稀少，仿佛一块又一块跌落山巅的岩石，背负着沉重的命运飞翔。起起伏伏之间，就是缓慢的时光的曲线。空气如刀子嵌入胸肺，有些玄妙的无痛的撕裂，成了我日常的反复。从北京到拉萨，身体只是惯性般地，变得愈发轻薄，饱满的情绪总是不易留存，无的放矢的热情终究成了虚弱的表演。机场里人们鱼贯而出，到处都是嘈杂的背景音。

　　几辆巴士一字排开，去往市区还有一段不近的距离，要经过一条浑浊的河流，树木在水中蜿蜒生长，镜子将两个时空折叠。我分明知道，一个月以后，这里将遍地明黄，这是我亲眼所见的风景，拉萨河中的生命倒影，在沉默中不断地绽放。另一个我从车窗张望，等到了一场秋雨的到来，匍匐在秋意中的肃杀之气，在与时间的对决中变得无比坚决。

　　开车的师傅叫扎西，一顶格子图案的渔夫帽罩着。师傅说，他的名字是四个字，唤前面两个字，还是后面两个字，似乎都是成立的。举目四望，这里到处都是叫扎西的藏民。扎西可以戴帽子，可以戴墨镜，可以讲汉语，可以穿藏袍，最重要的是，扎西好像并不在意什么称谓，他彬彬有礼的样子，让我感到了无所适从。他的脸上有纵横的沟壑，宛如高原的山丘。我们的对话是断裂的，就像被风带走了零星的音节。但无所谓相通，也无所谓抵达。

大概是雪顿节的缘故，扎西煞有介事地说，明天我就要休假了。就像是一次郑重的告别，对此我有些失落，甚至有些耿耿于怀。或许再次相遇的那个人，就不是那个扎西了——他是披着扎西皮囊的另一个灵魂。我患有严重的脸盲症，细枝末节的交集，就意味着沦为空无。或许，是这样的交流让我感到了挫败，我需要一些更加粗糙的，有疼痛感的侵略。

我只是妄图挽留一些记忆罢了。所有与拥挤有关的心事，都成了套叠的自我麻痹。似乎有一个陌生人，假模假样爱着我昨日的灵魂，他带着蹩脚的异域口音说爱我，而我似乎早已熟稔于心。我们总要揭开诸多谎言的面纱，又沉迷于虚伪的假象——就这样背负着末日的黄昏，时常讨论要不要一同赴死。那些荒唐的念头，却始终没有穿越世俗的边境。

能够想象的是，冲突激烈的时候，我们隔空对峙，如旷野的鹿在决斗，如背负仇恨的剑客冷目相对，如西部牛仔拔出了左轮手枪。"嘿，决一死战的时刻到了。"他狂狷魅惑一笑，与未来的我不期而遇。只有深深恐惧死亡的人，才会常常将死亡挂在嘴边。时而熙熙攘攘，时而空无一人，时而在街巷，时而在旷野，时而将自己分裂成两个人。

"明天就是晒大佛日子了。"扎西忽然打破沉寂,真是暖洋洋的对话。

当然,有些事情与我毫不相干,扎西的脸上竟然没有透露丝毫的鄙夷。

在扎西的眼中,我也只不过是一个游客罢了,不必迁就,更不必啰嗦。

光怪陆离的街头,所有的面孔都荡漾着佛光。扎西说,不远处就是布达拉宫了。山影如线,等我回过神来,布达拉宫已经消失在城市的林木中。我第一次听说雪顿节。大大小小的节日,却从来没有让人真的平静下来。跃跃欲试用期待换来的,反而是长久而沉闷的等待。

2

夜晚是大地的影子,缓缓地升了起来,变成了一个人样子。所有的大地都在凝视,也只不过是一个料峭的角落。俏皮而又狭小的空间,就像一粒粒弹珠弹开,无人问津的虚空里,他们窃窃私语,密谋世界末日的降临。他们相互亲吻对方的脸颊,彼此紧紧拥抱,以掌纹探索肉体。沉默着的很多无人问津的心事,飘飘荡荡往黑色的深处里钻。

布达拉宫被光带环绕着。吸附在皮毛上的光,终于成了流走的附庸品。我是人群的一部分,贴在最边缘的角落,缓慢地挪开微小的一步。呼吸变得愈发沉重,站在白塔的高处,俯瞰这个陌生的城池,它所滋养出的灵魂,那些优雅的线条,抖落出一地的风骚。宽阔的广场里，一束光又一束光，从地面喷向欢愉的高处。薄薄的水面上，倒映着的是布达拉宫的浅景，喷泉随着激昂的音乐，穿透了明灭的幻想。我不愿垂涎多看一眼，又被新的乐章占领。

一个个绽放的街灯，仿若一枚枚成熟的果实。街头的红灯笼，竟然透露出胭脂与腮红的迷离气质。莫名其妙的脚趾的舞蹈，已经攀爬到了语言之外的地方。那些跳动的花蕊，跃跃欲试地，明目张胆地，将俗世的颜料摆成飞扬的姿势。美好的瞬间被定格，镜头与闪光灯的确信，仿佛恋物癖般的痴迷。他们是风景的延续，同样也是镜头下可耻的强盗。

我有些憎恨夜晚的灯火，它打破了我对不可知之地的所有印象。曲曲直直的念与想，在人群的挤压下，改变着形状与质地。我以为这是荒谬的决定。站在胭脂的色彩里，一瞬间失去了方向，没有气味，更没有指引。我看到那些脸，写着茫然失措，彼此之间没有差别。

我置身于一场盛大的典礼，感受到了欢呼雀跃。他们身着华服，站在街道中央拍摄，展示新婚的幸福。闪光灯啪啪作响，有时候是裁剪精致的藏袍，有时候是重重叠叠的白色蕾丝。或是头发里缠绕着五彩的丝线，或是透明的雨伞上闪着星星的光。

他们幸福的背景，依旧是布达拉宫，是雪顿节伸出无数的丝线，缠绕着平凡的夜晚。它们都是夜晚的一部分，隐秘而晦涩。我买了一枚拉萨的烤红薯，匆匆流逝的光影里，它与想象中的不大一样，平庸得就像是一枚土豆，心脏剧烈地跳动，只有滚烫的食物能够安慰它。

似乎有一些概念被巧妙地替换了。我不敢走得太快，也不敢走得太慢。

因为，我要和大地奔走的速度保持一致。

"只有外地人才会做生意。"人力车师傅在上坡的时候，要站起身来蹬车。街头到处都是招工信息，早餐店，金店，特产店，以及诱人的酬劳。"我们的心脏像气球一样，会越变越大"，男人一边骑自行车，一边咬牙切齿。他还问我，要不要记下他的电话号码。我一边点头应和，却并没有掏出手机来。他实在是太累了，虽然心甘情愿被我驱使。

如果有一天，我变成了亡命之徒，或许我也会穿上绿色的马甲，做一个人力车夫。让心脏与肺腑悬挂在遥远的大地，架起空荡荡的衣衫。我也会和客人寒暄，留下我的手机号码，若是有需要的时候，保证随叫随到。又有什么比这更惬意，又更磨炼意志的呢？

由此及彼，不在这里，就在那里。我早已开始做起了逃亡的练习。

3

我一边拖着行李箱，一边咔咔咔不停按动打火机。在大脑停止运转的间隙，强迫症发作了。咔咔，咔咔，它越是不停地作响，越是谁也阻挡不了。我显露出焦躁来，甚至开始抓狂。风在指尖湍急流淌，和我开着无伤大雅的玩笑，虽然并非恶意，却着实让人气恼。

去往日喀则的绿皮火车，崭新得像是束之高阁的玩具。我内心闪现的独白就是，凭什么它可以如此艳丽。我来到卧铺车厢连接处，一只手突兀地伸到眼前，就像强盗一样递给我一支中华香烟。他好像在表示，你断不能拒绝我。他用毋庸置疑的燥热嗓音说，借个火。我抬起头，看到一张少年的稚嫩的脸，眉眼间透露出桀骜不驯，却偏偏熟练于交换的技巧。

"我的火机可能不太好使。"他凭什么如此礼貌，这也是我的内心独白。

同龄人之间的相互打量，充满了敌意的对比，终归有了些气馁的滋味。

我还是选择接过了香烟。咔咔两下，竟然点燃了香烟。打火机被传递，他连续按了三十几下，都是哑火。我口中的烟也变得苦味十足。我试图让他用我的香烟，点燃他手中的香烟，很显然他是抗拒的。我不知道这里面，是否有侵略的意图，或是逾越了某种边界。

让我试试吧，打火机重新回到我的手中，依旧是咔咔两下，他的香烟意外被点燃。在关键时刻，打火机给了我奇妙的归属。它是我的，毫无疑问。他借我一根中华香烟，我借了他火，仅此而已，两不相欠。他只吸了两口，转身就掐灭了香烟。在他的心中，大概是气愤的吧，我试图去嘲笑，周围的人或是沉默，或者用藏语交谈。只是与我无关。

我终究是占了一点小便宜，却丝毫没有欣喜。火车越爬越高，但有些事物却正在坠落。车厢的连接处，有掐烟的小暗盒，标明了某一个区间段不能吸烟。车厢里有氧气口，遇到明火不知道会不会爆炸。易燃易爆炸？我感到了一丝挑衅。我才是那个满身火药味的鬼东西。或许有一天，我会活成真实的自己，越来越苍老，越老越狰狞，越来越爆裂。

这时候，一个五六岁的小男孩与我擦肩而过，穿了一件咖啡色的藏袍。他将双手背在身后，眉头紧锁着，若不是看到他娇小的体格，我会错以为这是个中年男人。他似乎已经懂得了苦难的真谛，攫取了时间的烙印，脱口而出就是苦杏仁的味道。我躲开他，害怕烟灰抖落在了他崭新的袍子上。我太爱他的袍子，它套在他微微躬身的脊梁，像一座低矮的山丘。

我忽然明白，这或许就是他的宿命。那些阻隔了漫长岁月的山脉，为每个人都量身打造了归属，而我的宿命，也被阻隔在了遥远的他乡。窗外除了绵延的山脉，就是一片一片的油菜花，明晃晃得有些刺眼。手机长时间没有信号，车厢穿过一个又一个冗长的山洞。忍受一个山洞，就和忍受一个油腻的中年男人一样。一个成年人，如何回到年轻时的模样？

我忽然想到"脏"这个字眼，想到藏污纳垢的盛夏，想到再也无法回溯的肉体凡胎时光。是的，男人也许就是肮脏的，他们最好的归宿就是泥土。我也是一个男人，只能殊途同归。

一个生长在山巅的男人呢？我不知道，但是，他们理应有更醇厚的故乡。既然他们可以早早地成熟，那就应该在日光里变成灿烂的模样，无与伦比地绽放，骄傲地去悲伤。

4

我见到一个女孩，戴着藏戏的面具。歪着头，黑色的面具，透露出疑惑与费解，她的眼睛里，跳跃着无法隐藏的火焰。烛火里摇曳的面庞，带有长久的温情。我相信所有明艳的火，都是腰肢美好的存在。不到灰烬冷却，不到长夜将眠，这世间就有悠长的美，所谓一夜之间的长大抵如此。昏昏欲睡的旷野中，她变成了一团火焰，试图将所有的黑暗烘干。

有那么一瞬间，街头浮现了穿藏红色长裙的女人。她包裹得只剩下一双明亮的眼睛，如湖泊中徘徊的云影。她不说话的模样恰到好处，等我再去寻觅的时候，就消失在了茫茫人海。我想，男人也可以穿藏红色的袍子，比如在寺庙附近的店铺里裁下一块，包裹住赤裸的身体。没有人知道，那些布料下面藏着什么心机，或是那些布料有多么难缠。

红色的布料燃烧起来。缓慢地燃烧，缓慢地生长，就是一棵孤单的灌木，将一颗颗果实滚落在地。"You are so warm"，仅仅是一根烟的时间，我就这样穿越了人世，我不知道人世间藏着怎样的秘密，那秘密如女孩的面具，如经文般晦涩难懂，攀爬在幽白的头骨上，等待一次惊艳的爆炸。原来在幼年时，我就已经接受了大地的风情，窥到了火焰的秘密。

身上显露的疤痕，是燃烧过后的痕迹，塑料在溶解的时候，瞬间在空中飞舞起来，变成一张张咬人的嘴，在皮肤上留下圆圆的疤痕。我热爱燃烧的心情，所有的疼痛都缠绕着燃烧的快感。然而，大多数时间里，我都在悲凉的笼罩下，等待着火焰一点点腾挪。

火焰上的舞蹈，拴着清脆的铃音。她优雅的脚踝，沾染了男人的欲望。一寸寸生长，一寸寸侵略，一寸寸被火焰吞噬。她告诉了我一个秘密，比如缺氧的时候，身体会陷入更深的欲望，每一个被遗落在高原的人，都会由此变得自由。由此及彼，我也燃烧了起来。

那一天,我还遇见了高原上的修路人。他顺着铁路生长,铁轨修到哪里,他就去到哪里。我说,这可是清苦又禁欲的日子。谁说不是呢?他还问我,要不要购买一种滋补的药,祖传的秘方。我说高原反应,怕喝了药酒原地爆炸。他笑着说没关系,这药不仅能强壮下半身,最能耐的就是,还能缓解高原反应。我将信将疑,又对祖传这件事情保持敬畏。

谈话陷入僵局的时候,我吸了第一支烟,半个小时过后,一阵风把烟尘都卷了回来,屋子里落下一面轻纱。我问他,还记得回家的路怎么走?修路人想了想说,早已经忘记了。自从开始修路,他就开始健忘,很多事情都模糊不清了,包括村庄的名字,儿时的伙伴,甚至相爱之人的名字。唯一能够记得的,就是壮阳秘方,可以为家族延续香火。

我看到窗外流淌的河流,忽然想起扎西对我说过,那一年他开出租车,有个浑身是血的藏族青年爬上车来,甩下一叠现金,气喘吁吁地说,什么都不要问。第二日,扎西才得知,有人喝酒斗殴,激烈的时候耍了狠,其中一人将另一人推到了河水里。深不见底的河,尸体都很难寻觅,扎西叹了口气,徐徐地说,那可都是雪水啊,虽然是夏天,也刺骨的冷。

时至今日,凶手或许还在逍遥法外,只有扎西还念着那个深夜,承载了一段浑浊的往事。水中的灵魂没有得到安息,每次仰望天空的时候,骨头就被剃刀般的河水,刮了一遍又一遍。谁说清凌凌的水,就不能遮掩真相。慢慢睁开双眼,秋天已经慢慢地侵入大地。

燃烧的仙鹤

临回家的夜晚,我头痛欲裂,看到无尽的黑暗深处,跳出了火一样的猫身。我坚信那是不祥的预兆。猫是不被驯服的动物,难怪时常被人类残害。挖了眼睛,断了四肢,也只能埋怨自己。我想了一想,竟然觉得颇有道理。时时保持警惕不要被规训的,反而最先遭到戕害。

第二日醒来,脑海里所有的记忆都是蒙骗。我还能说些什么呢?因为每一日,都是第二日。漫不经心的高原反应里,升起一片暧昧的雾气,雾气深处有火焰跳动。那些眼光魅惑的猫,就这样背着黄昏离去了,没有人知道那炽烈的太阳,是否还会再次降临。

江湖儿女

甬道里有凶猛的风,带来腐烂又清新的味道,从黄泥里烧出的城池,又在雨后破碎成躲闪的游戏。疲惫的时候一地荒凉,人群脚步松散,同一条道路我不知道要反复走多久。我偶尔也会因为一些小事而烦恼。比如,扶梯上的一对恋人,显然已经不是单纯的嬉戏打闹。

或许是习惯了暴力相向。男人下手狠厉,砰砰作响,像是在挑选一颗甜美的西瓜,以至于周遭的路人频频侧目。女人紧紧护住脑袋,又不甘示弱。我分明见到她一只眼睛干瘪着,另一只眼睛瞪得溜圆。她将目光变成杀人的利器,然后抬脚狠狠地踹过去。

我犹豫着要不要做一个侠客,路见不平拔刀相助的那种,禁不住内心里雀跃又慌张。我想到伸张正义,想到由来已久的愤怒,想到缺失了的人间冷暖,仿佛喉头卡着一口爆裂的滚烫的热血。可是一转眼,我就改变了主意——走出地铁口的时候,男人主动接过女人的背包,轻飘飘地甩在背上,他们的双手十指相扣,仿佛刚才的一切暴力都是假象。

他们风尘仆仆，和我一样来自旅途。背包上用来托运行李的纸条，还没来得及撕扯下来。男人身穿短袖衬衫和牛仔裤，踩着一双雪白的运动鞋。春寒料峭的时节，这身行头未免过于轻薄。他一定是从南方归来。女生则穿了黑色及膝的长风衣，将卫衣的帽子露在外面。

恰好同路的缘故，我成了羞耻的跟踪狂，紧紧贴上他们的脚步。男人说："今晚我就闭关。"他们的对话飘散在风中，听起来断断续续，只是"闭关"这个词甚是突兀，让我心头一紧，又满是欢喜。这个并不常使用的词汇，像暗箭一样难防，颠覆了我的日常。

环顾四周，这里当然不是快意江湖的世界。若是放在很多年前，我一定会笃定地认为，是他们魔怔了，生了某种脑疾，甚至病入膏肓。但是这一刻，我却不那么确信了。

"打算住在哪？"

"驿馆。"

到底是驿馆还是医馆，我无从分辨。我甚至无法辨别他们的口音，自然也无从知晓他们属于何门何派。我断定他们就是传说中的江湖儿女。脑海里浮现的，是流传已久的武林秘籍，以及江湖恩怨。身怀绝技的男女相爱了，从此掀起了一段腥风血雨。

他们走起路来，摇摇晃晃，相互依偎，似乎要在从对方身体上获得某种支撑。这些微小的触碰都浑然天成，像极了爱情。或许他们之间，爱就爱在下手没有分寸，却又彼此不相记恨。抑或是我对情爱的理解太过浅薄，对暴力的认知太过单一，以为他们的"暴行"已经触碰了亲密关系的底线。但眼前的两个人，偏偏可以毫无顾忌，转而又如胶似漆。

显然，他们没有共进晚餐。女人问，你吃了什么。男人回答，韭菜鸡蛋包，还有两瓣大蒜。韭菜，大蒜，皆是辛辣的食物，只是可惜少了一大碗烈酒。在此后的对话里，男人还邀请女人过些时日同去襄阳，上武当山。但是女人并没有回应。道不同不相为谋：如果说情爱是有禁忌的，那么修行只能势如破竹——既然各自参悟，招式也必不相同。

没想到这一路前行，我就走到了家门口。出乎意料的，小区里竟然住着这对江湖儿女，我却浑然不知。以前，我对这个看似老旧、实则崭新的小区多少有些嫌弃。一整片的回迁房，色调阴沉，树影稀疏，居住的大多是北京"土著"。他们大多是旧相识，而我就是其中的陌生面孔，从不寒暄搭讪。这对情侣的出现，忽然给这儿的居民蒙上了一层神秘色彩。

我以前有个"旧识"，也是一个修炼狂。他每天都是很急迫的样子，骑一辆无须上锁的自行车，来不及停放好，就撒手任它倒在路旁的树坑里。他总是背着一个白色的布袋子，里面装着板砖厚的盗版修仙小说。他独自占领图书馆的一角，有时候会忽然翻了白眼，浑身颤抖起来，开始振振有词地背诵着什么。也许是内功心法，也许是招式口诀。

现在想来，说不准就是有什么大玄妙，潜藏在这些修仙小说里。这么多年过去了，我不知道他有没有白日飞升，但那时候的偏见烟消云散，我忽然有些理解他了。不是他生了病，而是有一个未知的世界，我从未涉足过。我被现实世界捆绑得慌张又狼狈。

臆想中的世界，难道就不存在？那个常年坐在轮椅上围着口水巾晒太阳的植物人，那个昏暗中打游戏到深夜的理发店小哥，那个无论刮风下雨都在拾荒的中年妇女,那个躲在楼道里偷偷抽烟叹气的赤膊男人,这些身影的出现,忽然都有了耐人寻味的感觉。

我发现了一个惊天秘闻,但怕一说出口,就破了他们的"武功"。他们都是武林高手,修了闭口禅,金钟罩,铁布衫……在柴米油盐背后,是我从未得见的江湖。他们欲盖弥彰,却因为寂寞而露出马脚。院子里,篱笆上攀上了爱恨情仇,丁香花开出了生死轮回。

我开始喜欢从一楼爬向十一楼。那些摆在拐角的油漆桶,笼子里的画眉鸟,腌菜的大水缸,木椅旁的烟灰缸,都证明曾经有人来过。未曾与他们相遇,也从未见识他们的神秘功力,但总有一些蛛丝马迹留存。值得庆幸的是,我已经拿到了通往另一个世界的入场券。

从此,我也将成为一个异类,和他们如出一辙,不显山不露水,对那些不谙世事的人类不屑一顾,内心却还藏满孤寂。我还是会惦念那对出手狠厉的情侣,揣测他们的刀光剑影。

如果在街头恰好相遇,我是不是应该这样问道:

"嘿,你们是不是江湖儿女?"

他们背后的墙上,刚刚用红油漆刷上 24 个红字。

我们相视一笑,却永远不会说破。

纸　夜

有一道目光笼罩着整个院子，但是我无法验证。墙壁变得越来越刻薄，随着五月新生的花草，高高地隆起了轻慢的姿态。明媚的五月里，我计划了一场逃亡，却没有成功。那些青砖恰好构成了方正的院子，里面被精心摆布的胖墩墩的陶罐，滋生出了娇艳欲滴的花朵。院落里所有的事物都心事重重，弓着腰身往下坠，给大地压出了一道银色的月牙。

一地阴凉斜斜地袭来，构成一个虚伪的夹角。院子里的气氛变得有点古怪，空气无由来的紧蹙，陡然升起一口温吞的热气。东边的院墙倾斜了，找不到合适的落脚，或是需要一片竹林做掩饰。太阳下山时的恶作剧，将村庄的小路彻底搅乱。一切都是幻觉的堆砌，只留下一道风情万种的门，是留给黑夜的缝隙。没有了夜归的客人，我只是隐隐有些期待。

我是最后的造访者，在黄昏之际跨过门槛。迎面遇见五月的女主人，像是圆规一样踮着脚，笨拙地追赶着一场雪。她看起来有些懊恼，试图用手中飞舞的扫把，将漫天的白扑到门外去。来了又去,去了又来,怎样才能了却一桩荒唐的心事。五月的村庄被劫持,一场持续不断的大雪压境而来——满城的杨树脱褪下破衣烂衫,吐露出春梦般的激情。

她说,这院子里,绿是绿了,就是日日恍惚,有下雪的错觉。今年的雪似乎下得特别大。大概是因为围墙错落,宛如一座迷宫,这些白雪就再也出不去了,它们在村庄里挨家挨户地游荡,终日无所事事,游手好闲。若是无人问津,它们也会变得愤怒,在角落里抱成一团,像是要掀起一场轰轰烈烈革命,行为艺术似的发起了对人类的打击报复——它们不声不响地尾随,不说话,也不愤怒。风是徐徐推过来的,吹得人们惊慌失措。

村庄的幕布上写满了欲拒还迎,文艺病患者们潜伏于此,将时间高高晾晒起来,拽出了身体里的湿气。燕子换了一身黑亮短羽,在屋檐下衔泥筑窝,像是打了一块扁扁的补丁。一根电线穿窝而过,连着院子里鹅黄的孤灯。还不是开灯的时候,黄昏正轻轻剥下院子的汗衫,展露出健美的曲线。那些唾手可及的枝蔓与果实,只不过是光与影的幻术罢了。

我和女主人相对而坐,将笑容凝固在失实的回忆里,我们需要用很大的力气,才能精准地表达情意。正襟危坐的我们,说起话来字正腔圆,就像是表演一场话剧。两条腿不知如何安放,椅子难以承受身体的重力,又压得地面嘎吱作响。我看见她的头发开始变得花白,一切都开始生锈。有一个声音在院子里回荡、摩擦,更像时间的堆叠与轰塌。

她忽然抬起头来,满心欢喜地说,瞧,那是我家的燕子!燕子懂得她的心意,能够曲意逢迎。五月的女主人孕育了整个院落,以及所有的簇拥者。她精通折叠的技巧,将燕子的羽翅、尾巴,甚至鸟喙,都用优雅的线条裁剪,它们的每一次飞翔,都将折痕变得更加柔软。

女主人十分得意她的作品,轻轻哈了一口气,像丢出一架纸飞机,就将飞翔的姿态演绎得无比动人。这得是多么灵巧的手指,才配得上这曼妙的舞姿。她不仅折出了燕子,还捏出了昆虫,团出了猫咪。一股脑地将春天彻底推向高潮,好一派无与伦比的热闹景象。

火焰上的壶,将普洱与烤红枣烹煮出一片刀光剑影。舌尖一分为二,像是一片清甜的糯米纸,被瞬间撕裂、融化。我侧着脑袋看世界,似乎这样才能清晰一些。女主人的脸庞刚好被种下一片枯黄,像是完美的枯叶蝶,斑斓又无生气。一只四脚如雪的黑猫现身了,它不断地用毛发蹭着我的裤脚,像是对危险的试探。它似乎并不满足于此,猛然跃上了我的双膝。

"它一定是来找女朋友的。"女主人笑得妩媚,院子的灯就亮了。获得了某种宽慰似的,她早已料到这一刻的降临。她借着灯光打量我,让我变得更加局促了。就这样,黑猫在我的身上解开了情欲的锁,将懒腰伸成一座拱桥,一些饥饿嗜血的虱子,被纷纷抖落下来,就像一个个微弱的气泡,缱绻在无边的河流。她在酝酿一个阴谋,将这个夜晚彻底撕碎。

啪的一声脆响,茶壶落地了,正是这只黑猫的杰作。女主人惊叫着,试图抢救她的茶壶。一地四分五裂的瓷片,俨然无法黏合,她的情绪也变得支离破碎。我看到,猫在空中转了个身,回头轻蔑地瞧了我一眼,似乎在嘲笑我的无动于衷,然后沿着青色的虚影倏地遁了。茶壶里的热水,散作一地青烟。我终于在氤氲的热气中,看到了四分五裂的她。

她的一只手捡起碎片，一只眼睛在寻找，一条腿攀上小楼，一条腿寻猫而去。她迅速地将骨头折叠，试图将时间倒流回去，弥补所有的过失。心爱的东西被打破，魂魄也跟着丢了。这时候，另一个租客下了楼，一个剪了寸头的女人。她脸色苍白，若无其事地问我，怎么不去四处走走，脸上流露出了一抹狡黠，她似乎对眼前的慌乱，早已习以为常。我怕她是病入膏肓，还没来得及躲远，就感到一阵眩晕，空中的白雪已经密布黑夜。

扑通一声，我就坠入了月色。来不及呼救，身体就被折叠。寸头女人喊道，我们快逃！黑暗深处，是一座庞大的迷宫，我见到一张张屏风似的剪影闪过，构成了我们过去，现在，与未来。我如风般奔跑，飞也似的与无数文明的虚影擦肩，那里有建筑的轮廓，有劳作的农人，有奔走的商人，有生老病死，有罪恶滔天。人群渐渐壮大，堆积成了险峻的山脉。

我们一路疾驰向北，穿过密集的人的河流，又冒冒失失跌入白昼，赤脚爬上布满石头的山坡。一只饱经风霜的手，指引着我继续奔跑。我看到她的背后，是恢宏壮丽的布达拉宫。无数的藏袍在虔诚朝拜，将身体与大地融为一体。她对我说，通往现世的通道只有这一个。

我彻底迷失在了稀薄的空气里。但这一切，都没有限制我的奔跑。我只有一个念头，就是回到北京去。没有翅膀，没有道路，像是被抛弃在了人群之外，成了耻辱的旁观者。而我终于成了我，大地的尽头是如纸的黑夜，五月的女主人在等我回去，那里的雪下得更大了。

水母罐

1

罐子里透着蔚蓝的光,那些纤细的"骨头",宛如冰冷的灯丝在灼烧。印度强壮水母在水中弹跳,忽然引发一阵尖锐的嘲笑——它们看起来和强壮毫无干系,甚至笨拙得有些古怪。水母成了光的容器,时间就这样被演绎成了装饰品,供人观赏与玩乐。只与大海一湾沙滩的距离,海洋馆里那些被打捞上岸的活物,似乎也混杂出了人类的焦虑。

水母宫的走廊上,黏了一层湿润的泥,又是雨水泛滥人头攒动的季节。原本恹恹无力的生活里,因为某种毫无意义的浮动而救赎。在离开海边的一段时间里,伪装成一名水母饲养员的念头,时常浮现在我的脑海。只要能够精确地模拟海洋,水母就可以无限繁殖。也许我有机会功成名就,将余生彻底沉浸在海水里,将那些美好的念头私自封存。

无所事事的日子里,我有时会想起了一个叫关关的女孩子。一个无足轻重的,应该在100天以后,就会被彻底遗忘的人。甚至连名字都不会剩下。我不知道她是姓氏为"关",还是给自己起了个艺名。这样的人在我的生活里出现过很多次,最后都消失得无影无踪。没有滋生的欲念,更像是毁灭与新生的符号,散落在一场大雨过后的晴明里。

那一天,关关无比认真地说,这一次,你一定要看清楚我的脸,记住我的样子。她太认真了,简直不像是在玩笑。我郑重其事地打量,依旧无法厘清她浑浊不清的面孔,没有梨涡,没有泪痣之类,面容称得上姣好,却涂着厚厚的粉底。我患有严重的脸盲症,准确来说,是我不太在意他们的样貌,以及他们的名字,久而久之就失去了记忆的能力。

她说,这次相见,你变好看了,好看得像是从来没有见过一样。显然,她也记不清我的脸。关关是一个在理发店诱骗我办卡按摩的女孩子。她十八岁,或者十七岁,会介意我管她叫大姐。那一天,剪头发的流程里,多了脱上衣这件尴尬的事。无非是多回应了她一句,我不赶时间。很多年前在南方,洗头发和肩颈按摩总是搭配在一起,无可厚非。

正午的我,全身都浸透在潮湿的汗液里,像一条被腌渍的咸鱼。按摩间有个独立的淋浴房,充满了旖旎的遐想,但我不好意思去冲个凉水澡。不一会儿,关关就在我的后背上涂满了艾草香味的精油。我喜欢艾草的香气,有燃烧的疯狂,和死寂的悲凉。我熟悉这样的味道,我家中常年燃烧藏香。藏香是寺庙的喇嘛亲手做的,一天一支化为灰烬。

关关说,你的身上有寺庙的味道,全然不是汗液的气味。可我觉得这是荷尔蒙的释放，类似松木，类似林间的麝香。气温升高的时候，身体里藏着原始的况味。炎热的夏天像是欲望的指引，垂直降落人间，将植物和肉体一同捆绑了燃烧。这是疯狂的谈恋爱的季节。

火光中，她巧妙地将一些玄而又玄的术语，融合在反复的推拿之中。她是个很有力气的女孩，一边按摩一边问我痛不痛，我无法回答她，是因为无法断定疼痛是否意味着治愈。你怎么不说话？她喜欢逼迫我回答，并乐此不疲。我只好说，疼一点也没关系。关关忽然铆足了气势说，我一定尽力而为。我听出了一种视死如归，以及俏皮里的讥讽。

我的后背燃烧着一片火海，恶毒的暴躁的火。你已经出痧了，她料定我身体出了问题，需要长期进行某种治愈。这简直像是邪恶的宗教仪式，我继续保持缄默，让艾草在背上疯狂地生长。关关像是一名武士，眼睛里藏着敌意，我料定那不是善的表达。我曾经体验过一次名为"姜艾天龙灸"疗法，他们在我的后背上纵火，呼呼烧起一丈多高。我看不到火焰，只能听到噼啪的声响，似乎也不会感到惊慌，更不会觉得疼痛。

她竭尽全力的姿态，或多或少让我感到有点感动。但这些触动无以为继，她总是要逼迫我多讲一点话，再多说一些什么，似乎这样更容易侵略我，并击垮我的神经。她问，你是做什么工作的？哦，我无业游民，养殖水母为生。那种可以观赏的，作为宠物的水母，我补充道。她说，你多大了？我说，快四十岁了，一点也看不出来吧。

我为自己脱口而出的谎言感到惊诧。久而久之，假话也似乎变成了真话。她一定露出了"你可千万不要骗我"的神情,我的脊梁骨上长着眼睛,看得到那些精彩绝伦的瞬间。她拿出了分筋错骨的架势,告诉我一定要常来。599元的套餐,就可以享受8次不同类型的理疗。我点点头,她把我的裤子又往下拉了拉,轻声问道,你这是答应了,还是没答应。

嗯。算作答应。聊聊别的吧,我要用卡车运输海水到北京,因为那些水母太娇贵。关关显然对我的胡扯,已经有些心不在焉了。你知道水母是怎么繁殖的吗?我继续发问。关关终于默不作声了。对话开始变得沉闷,她用滚烫的盐袋敷在我的背上,告诉我回家不要着急洗澡。她为我递衣服,给我躬身拿鞋。我似乎掩藏了一个愚蠢的秘密。

原来,我也是有毒的存在,就像一只会蜇人的水母。我有时候会想,真的养一罐水母,下次带去理发店。我会告诉店员,告诉那个叫关关的女孩子,这些水母强壮异常,可以活到天荒地老。风拂动起百万流苏,华美的车冕缓缓地穿越神明的宫殿。万亩苍穹之下,没有任何一种生物,比水母更令人痴迷。每一个水母的风情,都抵得过一万次欢淫。将人世间种种爱意陈列于此,大抵就是这般模样。可惜,关关这个名字再也不会被提起了。

我养殖水母的大业,终究也成了没有喧嚣的气泡,沉默在了一次公路旅行的尽头。在这之后不久,关关就辞职了,那家理发店我再也没有去过。我收到了店员的短信,然后果断地将关关的微信删除。每次路过理发店,我都会绕着行走。

有时候我会盯着赤裸的后背琢磨,她是怎么在上面碾压出一片紫色的瘀痕。夜里会痒痒的,像是皮肤过敏,像是春风吹又生的火。但是我不介意再受一次伤。看来，我有受虐的潜质。还好，它来得快，去得也快。就和关关的存在一样。

2

　　高速公路收费站堵塞。我和大卫相互躲避视线，用脉动的瓶子灌满尿液。我说，你可真能尿。为了缓解尴尬，我用陪伴去稀释尴尬，让他更好地自洽。车窗外的不远处是海，风力发电机缓慢地旋转着，却没有将海风送到耳边。大卫说，你把车窗关紧，我说，撒尿的时候需要一根烟。我放肆地笑，仿佛解锁了一个新的姿势，一个新的经验，这一次是我捉弄了他，何尝不是捉弄了自己。车窗上反射着他的手指和裤链，这些细节无关紧要。

　　天气太热的房间，将钟表也融化了。草绿的墙壁上，抽象画瘫软成一颗滚烫的荷包蛋。酒红色的沙发，是一张口就化作烈焰的红唇。我们延续着无聊的生活与对话，也许只是为了缓解焦虑。窗外又是一片海。一个赤身裸体的男人在隔壁的阳台抽烟，我们相视而笑。大卫准备在浴缸里投放消毒粉末，小心翼翼地打开纸巾，骗我里面包裹的是海洛因，我差点信以为真。大卫狂笑，说怎么可能！

　　他慢慢浸入四方的浴缸，问我要不要一起。他捧着一本我永远也读不懂的天书，一边听着法语广播，既不性感，也不吸引，我表示拒绝。他掌握了很多国家的语言，有时候会给我讲演。我假装在听，趴在栏杆上眺望。楼下是蔚蓝的私人泳池，一大片椰子树守卫着曲折的小路，密林中无人穿越。这一次原本是临时起意的三人行——两男一女，我和她互不相识。我揣摩她临时变卦的意图，不禁莞尔一笑。我觉得自己有些无耻。或许是他们更无耻。

大卫说，你的身上有淡淡的香味，每一件衣服，每一个毛孔。我无法掩饰，像是被装在了密闭的罐子里，一会就抵达了未知的深渊。我不敢洗热水澡，热水过后又是涔涔的汗水。我喜欢窝在酒店的房间里，有时候会看一整夜的电影，也会和不同的人在床上相拥，有女人，有男人。仅此而已，不侵犯，不猥琐，不妄念。直到手臂发麻，各自入梦。

旅行对于我来说，已经成了某种惯性。起初只是迷恋各地的酒店，喜欢一次性的消费背后，所有一次性的幻灭，牙刷、毛巾、避孕套，以及第二日的恢复如初。神灵的能力也无非如此。每个物品都有固定的位置，只是换了栖息的灵魂。后来，酒店已经无法满足我的私欲。我开始迷恋别人的房子，每个空间的布置都藏着秘密，可以慢慢去体味。

记得有一次，我喝了一整瓶的白兰地，生吃了半盆精心栽种的三叶草。民宿的女主人是个患得患失的人，不舍得将自己的房子出租，离开时恋恋不舍。我一边嚼着苦涩的草叶，仿佛一边啃噬了她的慌张，也像是对她的报复。她在滴水观音上，缠绕着细丝和鹅黄小灯，闪着生硬的温馨。诸如此类的小细节，简直密不透风。我笃定，女主人的性爱也是战战兢兢的，她的老房子布满了妥帖的拒绝。我因为这样的拒绝，而感到了愤怒。

我还会在不同的城市剪头发，他们的剪刀有不同城市的弧线。每到一个城市落脚，就寻找一家发廊，有时候在市中心的商业街，有时候在古朴的巷弄里，有时候在酒店的大堂，有时候在居民的小楼。我变得愈发古怪，大多数时间都独来独往，也没有多少朋友。

还能维持交流的,往往都是性瘾深重,又孤僻成性的人。我们在旅馆里秉烛夜谈。

还有很多陌生人,会试图猜测我的来历,却无法一语中的。在多年的漂流里,我成了一个谜。这似乎有利于我编造谎言,比如,关于水母饲养员的系列故事。水母宫里记载,水母的繁殖方式,多为雌雄异体,或是在海水中受精,或是在身体中受精,受精卵逐渐发育,并无性繁殖出碟状体。如此循环,世代交替。兴许是它们抽离了性欲,才能如此轻盈而有力。

我决定将这个谎言继续下去,变成一个个艳遇的故事。大卫说,该死的,把你的烟给我一支。他说,他要写一个故事,需要一次特别的体验——拥抱着各自吸完这支烟,然后说再见。我说,神经病啊,这样的情节太奇怪。我将他拥在怀里,享受了一支烟的空旷。一支烟的时间可以记忆,两颗心脏的跳动,一座城池的旋转,以及无法忘怀的宁静。

夜晚降临,海如巢穴。大卫说,感谢你给了我一生中,最安静的时刻。而我,却想到了死亡的簇拥。这些年,我认识了很多抑郁的人,他们给我展示手腕上的伤痕,他们为我述说药物带来的快乐与迟缓。在巨大的悲伤的旋涡里,鲜血将潮湿的夏夜撕破了一个口子,形成了对抗。终于活过来了,每一个清晨我都这样告诉自己。

这个夏天里,印度强壮水母是一个被铭刻了的符号。我常常无由来地,被那声嘲笑惊醒,然后看到幽蓝的光线里,罐子里的生物优雅又笨拙地跳跃。他们是那么脆弱,那么幼稚。我模仿它们,也让自己变得笨拙一些,假装不太聪明的样子,不太会说话的样子,似乎这样就能够活成自己的身段。而我,愿意将那声嘲笑和印度强壮水母，分享给那些易碎的人。

　　就像是这个夏天用过蟑螂药的尸体，再也不会让我觉得惊慌失措。就像是一条呼啸而过的公路，让我滚滚向前。我在没有窗帘的房间中裸露，巨大的白色日光里，依旧是一个斑驳的阴影。这个夏天就快过去了，我心里想，大庭广众之下，小心妖言惑众。